# Pani Jeziora

# 獵魔士 長篇

## Vol.5 湖之主【下】

安傑・薩普科夫斯基 —— 著　葉祉君 —— 譯

# 獵魔士 Vol.5

目次

科維爾
卡爾默罕
溫萊赫河
布拉河
布宜那河
大
青
亞得克拉格
雷達尼亞
喀艾德
瀚
拿威格拉德
特雷托格
奧克森福特
麗克賽拉河
海
彭達爾河
亞丁
特馬利亞
紫
布蘭薩納谷
奇達里士
艾蘭德
維吉馬
達里士
布
洛
奇
隆
馬
哈
喀
姆
維爾登
卡本山
利里亞
絲帶河
厚特拉河
山
布魯格
下索登
亞魯加河
伊那河
上索登
安
格
崙
琴特拉
亞梅兒山
納澤爾

斯格利加群島
亞梅兒山
葉雷納河
納澤爾
梅提那
渴拉什沙漠
提透哈山
邁阿赫特
西勒特河
洌特河
艾冰格
蓋索
培雷普特沼澤
阿瑞特河
埃托利亞
蓋梅拉
尼夫加爾德
維可瓦洛
NW
NE
SW
SE
尼夫加爾德帝國地圖

那場激戰，幾乎是整個北方戰力，對上了幾乎同樣傾巢而出的強大尼夫加爾德入侵勢力，而戰場所在的草原附近，有兩座漁村——老屁股村與布倫納村。不過，當時的布倫納村被燒得一乾二淨，人們便稱那場戰役爲「老屁股之戰」。但在今天，除了「布倫納之戰」外，沒人有另一種說法，其原因有二：首先，重建後的布倫納在今日來說，已是規模極大且繁榮的村落，而老屁股村早已凋零，遺跡掩沒在茂密叢生的蕁麻、茅草與牛蒡草中。再者，把一場舉世聞名、千古流傳，同時也慘烈無比的戰役，和那樣的村名連在一起，實在不太得體，因爲這聽起來會是怎樣？這裡出過一場戰役，犧牲的人數超過三萬人，這些人不只是死在了「屁股」裡，而且還是「老屁股」。

因此，在所有歷史、戰爭文獻中，都只記載「布倫納之戰」，我們這邊是這樣，尼夫加爾德那邊也一樣。順道一提，尼夫加爾德的文獻收藏，比我們的要豐富多了。

《著名的特馬利亞之年鑑或年表》
——艾蘭德資深教士亞瑞

# 第八章

「軍校生希拉德·費茲─歐斯德蘭，不及格。請坐。軍校生先生，我想爲您點出一件事：一般的愛國者或好國民，對自己祖國歷史中著名的重要戰役缺乏認識，是可以理解的，但這情況如果落到了未來要當軍官的人身上，那就是醜聞。軍校生費茲─歐斯德蘭先生，我想再向您提點一件小事。這二十年來，也就是從我在這間學校任教開始到現在，我眞是記不得，有哪一場檢定考試沒出過與布倫納之戰有關的問題，而忽視這場戰役，就表示您毀掉了自己未來的軍事前途。不過呢，身爲男爵，您並不一定要當軍官，也可以把力氣放在政治上，又或者是放在外交上。軍校生費茲─歐斯德蘭先生，我衷心祝福您能順利往那些方向走。至於我們呢，各位先生，就回到布倫納吧。」

「軍校生普卡默！」

「有！」

「請到地圖前面來，請您接下去說。就從口若懸河的男爵先生停下來的地方開始吧。」

「是！陸軍元帥門諾·科耶亨之所以會決定調動兵力，快速往西行軍，是因爲有情報指出，北地林格軍正趕去援助被包圍的馬耶那要塞。元帥決定要在半路攔下北地林格軍，逼他們正面對決。因爲這樣，他把中軍的兵力打散，留下一部分圍守馬耶那，剩下的兵力就以急行軍往……」

「軍校生普卡默！您不是小說家，您是未來的軍官！『剩下的兵力』這是哪門子用詞？請給我科耶亨元帥攻擊部隊的確切作戰序列。用軍事術語！」

「是！上尉！科耶亨陸軍元帥的麾下有兩支軍團：一支是第四騎軍團，由馬可斯·布雷班特少將帶領，他是我們學校的贊助人……」

「非常好，軍校生普卡默。」

「該死的馬屁精。」軍校生費茲－歐斯德蘭在自己的座位上咬牙切齒地說。

「另一支是第三軍團，由雷茲·德梅利斯－斯托克中將率領。第四騎軍團的人數超過兩萬，包括維能達勒師、馬格內師、佛倫斯堡師、維可瓦洛第二旅、達爾蘭第七旅，還有瑙西卡旅及佛利荷德旅。第三軍團包括阿爾巴師、代以溫師，以及……呃……以及……」

□

「阿爾得法因師。」尤莉雅·阿巴特馬可說：「當然，前提是您沒有弄錯的話。他們的旗幟上一定有顆巨大的銀色太陽吧？」

「有，上校。」偵查隊隊長斬釘截鐵地說。「當然有！」

「阿爾得法因師。」可愛小迷糊喃喃道。「嗯……有意思。這就表示，您說得像親眼看到一樣的那三列行軍隊伍裡，不只是整支騎軍往我們這邊來，還有一部分是第三軍團。哈，不可能！我不相信！我得自己親眼看到才行。上尉，我不在時，騎兵部隊由您帶領。我要您派聯絡官去潘格拉特上校那裡……」

「可是，上校，這樣好嗎？您親自……」

「這是命令！」

「是！」

「這是在賭博啊，上校！」偵查隊長大聲喊道，壓過了快馬的蹄聲。「我們可能會碰上哪支精靈騎軍……」

「廢話少說！帶路！」

隊伍在溝壑中急速馳騁，如一陣勁風穿過溪谷，衝進森林。在這裡，他們不得不放慢速度，因爲要在灌木叢裡騎馬，本身就不是易事。再說，他們事實上也正面臨威脅——他們不小心撞上一支車隊，可能是巡邏隊或前哨隊，想必是尼夫加爾德人派出來的。尤莉雅的傭兵隊伍其實不是走敵軍正面，而是從側面悄悄接近，但敵軍肯定也在兩翼設了周全保護，所以這次行動可以說是驚險萬分。不過，可愛小迷糊就是喜歡這種調調，而整個自由軍裡，絕對找不到有誰不願跟著她，就算是要下地獄也一樣。

「就是這裡，就是這座塔。」偵查隊長說。

尤莉雅·阿巴特馬可搖了搖頭。那座塔是斜的，顯然已經荒廢，斷梁折木外露，還露了許多破洞。西風一吹，便像吹笛似地奏出了音樂。不知是誰，又是因何緣故，竟在這片曠野中蓋了這麼一座塔。不過，看得出來這塔是很久以前蓋的。

「這塔不會塌吧？」

「絕對不會，上校。」

在自由軍裡，傭兵彼此不使用「先生」，也不使用「小姐」，只以軍階相稱。

尤莉雅很快登上塔頂，幾乎是用跑的。偵查隊長隔了一分鐘才跟上來，卻喘得像頭覆在母牛身上的公牛。可愛小迷糊靠在歪斜的窗台上，舌頭探出雙唇，挺起翹臀，就著望遠鏡掃視山谷。這畫面讓偵查隊長感到一陣興奮顫慄，但他很快便穩住心志。

「阿爾得法因師，不會錯的。」尤莉雅．阿巴特馬可潤了潤唇。「我還看到艾蘭．特拉赫的維能達勒師，佛利荷德旅裡的精靈也在那邊，我們在馬利堡跟馬耶那城下的老朋友……哈！死人頭也在那裡，鼎鼎大名的瑙西卡部隊啊……我還看到裝甲部隊代以溫的火焰旗……有隻黑色阿列利昂鷹【註】的白旗，那是阿爾巴師的標誌……」

「您全都認得，好像他們都是您朋友似地……您就對那些軍隊這麼清楚？」偵查隊長咕噥道。

「我是軍事學院畢業的，是受過軍事教育的軍官。」可愛小迷糊打斷他。「好了，我想看的都已經看完了。回部隊去吧。」

□

「第四騎軍團正往我們這裡來，還有第三軍團也是。」尤莉雅．阿巴特馬可說。「我再說一次，是整支第四騎軍團，而且大概還有第三軍團的所有騎軍。我看到的那些幡幟後頭，滾滾沙塵都要揚上天了。那邊那條路，依我看，有四萬騎兵過來。說不定還更多，說不定……」

「說不定科耶亨把中軍拆開了。」自由軍的領袖「終結者」亞當．潘格拉特把話接完。「只帶第四騎軍團跟第三軍團裡的騎兵，沒帶步兵，好快速行軍……哈，尤莉雅，要是換我坐在納塔利斯統帥或佛特斯特王的位置上……」

「我知道。」可愛小迷糊的眼睛一亮。「我知道你會怎麼做。你派人去追殺他們了？」

「當然。」

「納塔利斯是隻老狐狸。明天可能……」

「可能。」終結者不讓她把話說完。「而且我甚至認爲就會這樣。尤莉雅，叫馬走快點。我想給妳看樣東西。」

他們騎了約莫幾頃地，速度很快，與部隊拉開一大段距離。太陽幾乎已碰上西邊山頭，拉長森林與草原的影子，籠罩山谷，不過這情景對可愛小迷糊來說，已經很明顯，足夠讓她猜到「終結者」潘格拉特想給她看的是什麼。

「這裡。」站在馬鐙上的終結者證實了她的猜想。「如果是我，明天會選在這裡迎戰——如果

【註】：阿列利昂鷹（Alerion），傳說中外貌與鷹相似但體型較大的鳥，沒有腳和喙，世界上僅有一公一母兩隻，壽命六十年，生下新一對的公母鳥後便會投海自殺，是中世紀常見的紋章圖樣。

是由我來發號施令的話。」

「這地方挺不錯的。」尤莉雅．阿巴特馬可坦言道。「平坦、堅硬，毫無阻礙……是可以備戰的地方……嗯……從那些小山頭到這些水塘，那邊……差不多三哩……那邊那座山丘，嗯，真是理想的指揮點……」

「說得不錯。而那邊，妳看，那裡面，還有一座小湖或魚塘的，喏，就是閃閃發亮的那裡……可以利用一下……那條小河也很適合當作邊界，因爲它雖然很小，卻布滿泥沼……尤莉雅，那條小河叫什麼名字？我們昨天才騎過那邊，妳記得嗎？」

「我不記得了。大概是厚合拉還什麼的吧。」

□

對那些熟悉環境的人，自能輕而易舉想像當時的場景，而沒那麼常待在那裡的人，就讓我來告訴你們，當年皇家軍團左翼抵達的地方，就是現今布倫納村的所在。戰爭期間，那裡並沒有什麼村落，因爲戰事發生的前一年，精靈「松鼠」把那裡放火燒了，燒得地都禿了。那邊，就是左翼的地方，是路伊特伯爵率領的雷達尼亞皇家部隊，而那支部隊裡有步兵和前鋒騎共八千人。

諸王聯軍的中心，是一座後來被稱爲絞刑山的山丘，佛特斯特國王與洋．納塔利斯統帥帶了一支部隊駐紮該地，居高臨下俯視整個戰場。我軍在這裡的兵力組成，主要是由一萬二千名來自特馬利亞與雷達尼亞的英勇步兵，所排成的四個巨型方陣，以及一路延伸至水塘——當地人稱為黃金池——北邊的十支護衛騎。中間還有第二線的後備兵力——三千名維吉馬和馬利堡步兵，領兵的則是布隆尼博爾總督。

至於從黃金池的南邊起，一直到成排的魚塘與厚特拉河河曲，這個約一哩寬的地帶，是我們的右翼兵力——來自馬哈喀姆的矮人志願軍、八支輕騎軍，以及傑出的自由傭兵團。負責在右翼發號施令的是傭兵亞當．潘格拉特與矮人巴克禮．艾爾斯。

對面，大概隔了一、二哩的森林後方空地上，門諾．科耶亨元帥備妥了一整支尼夫加爾德大軍。站在那裡的士兵，個個身穿鐵甲，如黑牆林立，一團接著一團，一營接著一營，一連接著一連，放眼望去，不見盡頭。而森林裡，旗幟、長槍處處可見，看得出這支大軍的範圍不只很廣，還很深，這是由於這支大軍多達四萬六千人。這點當時很少人知道，不過這樣也好，因為如此強大的尼夫加爾德兵力，看了教人心都涼了。

然而，就算是最勇敢的軍人，罩在鎧甲下的心臟也開始劇烈跳動，宛如打鼓，因為大家心裡都很明白，這裡即將展開一場血腥殺戮，而現在站在這大軍裡的人，不是每個都看得到今天的日落。

亞瑞推了推滑下鼻梁的眼鏡，將整段文字再讀了一次。他嘆了口氣，摸摸發禿的頭頂，然後拿起海綿，稍稍捏了捏，把最後一句擦掉。

風吹過了椴樹葉子，蜜蜂紛飛的嗡嗡聲清楚可聞，而孩子就是孩子，扯著嗓子對彼此大吼，一個比一個大聲。

一顆球沿牆邊滾到了老人腳下，他還來不及彎下臃腫、僵硬的身子，其中一個孫子便像小狼似地衝過來將球抄走，碰得桌子不住搖晃。亞瑞連忙用右手擋住差點翻倒的墨水瓶，缺指的左手也急急按住紙張。

蜜蜂不斷發出嗡嗡聲，身上顏色比金合歡的花粉還要黃。

亞瑞再度落筆。

□

那天早上天氣陰霾，但陽光穿透雲層，用自身的高度，清楚地提醒我們過了多少時辰。一陣風颳起，蕨葉紛紛舞動拍打，好似一群又一群振著翅膀，打算起飛的鳥兒。而尼夫加爾德大軍一如早先，依舊佇立原地，讓所有人都開始奇怪，爲何門諾．科耶亨元帥遲遲不下令出兵……

「什麼時候？」門諾．科耶亨從地圖上抬起頭，掃視在場將士。「你們是在問，我什麼時候要下令出兵？」

沒人出聲回應這個問題。門諾快速瞥了自己的將士一眼，當中看起來最緊繃的，似乎是該作爲儲備戰力的那些──帶領達爾蘭第七騎兵旅的艾蘭．特拉赫，以及瑙西卡旅的奇斯．凡．羅。還有一個人也顯得很緊張，那就是最沒有機會加入戰場的元帥副官歐德·德·文加特。

被指派負責發動第一波攻擊的那些，看起來則是一臉平靜，呵，甚至是百般無聊。馬可斯·布雷班特打了個呵欠。中將雷茲·德梅利斯–斯托克用小指摳著耳朵，而且時不時就檢查一下，好像眞以爲可以在那指縫中，找到什麼値得注意的東西。帶領阿爾得法因師的年輕上校拉蒙·提柯奈，把目光定在地平線上的某一點，小聲吹著口哨，只有他自己才知道看的是哪裡。代以溫師的上校利亞姆·阿波·莫·摩斯，翻查著那本他從不離身的小詩集。來自阿爾巴師這支重裝槍騎部隊的提波爾·艾格布拉特，則是用馬鞭的尖端搔撓背頸。

「等偵查隊一回來，我們就發動攻擊。」柯耶亨說。「各位軍官先生，我有點在意北邊那幾座山丘。在我們出擊之前，我要知道那些山丘的後頭有什麼。」

□

拉瑪·佛勞特很害怕。他怕極了，恐懼在他的腸子裡爬動。他覺得內臟裡至少有十二條又濕又滑、全身覆蓋惡臭黏液的鰻魚，拚命地在尋找出口，好重獲自由。一個鐘頭前，當偵查隊領命出發時，佛勞特在心裡暗暗指望清晨的寒意能趕走害怕，指望部隊裡的例行公事、常態慣例與嚴謹規矩能壓制恐懼。他失望了。在過了一個鐘頭，走了約莫五哩後的現在，他已跟營區離得太遠，遠得十分危險；他已進入敵營太深，深得身陷險境；他已和未知的危機靠得太近，近到性命堪憂。這一會兒，他才認識到什麼叫恐懼。

他們在冷杉林邊停了下來，躲在一片異常高大的杜松後頭，小心翼翼不讓身子露出來。前頭是一排低矮的聖誕樹，再過去，是一座開展的盆地。霧氣沉在了葉子的表面上。

「沒人。」佛勞特評估道。「連一個活人影子都沒有。回去吧，我們走得有點太遠了。」

中士斜睨了他一眼。走太遠？他們也不過才騎一哩路左右，而且還是拖拖拉拉，像群瘸腳烏龜一樣。

「應該要去那邊那座山丘後頭看一下，中尉。」他說。「我看，那邊的視線會比較好、比較遠，兩座山谷都看得見。要是有人從那邊來，我們一定看得見。怎樣？大人，我們要去看一下嗎？這不過才幾頃地的路。」

才幾頃地？佛勞特在心裡想著。在這空曠的場地上，我們就像煎鍋裡的東西，讓人看得一清二楚。鰻魚東鑽西扭，激動地在佛勞特的內臟裡找尋出路，而且他覺得至少有一條找對了方向。

我聽到馬鐙的聲音了，還有馬的噴氣聲。就在那邊，在那沙坡上，在那一片綠油油，還很年輕的小松樹間。

我們被包圍了？

營區裡流傳著這樣一則小道消息：幾天前，自由軍裡的傭兵設下埋伏，拿下了佛利荷德旅的一輛車，活捉到一個精靈。聽說他們把他給閹了，割掉他的舌頭，切掉所有指頭……最後還把他的眼睛挖出來，嘲笑他說：「現在啊，你已經沒有法子跟你的精靈婊子玩啦，而且她跟別人玩的時候，你也沒辦法看了。」

「如何？大人，」中士清了清嗓子。「我們要去那些山頭看一下嗎？」

拉瑪·佛勞特瞧了下唾液。

「不。」他說。「我們不能浪費時間，我們已經確定好了——這裡沒有敵人。我們得依此回報領導層。回營！」

□

門諾·科耶亨聽完回報，從地圖上抬起了頭。

「回部隊。」他簡短下了指令。「布雷班特先生、德梅利斯—斯托克先生，攻擊！」

「回部隊。」他又說了一次。「願偉大的太陽照耀我們的光榮吧！」

□

米羅·萬德貝克，半身人，戰地外科醫生，人稱紅毛，將縈繞在帳子底下的那股由碘、阿摩尼亞、酒精、乙醚及魔法煉金藥水所混成的誘人氣味，貪婪地吸進鼻子。他想趁這股氣味還很新鮮潔淨，還沒沾染上醫所消毒氣味前，好好吸個飽足，因爲他知道這股純淨不會維持太久。

他看了下手術桌，同樣一片潔白，也看了下儀器與許許多多器具。那些以冷鋼製成的器具擁有驕傲的出身，散發著寒光與凌厲，還有那潔淨無瑕的金屬光澤，以及井井有條、充滿美學的擺放方式，令人肅然起敬，能放心託付。

儀器旁，是他的團隊——三個女人，他輕輕咳了一下。呸、呸，紅毛在腦中糾正自己。一個是女人，另外兩個是女孩。呸、呸，是一個老女人，雖然她長得很漂亮，看起來也很年輕啦，還有另外那兩個，是丫頭片子才對。

那女人是魔法師兼治癒師，名叫馬蒂·索得根。另兩個是志工。莎妮是奧克森福特的學生，優拉則是艾蘭德梅莉特利神殿的祭司。

馬蒂·索得根我認識，紅毛心想，我和這小美人已經共事過很多次，她有點花痴，也很容易歇斯底里，不過只要她的魔法——麻醉咒、殺菌咒和止血咒能派上用場就好，其他的我無所謂。

優拉，祭司一個，或者該說還是個學徒，相貌就像塊亞麻布一樣平庸，有著一雙村姑的大掌。神殿努力不讓骯髒粗重的工作，在這雙手上留下醜陋的繭子，卻掩蓋不了這雙手的出身。

不，紅毛想著，基本上我並不害怕這雙手。這雙莊稼人的手，一定、一定值得信任。再說，神殿出來的女孩很少會讓人失望，她們碰到沮喪的時候不會崩潰，反而會在自己的宗教中，在她們那神祕的信仰中尋求支持。有趣的是，那還真的有效。

接著，他看向一頭紅髮的莎妮，後者正俐落地將手術縫合線穿在一根根彎曲的縫針上。

莎妮，城市裡的窮巷酸弄出來的孩子，多虧了自己肯上進，再加上有一對做出難以想像犧牲替她付學費的父母，才進了奧克森福特大學。她還是個學生，一個愛胡鬧的鬼靈精小丫頭，在我這裡做什麼？負責穿線？套壓力帶？拿鉤子？哈，我的問題應該是：這紅頭髮的女學生什麼時候會在手術中昏倒而鬆開手上的鉤子，一鼻子往前直接倒進手術患者洞開的肚子裡？

人類都很脆弱，他想道。我拜託過他們，派個精靈女子給我，又或者是一個我這一族的，可是他們不要，他們不信任精靈。

話說回來，他們也不信任我。

我是半身人，是個非人類。

是外人。

「莎妮！」

「來了。萬德貝克先生？」

「紅毛。我是說，要叫我『紅毛先生』。莎妮，這是什麼？又是要做什麼用的？」

「紅毛先生，您在考我嗎？」

「回答我，小姑娘！」

「這是骨膜剝離器！是截肢的時候，用來剝掉骨膜的！是要用來避免骨膜被鋸刀的鋸齒鋸裂，好讓截肢過程能順利進行，並且保持清潔！您滿意嗎？我通過了嗎？」

「聲音輕一點，小姑娘，輕一點。」

他用手指耙了耙頭髮。

有趣了，他想著。我們這裡有四個醫生，而且每個都是紅頭髮！這是冥冥中註定好的還是怎樣？

「丫頭們，」他點了點頭。「妳們到營帳前來一下。」

三個人雖都聽話照辦，卻以各自的方式，不屑地輕哼了聲。

營帳外頭坐著一票醫護人員，他們正在享受這最後幾分鐘無所事事的甜美時光。紅毛給了他們一記嚴厲的目光，然後嗅了一嗅，好知道他們是不是已經喝得酩酊大醉。

一名鐵匠在看起來像拷問台的桌前忙著，那是名身材魁梧的漢子，正在整理剝除傷者護甲、鎖子甲，以及變形的頭盔面罩用器具。

「等一下，」紅毛指著戰場，單刀直入地說。「那邊就會展開一場屠殺。而再過一會兒，第一批傷患就會出現。所有的人都知道自己該做什麼，每個人都清楚自己的職責與位置。要是每個人都盡到自己應盡的責任，那麼事情就不會出錯。清楚了嗎？」

丫頭片子全都默不作聲。

「等等，」紅毛伸手又是一比，接著說。「那邊就會有差不多十萬人把彼此打成傷殘，而且是用盡各種方式。我們和另兩家醫院加起來，總共有十二名醫生，不可能幫得了所有需要幫助的人，就算只是一小部分，也沒辦法，而且也沒有人指望我們這麼做。」

「不過我們還是會醫治他們，因爲，這麼說雖然很老套，但這就是我們之所以會在這裡的理由。幫助需要幫助的人。所以，我們能幫多少，就幫多少。」

沒有人對紅毛的這番話發表意見。他轉過身，接著說：

「我們沒辦法做太多超出我們能力之外的事。」他的聲音轉小了些，也多了點溫度。「不過我們所有的人都會盡力，確保該做的事都盡量做到。」

□

「他們出動了。」統帥洋．納塔利斯說，並把出汗的手掌在腰際擦了擦。「國王陛下，尼夫加爾德大軍出動了，往我們這邊來了！」

國王佛特斯特騎在一匹身上有成排百合裝飾的灰馬上。他一邊穩住胡亂踢動的馬兒，一邊將他那張印在錢幣上也當之無愧的漂亮臉孔轉向統帥。

「那我們就只能正面迎戰了。統帥！眾將士！」

「殺掉黑衣軍！」傭兵頭子「終結者」亞當．潘格拉特與伯爵路伊特同聲吼道。統帥先是瞧了瞧他們，然後也挺起腰桿，深深吸了口氣大喊：

「回部隊！」

尼夫加爾德大軍的鼓聲與風笛聲自遠方隆隆響起，克魯姆管、號角與嗩吶也如雷聲般宏亮。在幾千隻馬蹄的踏動下，大地不斷震動。

「開始了。」安迪・畢貝爾維樂得特一邊說著，一邊將一側頭髮撥到小小的尖耳朵後，他是半身人，一名高級補給官。「馬上要開始了……」

塔拉・希德布蘭特、「蛇麻專家」迪迪・賀夫梅耶爾，以及聚在馬車旁的所有人，紛紛點了點頭。他們也聽見了從山丘與森林後頭傳來的馬蹄聲，震耳欲聾，整齊劃一。他們聽見了逐漸攀升的叫囂與嘶吼，讓人聯想到了熊蜂。他們能感覺得到地面在震動。

嘶吼聲突然轉強，拔高一度。

「弓箭手放出第一批箭了。」安迪・畢貝爾維樂得特有經驗，見過，又或者該說是聽過的戰事不只一場。「還會再有一批。」

他是對的。

「現在就眞的開打了！」

「我們最……最好躲……躲到車子底下。」威廉・哈勃頓說。這名綽號「結巴廉」的男子十分不安地來回踱步。「我……我跟你們說……」

畢貝爾維樂得特與其他半身人，用憐憫的目光看了他一眼。躲到車子底下？做什麼？他們和戰場幾乎才隔四百公尺左右。就算眞有哪支軍隊闖到了這後方補給區，躲在車子底下又救得了誰？

嘶吼聲與打鬥聲愈發高漲。

「來了。」安迪．畢貝爾維樂得特估算道。而這一回，他也說對了。

從四百公尺遠處，從山丘與森林的後方，穿過嘶吼與乍然響起的兵器交擊聲，一道清楚、可怕、令人毛骨悚然的聲音，傳進了這群補給兵耳中。

那是尖銳的聲音，令人感到害怕，感到絕望。那是受傷的獸群發出的發狂尖叫與哀號。

「騎兵隊……」畢貝爾維樂得特潤了潤唇。「騎兵隊讓長矛給刺上了……」

「可……可是，」臉色刷白的結巴廉結結巴巴地說：「那些馬……馬又沒有欠他們，一群混……混帳。」

□

亞瑞用海綿擦掉寫下的句子，而這已經不知道是第幾次了。他闔上眼，回憶起那天發生的事，回憶起兩軍交戰的那一刻。兩邊大軍就像蓄勢待發的獒犬，相準對方喉頭跳過去，死命纏住彼此。

他思索著該用哪些字眼來描述那場景，卻沒有半點頭緒。

□

阿爾巴師成三角陣形，直搗敵軍方陣。這支騎兵部隊有如一支銳利的巨大匕首，擊碎了所有特馬利亞步兵的長槍、標槍、斧槍、棍棒與大小盾牌等用來擋住肉身的兵器。宛若匕首的阿爾巴師，狠狠刺進敵人活生生的肉體，拔出一條條鮮紅的血柱。不過這一會兒，滿地鮮血卻令馬兒腳底打滑，舉步維艱，而尖銳的匕首儘管深深刺進敵人體內，卻沒有傷及對方心臟或任何一處臟器。阿爾巴師的三角陣沒有打散特馬利亞方陣，反倒將自己深埋其中、動彈不得，困在了變化靈活，如焦油般稠密的步兵人海中。

起初，情勢看來並不險峻。阿爾巴師三角陣的側邊與前鋒，都是重裝菁英部隊。敵方國之忠僕傭兵團的劍刃與槍頭打在他們的盾牌與鐵甲上，就像打鐵槌打在鐵砧上，一下子便彈開來，而他們上了鎧甲的坐騎，也同樣讓敵軍無計可施。雖然阿爾巴師裡一直有重騎兵落馬，或是連人帶馬一同倒下，這些騎兵手裡的劍、戰斧、小斧與晨星錘，依舊一下接著一下，狠狠落在不斷推進的敵陣步兵上。卡在人群中的三角騎兵師士氣一振，又繼續往人堆深處鑽去。

「阿爾巴——！」德夫林．阿波．梅阿拉聽見艾格布拉特大吼，那吼聲蓋過了所有的兵器聲、叫吼、哀號與嘶鳴。「前進，阿爾巴！大帝萬歲！」

他們開始移動，沿途撞擊、砍殺、切斬敵人。他們的坐騎不斷嘶鳴躁動，而馬蹄底下傳出的，是接二連三的濺水、碎裂、刮磨與撞擊聲。

「阿——爾——巴！」

三角騎軍再度受阻。國之忠僕軍團的士兵人數雖已消減，傷痕累累，卻沒有因此退讓，依舊堅守陣地，將騎軍緊緊夾住，宛如一把鐵鉗，甚至夾出了聲音。在斧槍、長柄斧與連枷的連番進犯下，三角騎軍的第一排已被攻破，重裝騎紛紛倒下。被闊頭槍與長柄槍高高刺起，讓鉤鐮槍與羅哈提納矛【註】的尖鉤勾下馬，遭流星鎚與棍棒無情重擊的阿爾巴師騎兵，開始一個個死去。闖進步兵方陣的三角騎軍，不久前還是辣手懾人的鐵甲武士，現在卻成了冰柱，被一隻巨大的農夫之手握在掌中。

「特馬利亞——！弟兄們，為我們的國王而戰！打倒黑衣軍！」

儘管當下的局面如此，對國之忠僕軍團來說，卻也並不輕鬆。阿爾巴師並沒有被他們擊潰，劍、斧不斷起落，無情斬擊，讓特馬利亞的步兵為每個他們打落馬鞍的騎兵，付出了昂貴的血價。一把尖端細如錐的長柄槍穿過鎧甲縫隙，刺中了艾格布拉特上校，他慘叫一聲，在馬鞍上晃了一晃。同伴還沒來得及出手援助，一把可怕的連枷便將他掃落地面，特馬利亞的步兵也隨即圍了上去。

胸前有彎月牙，且月牙的兩端彎鉤上各有一片三葉草的黑色阿列利昂鷹軍旗，一個搖晃，倒了下來。包含德夫林·阿波·梅阿拉少尉在內的裝甲兵，紛紛朝那方向衝去，一路高聲嘶吼，不斷衝撞、砍殺、踐踏敵人。

我想知道，德夫林·阿波·梅阿拉一邊在心裡想著，一邊從特馬利亞國之忠僕的頭顱與破裂鋼

---

【註】：羅哈提納矛（Rohatyna）是中古世紀的騎士或步兵會使用的一種帶鉤短矛，在波蘭與俄羅斯民族間尤受歡迎，常作打獵或戰鬥之用。長度不過兩公尺，通常用於近距離刺擊。劍柄有時會鏤空，以減輕重量。

盔裡把劍拔出。我想知道，一把鉤鐮槍的鋸齒槍頭往他刺來，他大力打了回去，並在心裡想著。

我想知道，這一切到底是爲了什麼。爲什麼會發生這種事？到底是誰讓這種事發生的？

□

「呃……所以那時候就開了大會，那些偉大的女性……我們可敬的母親……呃……那些我們永世緬懷的偉大導師……因爲……呃……第一次大會的偉大導師……她們商討之後，決定……呃……她們商討之後，決定……」

「阿崩德小姐，妳沒有準備好。不及格。坐下。」

「可是我有唸書，眞的……」

「坐下。」

「我們幹嘛要學這些老掉牙的東西？」阿崩德在坐下的同時，嘴裡嘀咕著。「現在誰還管這些東西啊……而且學了又有什麼用……」

「肅靜！妮穆耶小姐！」

「我在，老師。」

「這我看得見。妳知道剛才那個問題的答案嗎？要是妳不知道就坐下，別浪費我的時間。」

「我知道。」

「那就說吧。」

「所以說，史書告訴我們，導師大會在光禿山城堡舉行，商討要用什麼方法結束南方帝王與北方當權者引起的有害戰爭。神聖烈士——可敬的阿西蕾母親說，那些當權者沒有先慘痛地流一番血，是不會停止戰火的。而神聖烈士——可敬的菲莉帕母親則回答：『那我們就給他們一場既浩大又血腥，既可怕又殘酷的戰役吧。就讓尼夫加爾德大帝軍隊與北方諸王聯軍，在這場戰役裡化成血水，到那時候，我們——偉大的女巫會，會逼他們雙方媾和。』而情況也的確如此發展。可敬的母親們一手促成了布倫納之戰，而那些帝王被迫簽下了琴特拉和平協議。」

「非常好，妮穆耶小姐。優……要不是妳開頭的那句『所以說』，我本來是打算給妳這個分數。句子的開頭不用『所以說』。坐下。那麼，現在換人來跟我們講琴特拉和平協議，就找……」

下課鐘聲響起，但這清一色全是女子的院生中，卻沒有人馬上大叫或敲打課桌。她們依舊安靜無聲，維持一派高貴脫俗的平靜。她們已經不是幼稚園的小丫頭，她們是三年級！已經十四歲了！

而這就是她們該有的表現。

□

「嗯，看起來沒什麼可做的。」在紅毛評估第一名傷患的同時，雪白桌面也沾上了那人的血污。「大腿骨破碎……動脈沒事，不然妳們抬過來的就會是一具死屍了。看起來像是被斧頭砍傷的，馬鞍的側翼成了劈柴椿。請看一下這邊……」

莎妮與優拉壓低身子。紅毛擦了擦手。

「就像我剛才說的，已經沒什麼可做的了，只能動手術了。幹活。優拉！止血帶，綁緊。莎妮，刀。不是這把，要兩邊都能切的那把——截肢刀。」

傷患的目光不停跟著他們的手來回移動，用一雙被陷阱逮著、恐懼不已的動物眼睛，目睹了整個經過。

「馬蒂，麻煩妳，來點魔法。」半身人一個頷首，俯身病人上方，好將他的視線完全遮去。

「孩子，我要幫你截肢。」

「不——！」傷患高聲叫道，一顆腦袋閃來閃去，試圖躲開馬蒂．索得根的雙掌。「我不要——！」

「要是我不幫你截肢，你會死的。」

「我情願死……」在治癒師的魔法作用下，傷患說話的速度越來越慢。「我情願死，也不要當個殘廢……你們讓我死吧……求求你們……讓我死吧！」

「這我辦不到。」紅毛拿起刀子，看著刀刃，看著那還是閃閃發亮、污損未沾的鋼面。「我不能讓你死，因爲我剛好是個醫生。」

他一把將刀鋒刺進傷患體內，深深切了下去。傷患發出慘叫。以人類來說，那聲音一點都不像人類。

□

信使急急煞住坐騎，連地上草皮都給馬蹄犁了起來。兩名副官抓住轡頭，制住口泛白沫的馬匹。信使跳下了馬鞍。

「誰派來的？」洋．納塔利斯叫道。「是誰派你來的？」

「是路伊特大人……」信使岔了氣。「我們擋下了黑衣軍……但折損很多兵力……路伊特大人派我來求援。」

「我們不會提供援助。」統帥在沉默片刻後，如是回答。「你們必須撐下去。撐下去！」

□

「而這裡，」紅毛端著收藏家展示私家收藏的表情指著說。「小姐們，請看一下，這肚子的刀開得很漂亮……有人先幫我們在這倒霉的傢伙身上，開了業餘的剖腹手術……很好，抬他過來的人有用上心，比較重要的器官都還在……我是說，估計都還在。莎妮，依妳看，這是什麼情況？丫頭，妳幹嘛這個表情？妳到現在只看過男人身體外面的東西，沒看過裡面長怎樣嗎？」

「紅毛先生，他的腸子有傷……」

「診斷正確，因爲根本就是廢話！用聞的就知道了，連看都不用看。優拉，帕子。馬蒂，出血還是太多，麻煩幫忙一下，再多給我們一點妳那無價的魔法。莎妮，止血鉗。用血管鉗夾好，妳自己也看到了，血流得亂七八糟。優拉，刀。」

「誰贏了？」正在接受手術的男子突然問道，意識很是清楚，只是說話有些含糊。「告訴我……誰……占上風？」

「小子，」紅毛俯身已經剖開、鮮血淋漓、不斷脈動的腹腔上。「我要是你，就不會花心思去煩惱這件事。」

□

……當時在軍隊的左翼與中央，都展開了殘酷而血腥的戰鬥，不過在這裡的尼夫加爾德大軍，雖然氣勢高漲、衝動十足，但對上了諸王聯軍，他們的騎兵就有如海浪拍在礁石上，碎了個四分五裂。因爲他們對上的，是精心挑選出來的部隊——馬利堡、維吉馬與特雷托格驍勇善戰的重裝部隊，還有特馬利亞永不言棄的國之忠僕；這群拿錢辦事的專家，用騎兵是嚇唬不了他們的。

戰事就這麼持續下去，的確就像是海浪對上陸礁，那就是這樣的一場戰鬥，讓你猜不出誰會獲勝。因爲浪濤雖然不斷打在礁石上，卻沒有絲毫疲態，後退也只是爲了要再度出擊，而礁石依舊屹立不搖，在狂暴的浪濤中清晰可見。

在諸王聯軍的右翼，就不是這種態勢了。

老雀鷹總是知道該俯身衝向哪裡，把對方往死裡啄，而陸軍元帥門諾．科耶亨也是這樣，知道要從哪裡下手。他將手下的菁英部隊——騎槍師代以溫與重裝師阿爾得法因——組成鐵甲神拳，打向黃金池上方，布魯格輕騎軍所在的聯絡線。雖然布魯格的勇士堅守陣地，但他們的武裝，不管是裝甲還是內心，都沒有敵方來得堅強。他們沒有擋下尼夫加爾德大軍的猛烈攻勢。老手傭兵亞當．潘格拉特底下的兩支自由軍騎兵部隊，緊急前往支援，攔下了尼夫加爾德大軍，但也付出了血流成河的高昂代價。而站在右翼的馬哈喀姆矮人志願軍已顯露懼色，整個聯軍潰散的危機就在眼前。

亞瑞將筆伸進墨水瓶裡沾了沾。他的孫子們在園子深處不斷高聲尖叫，笑聲有如一個個的玻璃小鈴鐺。

然而，心細如髮的洋．納塔利斯注意到了這個危機，而且當下便知道自己該怎麼做，馬上趕信使去矮人那邊，將命令傳給艾爾斯上校……

□

正處十七歲天真年紀的副官奧伯立，認爲抵達右翼、傳達指令、返回山丘，最多只會花他個十分鐘。不可能再多了！這在小旋風這匹敏捷如兔的靈巧母馬身上是不可能的。

不過，在抵達黃金池前，他便認知了兩件事：一是不清楚自己何時能抵達右翼，又是否能順利返回；二是小旋風的敏捷眞的幫了他很大、很大的忙。

黃金池西邊的原野已經開戰，黑衣軍與捍衛步兵隊的布魯格騎軍打得你死我活。副官奧伯立眼前的這場混戰裡，突然噴出有如火星，有如彩繪玻璃碎片，穿著綠、黃與紅色披風的剪影，倉皇無助地往厚特拉河撤退。尼夫加爾德人在他們身後傾瀉而出，好像一條黑色河流。

奧伯立急急煞下坐騎，扯住韁繩，準備掉頭逃跑，不礙了那兩群落逃者與追擊者的路。然而，責任心戰勝了一切。奧伯立俯身貼住馬頸，不要命地狂奔起來。

四周都是吶喊與步伐聲，人影、劍光、兵器聲與重物落地聲，如萬花筒般閃爍變化。部分緊挨黃金池的布魯格人，在四端都帶雙鉤的十字旗周圍聚集成堆，拚死抵抗。原野上，黑衣軍將驚恐、無援的步兵，屠殺一空。

一張有著銀色太陽記號的黑披風遮去了他的視線。

「艾弗格，北地林格！」

奧伯立放聲大叫，小旋風被那大叫一激，以脫兔之姿拔腿奔出，將他帶出尼夫加爾德人的劍下，挽回了他的性命。多發箭、弩倏地自他頭上呼嘯而過，眼前再度人影幢幢。

*我在哪裡？哪邊是我們的人？哪邊是敵人？*

「艾弗格末而，北地林格！」

重擊聲、兵器聲、馬鳴聲與慘叫聲接連傳來。

「站住，小伙子，不是那邊！」

那是個女性的聲音，一個騎在公馬上的女性。她身上穿著盔甲，頭髮隨風飛揚，臉上沾了斑斑血漬。在她旁邊，有一群重裝騎兵。

「你是誰？」女人用拳頭抹掉血漬，掌心裡握著一把劍。

「副官奧伯立……納塔利斯統帥的副官……帶了指令來給潘格拉特上校和艾爾斯上校……」

「你不可能到得了『終結者』作戰的地方。我們去矮人那邊。我是尤莉雅．阿巴特馬可……該死的，上馬啊！敵人正往我們圍過來！用衝的！」

他沒來得及提出抗議，也沒有那個必要。

在一段不要命的狂奔後，沙塵中出現了一團步兵，方陣隊形，最外圈罩了層龜甲般的盾牆，像個針包似地插滿了鐵槍。方陣上方揚起一面有著交叉榔頭的巨大金旗，而金旗旁邊則挺著一根帶了馬尾與人顱的竿子。

尼夫加爾德人一會兒跳近、一會兒跳開，就像咬住老爺爺揮動的棍子不斷拉扯的狗群，攻擊著方陣。阿爾得法因師的士兵披風上，都有著一顆巨大的太陽，所以不可能把他們和別人搞錯。

「自由軍，開打！」女人旋轉起長劍，高聲吶喊。「我們好好賺一票吧！」

那群騎兵——還有跟在他們後頭的副官奧伯立——一頭往尼夫加爾德人衝去。

敵我交鋒不過短短片刻，卻十分嚇人。然後，盾牆在他們面前瓦解，而他們已在方陣內部被緊緊包圍，處於穿鎖子甲、戴鎖子扁盔【註】與尖頂頭盔的矮人之中，處於雷達尼亞步兵、布魯格輕騎軍與裝甲傭兵之中。

尤莉雅．阿巴特馬可——人稱「可愛小迷糊」的職業傭兵——奧伯立直到現在才認出她來。她將他拉到一個矮胖矮人跟前。那矮人戴著嵌有紅色金屬羽片的尖頂頭盔，笨拙地坐在罩了鎧甲的尼夫加爾德馬上，坐在鞍橋巨大的騎槍專用馬鞍上。他費力爬上鞍橋，好越過步兵頭頂看得更清楚。

「巴克禮．艾爾斯上校？」

矮人見到副官與坐騎身上都濺了血，很是認同地點了點頭，而他盔上的羽飾也跟著晃了晃。奧伯立不由自主地紅了臉。那些血來自他腳邊被其他傭兵砍殺的尼夫加爾德人，而他自己甚至連劍都來不及拔。

「副官奧伯立……」

「安澤姆．奧伯立的兒子？」

「我排行最小。」

「哈！你父親我認識！你從納塔利斯跟佛特斯特那邊帶了什麼來給我啊，副官小伙子？」

「我們的軍陣有潰散的危險……統帥大人下了令，要志願軍立刻整列翼軍，退到黃金池與厚特拉河……去支援……」

奧伯立的話被叫吼聲、兵器聲與馬嘶聲給蓋了過去。他突然明白自己帶來的指令多沒意義。那些指令對巴克禮．艾爾斯來說，對尤莉雅．阿巴特馬可來說，對面對從四面八方圍擊而來的尼夫加爾德人，在一片黑海上打著交叉榔頭黃金旗的這支矮人方陣軍來說，自己帶來的指令毫無意義。

「我太晚到了……」他的聲音哽咽。「我來得太晚了……」

可愛小迷糊哼了一聲。巴克禮．艾爾斯露出了一口牙齒。

「不，副官小伙子。是尼夫加爾德人來太早了。」他說。

□

「我要恭喜各位小姐和我自己，大、小腸與脾臟的切除手術，以及肝臟的縫合手術都十分成功。這場戰役在病患身上所造成的影響，是幾秒鐘內發生的事；而我們移除這些影響所花的時間，也同樣值得矚目。我建議將這當作哲學反思用的題材。現在，就由莎妮小姐來為我們縫合病患。」

「可是，紅毛先生，這個我從來沒做過啊！」

「每個人總有第一次。紅的跟紅的，黃的跟黃的，白的跟白的。就這樣縫，一定不會出錯。」

□

---

【註】：鎖子扁盔（Misiurka），狀如鍋蓋的扁平金屬頭盔，附有鎖子甲以保護額、頰、耳與頸背。在波蘭，用於十六至十八世紀間的輕騎軍。

「什麼意思？」巴克禮．艾爾斯捻著落腮鬍說。「副官小伙子，安澤姆．奧伯立最小的兒子，你在說什麼啊？說我們在這裡怎樣？浪費時間？我們他媽的就算是受到敵人猛攻，也連抖都沒抖一下！我們可是一步也沒有退讓！那些布魯格人沒擋下敵軍，可不是我們的錯啊！」

「可是命令……」

「去他的命令！」

「要是我們不把空隙填滿，」可愛小迷糊吼道，好蓋過四周急急奔跑的腳步聲與喧囂。「黑衣軍會攻破前線！他們會攻破前線！巴克禮，讓軍隊開一條路出來給我！我去打！我會殺出重圍！」

「你們還沒到池邊，他們就會先殺了你們！你們會白白犧牲！」

「你有什麼提議？」

矮人咒罵一聲，把頭盔扯掉，摔在地上。他的眼睛充血，寫滿憤怒，很是嚇人。

小旋風被四周的嘶吼給嚇到，跳了起來，拚命想躲到副官身下。

「把亞爾潘．齊格林和丹尼斯．克萊姆給我叫過來！快點！」

被叫過來的兩名矮人，身上都濺滿了鮮血，一看便知他們是從激戰中抽身而來。其中一人的鋼製肩甲上有被砍過的痕跡，連甲片都掀了開來。另一人頭上纏了布條，而且鮮血還不斷滲出。

「沒事吧？齊格林。」

「好笑了，」矮人喘著氣。「怎麼每個人都這麼問？」

巴克禮．艾爾斯轉過身，用視線搜索到副官後，便直直盯著他的眼睛。

「你說怎樣啊，安澤姆最小的兒子？」他粗聲說。「國王與統帥下了令，要我們去他們那裡，然後援助他們？那你就好好睜開眼睛看，副官小伙子。絕對讓你值回票價。」

□

「該死的！」紅毛大叫一聲，揮著手上的解剖刀從桌前跳開。「爲什麼？他媽的，爲什麼一定得這樣？」

沒有人回應他的話。馬蒂．索得根只是攤開雙手，莎妮低下了頭，優拉則是吸了吸鼻子。才剛斷氣的病患看著上方，眼睛動也不動，像兩顆玻璃珠一樣。

□

「打！殺！叫那些狗雜碎通通都去死一死吧！」

「給我排整齊了！」巴克禮．艾爾斯吼道。「腳步都給我對齊了！隊伍跟緊！照隊形走！隊形！」

他們不會相信我的，副官奧伯立在心裡想著。等我跟他們說的時候，他們一定都不會相信我的。這支方陣軍四面受敵……每個面向都被敵方的騎軍包圍，屢屢遭到對方推扯、砍殺、重擊、穿刺……但這支方陣軍依舊向前挺進，不斷挺進，整齊劃一，緊密排列，盾牌一面連著一面。這支方陣軍不斷挺進，踩著屍體向前挺進，推開面前的騎軍，推開面前的菁英部隊阿爾得法因師……然後繼續向前挺進。

「打！」

「腳步對齊！腳步對齊！」巴克禮．艾爾斯吼道。「隊伍跟緊！唱歌，他媽的，唱！唱我們的歌！前進，馬哈喀姆！」

從幾千名矮人喉嚨裡，傳出了名聞遐邇的馬哈喀姆戰歌。

啊——啊——！啊——啊——！啊！

客人呀，等等啊！

不然等等你們會後悔！

這間屋子快散了，

連地基都快撐不住！

啊——啊——！啊——啊——！啊！

「自由軍！打！」尤莉雅．阿巴特馬可的女高音有如慈悲之劍鋒利的薄刃，插進了矮人打雷般的吼聲中。傭兵紛紛自隊伍中奪出，將攻擊方陣的騎軍打回去。那眞可謂是自殺式行動，少了矮人的斧槍、長柄槍與盾牌的保護，尼夫加爾德人的攻擊十成十都落在了傭兵身上。四周的重擊聲、吼叫聲與馬嘶聲，讓騎在馬鞍上的副官奧伯立反射性地縮成一團。有人打中他的背部，他覺得自己和卡在人堆裡的母馬，一同移往最大的那團混亂，與最可怕的那場殺戮。他用力握住劍柄，卻突然覺得那劍柄很滑手，而且出奇的難握。

過了一會兒，被擠到盾兵防線前的他，已像是失心瘋似地左砍右殺，又吼又叫。

「再一次！」他聽見可愛小迷糊的吼聲。「再衝一次！弟兄們，撐下去！打，殺！爲了像太陽一樣金燦燦的錢幣，殺！自由軍，到我這！」

一名沒戴頭盔、披風上有顆銀太陽的尼夫加爾德騎兵，衝進了他們的隊伍。他站在馬鐙上，用戰斧朝一名拿盾的矮人狠狠打了下去，接著又砸爛了另一名矮人的腦袋。奧伯立在馬鞍上轉過身，反手砍了過去。一大片帶著頭髮的東西從尼夫加爾德人頭上飛了出去，而那人則摔到地上。就在這個時候，奧伯立的腦袋也莫名被打了一下，跟著跌落馬鞍。因爲四周擠滿了人，他並沒有馬上跌到底下，而是在天空與地面之間、在兩匹馬的身體之間掛了幾秒，不斷發出細微的尖叫。縱使他的喉嚨裡塞滿了恐懼，卻沒來得及感受什麼叫痛。當他掉在地面後，上了鐵的馬蹄幾乎是立刻就踩碎了他的頭顱。

□

六十五個年頭過去，當老婆子被問到那一天的事，被問到布倫納的戰野，被問到踩著敵友屍首往黃金池移動的方陣軍時，她笑了笑，在一張梅乾臉上擠出更多皺紋，然後心急地——又或者是假裝心急——揮動顫抖、嶙峋，因關節炎而極度扭曲的手掌，口齒不清地說：

「我們不管用什麼辦法，不管從哪一邊，都沒辦法取得優勢。我們在中間，被包圍了，他們在外圍。我們兩邊就只是彼此殺來殺去。他們殺我們，我們殺他們……咳、咳、咳……他們殺我們，我們殺他們……」

老婆子好不容易制住了咳嗽的攻擊。聽眾裡，離她較近的那些人，看見了她臉頰上的淚珠，一路艱辛地滾過皺紋與老舊傷疤。

「他們和我們一樣勇猛。」老奶奶口齒不清地說。當年，她是尤莉雅．阿巴特馬可，是自由傭兵團的可愛小迷糊。「咳、咳……我們兩邊都一樣勇猛，我們跟他們。」

老婆子沉默下來，而且維持了頗長一段時間，聽眾見她朝著往事露出笑容，並沒有出聲催促。她的笑容，是對著往日的榮耀，對著在記憶迷霧中閃過的那些光榮逝去的面孔，對著那些光榮存活的面孔。而那些面孔的主人之所以能存活，不過也就是爲了讓自己在日後，低賤地被伏特加、毒品和肺結核謀殺罷了。

「我們兩邊都一樣勇猛。」尤莉雅．阿巴特馬可接著說。「不管哪一邊，都沒有辦法戰勝對方的勇猛。不過我們……我們成功地將我們的勇猛多維持了一分鐘。」

□

「馬蒂，麻煩妳再幫幫忙，多給我們一點妳那神奇的魔法！再多一點點，起碼再多十倍！我們這個不幸的人肚子裡，已經煮成一大鍋燉肉了，而且還加了很多鎖子甲的鐵環當調味！他像條被人扒掉內臟的死魚這樣盯著我看，我什麼也做不了啊！莎妮，該死的鉤子拿穩！優拉！該死的，妳在睡覺啊？止血鉗！止血鉗——！」

優拉重重吐出一口氣，困難地吞下積了滿口的唾液。我要昏倒了，她想。我受不了了，我眞的撐不下去了，這個臭味，這個混了血、嘔吐物、糞便、尿液、腸子裡的東西、汗水，還有恐懼感和死亡的噁心綜合氣味。我再也受不了那永遠不會停的尖叫聲和哀號聲，受不了那些又濕又滑、沾滿了血的手。那些手這樣死抓著我，好像我是他們的救贖、他們的生路、他們的命……我受不了我們在這裡做這些無意義的事，因爲這一點意義都沒有，眞的一點意義都沒有。

我沒有辦法再費更多力氣，再承擔更多疲憊了。他們一直抬病患進來……一直來……

我受不了了。我要吐了。我要昏倒了。那會很丟臉……

「帕子！棉球！腸鉗！不是這把！直的那把！注意妳在做什麼！妳要是再一次錯得這麼離譜，我就一巴掌打在妳這顆紅腦袋上！妳聽見了沒？我會朝妳這顆紅腦袋一巴掌打下去！」

偉大的梅莉特列女神啊，請幫助我吧。幫助我吧，女神。

「看吧！馬上就做對了！再來一把鉗子，祭司！止血鉗！很好！很好，優拉，就這麼保持下去！馬蒂，幫她擦一下眼睛和臉。還有我也是……」

□

這股疼痛的感覺是打哪來的？統帥洋・納塔利斯在心裡想著。是哪裡這麼痛？

喔，對了。

他緊握雙拳。

□

「我們繼續追殺他們！」奇斯・凡・羅搓著雙手大聲喊道。「元帥！我們繼續追殺他們！他們的防線就要破了，我們出擊吧！我們立刻出擊吧，我以偉大的太陽起誓，他們的防線一定會破的！讓我去把他們打得落花流水！」

門諾・科耶亨焦躁地咬起指甲，但隨即意識到自己的行為，快速將指頭從嘴裡拿出。

「我們出擊吧。」奇斯・凡・羅又說了一次，但口氣已緩和許多，不再充滿堅持。「瑙西卡旅已經準備好了……」

「瑙西卡旅必須留下來待命。」門諾厲聲說道。「達爾蘭旅也是。法伊提亞納先生！」有「鐵狼」之稱的佛利荷德旅領袖伊森格林．法伊提亞納，將臉轉向元帥。那張臉十分可怕，有道不成形的疤痕從他的額頭、眉毛、山根，一路延伸到臉頰。

「你們負責攻擊。」門諾用權杖一指，下達命令。「去打特馬利亞跟雷達尼亞的交界處。那裡。」

精靈行了軍禮，毀了容的面孔甚至連抖都沒抖一下，深邃大眼中的神色也沒有絲毫改變。

他們是我們的聯軍，門諾在心裡想道。我們的盟友，我們共同作戰，對抗共同的敵人。不過我一點都不了解他們，這些精靈。他們和我們很不一樣。很另類。

□

「有趣了。」紅毛試著用手肘擦拭面孔，不過他的手肘上也有血。優拉見了，趕忙過去幫他。

「很令人玩味。」外科醫生指著患者，又說了一次。「被叉子或某種雙叉類的鉤鐮槍給叉到……一支叉牙穿過心臟，喏，請看。狠狠穿過心室，幾乎把大動脈都剝離了……而他剛剛還有呼吸呢，就在這裡，在這張桌子上。」

「您是想說，他死了？」自願投軍的輕騎兵陰陰地說。「說我們把他抬到這裡是做白工？」

「只要有抬過來，就有希望，從來就不會是做白工。」紅毛直視他說。「而事實上，沒錯，很不幸地，他死了。宣告不治。帶走吧……啊，他媽的……妳們看，女孩們。」

馬蒂·索得根、莎妮與優拉彎下身子查看屍體。紅毛將他的眼皮拉開。

「妳們看過這種東西嗎？」

三人一瞧，皆抖了一下。

「有。」她們同聲答道，然後看向彼此，似乎有些驚訝。

「我也看過。」紅毛說。「這是獵魔士，是變種人。這就可以解釋，爲什麼他可以活那麼久……人類，他是你們的作戰夥伴嗎？還是你們把他帶過來是個意外？」

「他是我們的兄弟，醫生先生。」另一名志願兵鬱鬱地說，那是一名頭上繫著綳帶的大塊頭。「他是我們那一營的，和我們一樣，是自願役。唉，他使劍可厲害了！他叫可恩。」

「而且是獵魔士？」

「對啊，不過除了這一點，他是個不錯的傢伙。」

「唉。」紅毛嘆了口氣，看見四名士兵用一張不但已經整個染紅，還不斷滴血的披風，又抬來一名傷者。按那細微的哀號聲判斷，傷患年紀還非常輕。「哎，可惜了……我很樂意來解剖這個『除了這一點，是個不錯的傢伙』的獵魔士，而好奇心可是會殺死一隻貓的，再說，要是瞧一瞧他身體裡的樣子，也可以寫成一篇論文……不過沒時間了！把屍體從桌上弄走！莎妮，水。馬蒂，消毒。優拉，給我……喂，ㄚ頭，妳又在哭？這次又怎麼了？」

「沒什麼，紅毛先生。沒什麼，已經沒事了。」

□

「我覺得自己好像被人偷了一樣。」特瑞絲．梅莉戈德重複道。

南娜卡久久沒有答腔，只是從露台上看著神殿的花園，裡頭的祭司與學徒正熟稔地做著春日的工作。

「妳做了選擇。」她總算回應。「妳選了自己的道路，特瑞絲，妳自己的命運，按妳自己的意願。現在不是後悔的時候。」

「南娜卡，」女巫斂下眼神。「我能和妳說的，眞的都說了。相信我，也原諒我吧。」

「我有什麼資格去原諒妳？就算我原諒了妳又如何？」

「可是妳用什麼眼神在看我，我都一清二楚啊！妳跟妳的祭司！我看見你們在眼底對我提出的疑問。『魔法師，妳在這裡做什麼？爲什麼妳不在優拉、艾伍兒奈德、凱婷、蜜兒哈她們在的地方？不在亞瑞那邊？』」

「妳太誇張了，特瑞絲。」

女巫看向遠方，看著神殿圍牆外逐漸轉青的樹林，看著遠方一處處火堆所升起的輕煙。南娜卡沒有出聲，她的思緒也同樣飄向遠方，飄去戰火紛飛、鮮血淋漓的地方。她在想著被她送去那邊的女孩們。

「她們都拒絕了我。」特瑞絲說。

南娜卡依舊沉默。

「她們全都拒絕了我。」特瑞絲又說了一次。「一個個都那麼聰明、那麼理智、那麼有邏輯……她們向我解釋事有輕重緩急，那些比較不重要的，就該立刻拋下，去換取更重要的事，不要有半點可惜。拯救自己所知、所愛的人，是沒有意義的，因爲那都只是單獨個體，而對於這整個世界的命運來說，單一一個人的命運是沒有意義的。爲了保護尊嚴、名譽和理念而戰，一點意義都沒有，因爲這些都只是空洞的定義。攸關世界命運的眞正戰場，根本就在別的地方，眞正奮戰的地點，是在他處。當她們這麼說的時候，妳要我怎麼不去相信她們？我覺得自己被偷了，覺得自己做出瘋狂舉動的可能被偷了。我不能瘋狂地趕去幫忙奇莉，我不能像個瘋子一樣跑去救傑洛特或葉妮芙。不只這樣，現在正在打的這場仗裡，在那些女孩被妳送進去的這場仗裡……在亞瑞偷跑去參加的這場仗裡，我甚至沒辦法站上那座山，沒辦法再一次站上去，沒辦法在眞正清楚態勢的情況下，秉著正確的決定，再一次站上去。」

「每個人心中都有一把尺，都有一座自己的索登丘，特瑞絲。」大祭司輕聲地說。「每個人都是如此。該妳的時候，妳也躲不掉的。」

□

營帳的入口一陣喧囂。在幾個騎士的幫忙下，又抬進了一個傷者。一個全身上下都罩著平板盔甲的人，不斷吆喝、指揮、催促。

「動作快，你們這些催命鬼！動作快點！把他搬來這裡，這裡！喂，你，醫護手！」

「我沒空。」紅毛根本連抬都沒抬眼。「請把傷者放到擔架上。等我這邊忙完了，就會去幫他看……」

「你這個蠢庸醫，現在就要幫他看！因爲這可是尊貴的加洛蒙內伯爵大人本人！」

「這間醫院，」紅毛拉高了音量，口氣很衝，因爲卡在傷患內臟裡的弩矢再次從他的鉗子裡滑開。「這間醫院跟民主幾乎搆不上邊。送來這裡的，多半是受過封的上流人物，像男爵、伯爵、侯爵或其他類似身分的人。至於出身較低的傷患，似乎就比較少人關心。不過，這裡還是有一定的公平性，就在我的這張檯子上！」

「啊？什麼？」

「不管在我這張檯子上的這個人，」紅毛再度將探針與鉗子探伸進傷口中。「就是現在我要把鐵片從他內臟裡拉出來的這個人，管他是鄉巴佬、世家、古老貴族，還是貴族中的貴族，都不重要。在我這裡，不管是公爵還是弄臣，都一樣是一條命。」

「什麼？」

「您的伯爵要排隊。」

「你這個該死的半身人！」

「莎妮，過來幫我，拿另一把鉗子。小心主動脈！馬蒂，如果可以，再來一點點魔法，這裡出血很嚴重。」

騎士往前踏了一步，嘴裡的牙齒和身上的盔甲都發出了聲音。

「我會叫人把你吊死！」他大吼著。「我會叫人把你吊死，你這個半身人！」

「閉嘴，帕佩布羅克。」受傷的伯爵咬著嘴唇，困難地說。「閉嘴。把我留在這裡，回戰場……」

「不，我的大人！我永遠不會留你一個人的！」

「這是命令。」

營帳的布幕外頭，傳來了撞擊聲與兵器聲，還有馬的噴息聲與狂野的大叫。野戰醫院裡的傷患哀號聲此起彼落。

「請看一下。」紅毛舉起鉗子，展示他千辛萬苦才拔出來的弩矢。「做這東西的是個手工很巧的工匠，他靠著這份手藝，養活一大家子，而且還促進了精密工藝的發展，也造就了大眾利益與全民福祉。而這枚奇巧之物嵌住人體臟器的方式，想必也受到專利權的保護。願世界的進展能持續蓬勃。」

他隨手將鐵矢扔進一個桶子裡，看了在他高談闊論時便已昏厥的傷患一眼。

「把他縫合，然後帶走。」他點了點頭。「要是他運氣好，就能活下來。把下一個傷患搬上來，頭被打爛的那個。」

「那個人，剛剛把位子空出來了。」馬蒂．索得根平靜地說。

紅毛做了一次吐納，沒有多說半點評論便離開檯前，站到了受傷的伯爵身邊。他的雙手沾滿血跡，圍裙上也濺了斑斑紅印，就像屠夫一樣。丹尼爾．埃卻維立——加洛蒙內伯爵，他的臉色比剛才更蒼白了。

「好啦，伯爵大人，現在有空位了，你們把他搬到檯上去。看看這是什麼情況？哈，這邊已經沒有什麼好救不救了。這是一鍋大麥粥！一團漿糊！伯爵大人，您是拿什麼在那邊打啊，可以把自己的骨頭絞碎成這樣？沒辦法，您得稍微痛一下，伯爵大人。稍微痛一下。不過，請別害怕，這感覺會跟在戰場上一樣。止血帶。刀！親愛的殿下，我們要來截肢。」

到目前爲止一直故作平靜的丹尼爾．埃卻維立——加洛蒙內伯爵，像狼一樣發出了哀號。在他還沒痛得吼裂自己的下頷，莎妮已利索地將一個椴樹做的木塞子塞進他的兩排牙齒間。

□

「國王陛下！統帥大人！」

「快說，小子！」

「志願軍與自由軍守在黃金池附近的林道上……矮人與傭兵雖然全身浴血，但都堅守陣地……聽說『終結者』潘格拉特已經被殺，凸額頭已經被殺，尤莉雅·阿巴特馬可已經被殺……所有人，所有人都被殺了！趕去幫他們的多利安部隊也被殲滅了……」

「後備兵力，統帥先生。」佛特斯特輕聲地說，卻很清楚。「要是您想知道我的意見，現在是後備兵力上場的時候了。讓布隆尼博爾把他的步兵往黑衣軍推！就是現在！馬上！不然他們會打破我們的陣線，到那時候，就眞的結束了。」

洋·納塔利斯沒有回話，因爲他遠遠便已經注意到，有另一名騎著白沫橫飛的馬，朝他們奔來的聯絡兵。

「先喘過氣，小子。先喘過氣，然後好好講清楚！」

「他們打破……前線了……佛利荷德旅的精靈……路伊特大人有話要給兩位大人……」

「他說了什麼？快說！」

「說是時候逃命了。」

洋·納塔利斯抬眼看向天空。

「布倫克特，」他低聲說。「讓布倫克特過來吧，不然就讓夜晚降臨吧。」

□

營帳附近的土地在馬蹄的踏動下，震了起來，周遭充斥著一聲又一聲的吼叫與馬嘶。一名士兵闖進了帳裡，後頭還緊跟著兩名醫護兵。

「大家快逃啊！」士兵大吼。「快逃啊！尼夫加爾德打過來了！他們見人就殺！見人就殺啊！我們輸了！」

「鉗子！」一道血涓從傷患動脈噴出，勢如破竹，宛若噴泉，直接衝向紅毛的臉。他頭一撇，閃了過去。「止血鉗！還有棉球！止血鉗，莎妮！馬蒂，麻煩妳，幫我處理一下這裡的出血……」

某個人發出了禽獸般的哀號，聲音就在營帳邊，但很快地，那聲音就斷了。一匹馬兒發出尖聲。某個東西鏗鏘一聲，插進土裡。弩弓的箭矢「唰」地一聲穿進營帳，然後又從另一頭呼嘯而出。幸好那箭飛得頗高，不至於威脅到躺在擔架上的那群傷患。

「尼夫加爾德——！」士兵用著又高又抖的聲音再度喊道。「醫護手先生！您沒聽見我說的話嗎？尼夫加爾德人攻破了皇家防線，正一路殺過來了！快逃啊——！」

紅毛從馬蒂·索得根那裡接過針，縫下了第一針。手術檯上的傷患已經有好一段時間沒有動靜，不過心臟還在跳動。這一點清楚可見。

「我不想死——！」某個意識清醒的傷患大聲叫道。這士兵出言咒罵，跳到營帳入口，卻突然慘叫一聲，往後撞去，一路噴血，倒在黃土地上。跪在擔架旁的優拉跳了起來，往後退。

四周突然變得安靜。

糟了，紅毛一見入帳之人，心裡如是想道。精靈。銀色閃電。佛利荷德旅。鼎鼎大名的佛利荷德旅。

「你們在這裡治療傷患。」帶頭者點出眼前的事實，那是名個子很高的精靈，臉型修長好看、線條分明，而且有著一雙矢車菊藍的大眼睛。「你們在治療傷患嗎？」

沒人回話。紅毛覺得自己的兩隻手開始發抖。他快速把針還給馬蒂。他看見莎妮的額頭與山根開始泛白。

「所以，這裡到底是怎麼回事呢？」精靈一字一字緩緩地說，聲音裡不懷好意。「那我們在那邊，在那戰場上，是為了什麼要傷人？我們在那邊，在打鬥中傷人，就是要那些人死。而你們在這裡治療那些人？我認為這根本一點都不合乎邏輯，也不符合利益。」

他拱起背，幾乎毫不掩飾，將劍插進躺在離入口最近那張擔架上的傷患胸膛。另一名精靈用短矛釘住一個傷患。第三名傷患意識清醒，試圖用左手和纏上厚厚繃帶的截肢右手擋下銳器攻擊。

莎妮叫了一下，聲音又尖又細，遮去了傷患那沉重、不像人類的虛弱呻吟。優拉往擔架衝去，用自己的身體擋住接下來的那名傷者。她的臉色白得像繃帶，雙唇也不由自主地抖了起來。精靈瞇起了眼睛。

「法佛特，比安娜！」他低吼道。「因為我會連妳一起，刺穿那個都因！」

「從這裡滾出去！」紅毛三步併作一步，跳到優拉身前擋住她。「你這個殺人犯，從我的營帳滾出去。滾去那邊，去戰場，那邊才是你該待的地方，跟其他的殺人犯一起。你們就在那邊互相殺來殺去，隨你們高興！不過，給我從這裡滾出去！」

精靈低頭看。看著嚇到發抖的矮胖半身人，長著鬈髮的頭頂不過稍稍高過他的腰帶。

「不羅耶的，飛利安。」他嘶聲說。「人類的走狗！給我閃一邊去！」

「辦不到。」半身人雖牙關打顫，但說出口的話語卻很清楚。

第二名精靈跳了過來，用短矛的握柄推了外科醫師一把。紅毛雙膝跌落。高個子精靈粗魯地將優拉從傷患身前拉開，舉起了劍。

然後他突然定住了，看見傷患頭底下捲成一團的黑披風上，屬於代以溫師的銀色光芒。還有屬於上校的軍徽。

「葉文！」一名將黑髮紮成幾根粗辮子的精靈女子，大叫著衝進營帳。「肯姆，維洛耶！艾色極力阿德阿都因安法！艾斯太得！」

高個子的精靈盯著受傷的上校看了一會，接著把目光轉向嚇得眼眶泛濕的外科醫師，然後腳跟一旋，走了出去。營帳外頭再度傳來馬蹄聲、吶喊聲與兵器聲。

「殺黑衣軍！殺啊！」上千道吶喊響起。有個人發出了像野獸般的嚎叫，然後那嚎叫又轉為嚇人的低吼。

紅毛試圖站起來，但雙腳卻不聽使喚，雙手也不太順服。

優拉強忍下哭意，卻因此劇烈抽泣、不斷顫抖，在受傷的尼夫加爾德人擔架前縮成一團，像母親肚子裡的胎兒一樣。

莎妮並沒有想要擋住眼淚，而是任由淚水流出，但手裡的鉗子依舊穩穩拿著。馬蒂繼續縫合，平平靜靜，只是雙唇無聲地動著，啞然訴說獨白。

紅毛歷經幾番嘗試，依舊無法起身，遂坐了下來，眼神對上整個人在營帳角落縮成一團的醫護兵。

「給我來口烈酒。」他擠出了這麼一句話。「可別和我說你沒有。我知道你們，一群滑頭。」

□

布倫海姆．布倫克特將軍站在馬鐙上，像隻鶴一樣拉長了脖子，聆聽戰場的聲音。

「把隊伍散開。」他朝各領軍下了令。「等過了那座小山，就讓馬改用快跑。按偵查兵的說法，我們會直接跑到黑衣軍的右翼。」

「然後給他們迎頭痛擊！」其中一名中尉細聲叫道，那是個唇上只有幾根稀疏軟鬍小伙子。布倫克特斜睨了他一眼。

「叫部隊裡的將士都大喊『雷達尼亞』，使盡吃奶的力氣喊！要讓佛特斯特和納塔利斯底下的弟兄們知道，援軍來了。」

□

伯爵寇布斯·路伊特自十六歲起，便在大大小小的戰役中，打了十四年的仗。再說，他的家族八代都是軍人，因此在他的基因裡一定也留了印子。戰場上的咆哮與吶喊對他人來說，只是會淹沒一切的可怕喧囂，但聽在伯爵寇布斯·路伊特耳裡，卻是管弦演奏會上的交響曲。一瞬間，路伊特聽見了新的音符、新的和弦、新的曲調。

「衝啊，兄弟們！」他揮舞權杖，高吼道：「雷達尼亞！雷達尼亞來了！鷹！鷹！」

北方山丘後頭，有一大群騎兵往戰場圍了過來，而他們上方，飄舞著一面面的紫紅幡幟與一張有著雷達尼亞銀鷹的麾旗。

「援軍！」路伊特大喊：「援軍來了！衝啊！殺黑衣軍！」

八代從戎的軍人在頃刻間，便注意到尼夫加爾德人正收捲側翼，試圖把陣容緊密的黑色前線，轉向急行而來的援軍。他知道，自己不能讓他們貫徹計畫。

「跟我來！」他大吼道，並奪過旗兵手中的軍旗。「跟我來！特雷托格兵，跟我來！」

他們發動了攻擊，而且是抱著必死決心發動血腥攻擊，但效果很好。維能達勒師的尼夫加爾德人已自亂陣腳，雷達尼亞的部隊趁這機會，一鼓作氣，衝向他們。巨大的吶喊聲響入雲霄。

這一切，寇布斯·路伊特已經沒有看見，也沒有聽見。一支弩弓發出的迷途短箭，直直射入他的太陽穴。伯爵在馬鞍上搖晃一圈後，便摔下了馬，而軍旗就像是裹屍布一樣，蓋在了他的身上。

同樣也戰死沙場的那八代路伊特，從彼端世界觀看這場戰役，紛紛對他點頭，表示認可。

「可以說，上尉先生，北地林格那天是碰到了奇蹟搭救。又或者是無法預測的巧合……事實上，瑞斯提夫．德蒙梭隆在他的書裡寫了科耶亨元帥錯估對手的兵力與打算。冒了頗大的風險把中軍分散，並調動騎兵部隊。在沒有至少三倍兵力優勢的情況下，賭博般地投入對戰。還有，他沒留意局勢分析，沒發現前來支援的雷達尼亞軍隊……」

「軍校生普卡默！德蒙梭隆先生的著作內容具爭議性，並不包括在本校的課程當中！而尊貴的帝王陛下，絕對不喜歡聽見有人提起那部著作！所以軍校生您不會想要在這裡引述書裡內容。老實說，我很訝異。到目前爲止，您的回答都很好，甚至可以說是完美，但是您卻突然開始和我們說什麼奇蹟與巧合，最後竟然還允許自己批評帝國史上最了不起的領袖之一——門諾．科耶亨的領導能力。軍校生普卡默，以及在座的各位軍校生先生，如果你們有認眞想要通過檢定考，那麼你們就會想要好好聽聽，並且記住我接下來說的話——布倫納之戰並沒有受到任何奇蹟或意外的影響，而是一場陰謀！是敵方的反動勢力、分化分子、卑鄙的策反分子、媚外分子、政治信用破產分子、叛國賊與賣國賊！是這些毒膿後來讓白刃割得一乾二淨，但在那之前，那些卑鄙叛徒向自己的民族織了一張蜘蛛網，把自己的民族困在陰謀中！當時就是他們誘導、出賣了元帥科耶亨，欺騙了他、誤導了他！是他們那些沒有道德、沒有信仰的流氓……」

□

「一群狗娘養的。」門諾．科耶亨重複先前的咒罵，但望遠鏡筒依舊貼在一邊的眼睛上。「一個、兩個都是狗娘養的。不過，等著瞧吧，我會把你們找出來，教你們什麼叫偵查。德．文加特，你親自去把負責巡邏北方那些山丘的軍官找出來，下令把整個巡邏隊的人都吊死。」

「遵命！」元帥的副官歐德．德．文加特大聲蹬了下鞋跟。當時，他還無從得知拉瑪．佛勞特，也就是那個巡邏隊軍官，此刻正在敵方馬蹄的踐踏下逐漸斷氣。而這支從側翼進攻的敵軍，是北地林格的儲備戰力，也就是他沒發現的那支。德．文加特也無從得知，他自己本身也只剩兩個鐘頭的命好活了。

「那邊有多少人？特拉赫先生。」科耶亨的望遠鏡依舊貼在眼睛上。「您怎麼看？」

「至少有一萬。」達爾蘭第七旅的領軍答道，口吻中不帶半點情緒波動。「主要是雷達尼亞，不過還看到亞丁的箭頭標誌……還有獨角獸，所以喀艾德也有參加……兵力，至少有一個連……」

□

騎兵連快馬奔馳，沙礫一路飛濺。

「前進，布拉軍！」像平常一樣醉醺醺的百夫長半缸子高吼著。「打！殺！喀艾德——！喀艾德——！」

該死，我想撒尿，奇維克如是想道。應該在開打前先去撒一泡的……

現在大概沒時間了。

「前進，布拉軍！」

每次都是布拉軍。哪裡有壞事，布拉軍就往那裡去。要派誰當遠征部隊去特馬利亞？布拉軍。每次都是布拉軍。而我想撒尿。

他們到了。奇維克大喝一聲，在鞍上轉過身，從一名黑披風上有顆銀色八角星的敵營騎士耳朵砍下去，斬斷了對方的肩甲與肩膀。

「布拉軍！喀艾德——！打，殺！」

在重擊聲、倒地聲與兵器聲中，在人類的哀號聲與馬匹的尖鳴聲中，布拉輕騎軍與尼夫加爾德人展開交戰。

□

「德梅利斯—斯托克與布雷班特應付得了那支援軍。」達爾蘭第七旅的領軍艾蘭．特拉赫平靜地說。「雙方武力相當，目前還沒發生什麼無法應付的事。左翼有提柯奈的部隊守在左翼，右翼則有馬格內師與維能達勒師看著。而我們……元帥大人，我們可以平衡、調度兩邊兵力……」

「同時從空隙下手出擊，補救精靈留下的攤子。」門諾・科耶亨飛快地說。「從敵軍後方出現，引起恐慌。就是這樣！偉大的太陽啊，我們就這麼辦！各位先生，回部隊去！瑙西卡旅跟第七旅，是你們上場的時候了！」

「大帝萬歲！」奇斯・凡・羅大叫道。

「文加特先生。」元帥轉過了身。「請召集眾副官和護衛隊，我們已經閒得夠久了！我們跟達爾蘭第七旅一起突擊。」

歐德・德・文加特的臉色微微刷白，但他馬上穩住心緒。

「大帝萬歲！」他吼道，聲音幾乎沒有抖動。

□

紅毛手起刀落，傷患慘叫連連，不斷抓耙桌面。優拉一邊堅強對抗腦中的暈眩感，一邊注意著止血帶與止血鉗。從營帳入口的方向，傳來莎妮抬高的音量：

「去哪？你們瘋了嗎？這裡是活人等著救命的地方，你們卻把屍體往這推？」

「不過，醫護手小姐，這可是安佐・奧伯立男爵本人啊，是堂堂一個連的領軍啊！」

「是前領軍！現在已經上天堂了！你們之所以還能把他一整塊搬過來，都是多虧了他的盔甲做得嚴實！把他帶走。這裡是醫院，不是停屍間！」

「可是，醫護手小姐……」

「不要擋住入口！哦，那邊抬了一個還在呼吸的要過來。至少是看起來還在呼吸，因爲也有可能只是紗布在飄動而已。」

紅毛不屑地哼了一聲，但馬上又挑起一邊眉毛。

「莎妮！馬上過來這裡！」

「記好了，小丫頭，」他俯身一條剖開的腿上方，咬著牙說：「外科醫師要先有十年的實務經驗，才能縱容自己出言譏笑。妳記住了嗎？」

「是的，紅毛先生。」

「拿骨膜剝離器來把骨膜拉開……該死的，應該要再讓他麻醉一下……馬蒂在哪裡？」

「在營帳後頭吐。」莎妮說，言語中已不見譏笑。「就像貓一樣。」

「這些巫師，」紅毛接過鋸子。「不該發明那麼多既可怕又強的咒語，而是應該專心想出一種咒語，可以讓他們施展小法術的咒語，比如麻醉咒，不過得是沒有問題、不會讓他們吐的那種。」

鋸子發出了刺耳聲響，隨之而來的，是骨頭碎裂的聲音。

「帶子綁緊一點，優拉！」

骨頭總算斷開。紅毛用鑿子修了一下斷骨，然後擦了擦額頭。

「血管與神經。」他公式化地說，而這話已是多餘了，因爲女孩們已經開始縫合。他把斷腿拿下桌，丟到角落的一堆斷肢上。傷患已經有一段時間都沒有大叫，也沒有哀號了。

「昏了，還是死了？」

「昏了，紅毛先生。」

「很好。莎妮，把截肢的斷面縫合。送下一個過來！優拉，看看馬蒂是不是已經吐完了。」

「不知道紅毛先生您有幾年的實務經驗呢？一百年？」優拉小聲問道，沒有抬起頭。

□

一千百夫長與十夫長在費力行軍十幾分鐘，讓沙塵悶得難以呼吸後，終於停下叫囂聲。維吉馬兵團散了開來，排成一列。喘得上氣不接下氣，像條魚般不斷張嘴捕捉空氣的亞瑞，看見總督布隆尼博爾騎在他那罩了甲片的漂亮駿馬上，在眾將士面前展示。總督自己身上，同樣也穿了全套板甲。布隆尼博爾的盔甲上鑲了幾條湛藍色帶，讓他看起來像一條用金屬板做成的巨大青花魚。

「你們這班飯桶怎樣啊？」

一排又一排的長柄槍兵用遠處雷鳴般的隆隆低聲回答。

「你們發出這種屁聲，」總督一邊道出自己的看法，一邊掉轉罩著甲片的駿馬，在眾將士面前來回慢步騎。「就表示你們日子過得很舒服。因爲要是你們過得不好，就不會叫得這麼半死不活，而是會像下了地獄一樣呼天搶地。我從你們的表情可以看得出，你們已經迫不及待要上戰場，夢想去打仗，等不及要去會會尼夫加爾德人！怎樣，維吉馬的強盜們？我有好消息給你們！你們的夢想再過一會兒，便會成眞。只要再過一會兒，再一下下就好。」

騎槍部隊再度發出低沉的聲音。布隆尼博爾先是騎到首排隊伍末端，然後又騎了回來，一邊用鎚矛敲著鞍橋上裝飾的圓球，一邊繼續演說：

「步兵，你們走在重騎兵後面，已經吃土吃夠了！到目前爲止，你們聞到的都是馬屁味，而不是名聲與戰利品。就連像今天這樣，在部隊需要大批兵力的時候，你們也只差一點點就來不了這個榮耀的戰場。不過，你們成功了，我由衷恭喜你們！這裡，就在這座我忘記叫什麼名字的村落腳下，你們終於有機會表現自己身爲軍人的價値有多少。你們看到原野上的那團雲，是尼夫加爾德的騎兵部隊，他們正打算用側面攻擊，來粉碎我們的軍隊，把我們推到這條名字我一樣也忘了的小河沼澤裡，淹死我們。你們這支鼎鼎大名的維吉馬長柄槍部隊，受到佛特斯特國王與納塔利斯統帥的青睞，要負責守住我軍出現的空隙，這是你們的榮幸。你們要用——我這麼說吧——自己的胸膛，來塡掉這個空隙，擋住尼夫加爾德人的攻勢。同志們，你們很高興吧？覺得很驕傲吧，嗯？」

亞瑞緊緊握住長柄槍，朝四周看了看，完全看不出有士兵因爲即將到來的戰役開心，如果擁有關閉軍隊縫隙的這份榮耀，會讓他們心中滿是驕傲，那他們眞的把這股驕傲藏得很好。站在亞瑞右邊的梅菲喃喃唸了段祝禱文，而左邊的戴伍斯拉克——貨眞價實的老兵——吸了下鼻子，咒罵一聲，並情緒緊繃地咳了咳。

布隆尼博爾掉轉馬匹，在鞍上挺直了身子。

「我沒聽見！」他吼道。「我在問你們是不是他媽的驕傲得不得了？」

這一回，長柄槍兵無可奈何，齊聲大吼自己非常驕傲。亞瑞也跟著吼，跟著其他人一起吼。

「很好！」總督在軍隊前停下了馬。「現在，把隊伍排好！百夫長，你們他媽的在等什麼？排成方陣！第一排蹲下，第二排站著！長柄槍豎直了！拿錯頭了，你這個蠢材！對、對，我就是在跟你說話，你這個醜不拉嘰的傢伙！高一點，槍頭再高一點，跟群老頭似的！通通給我對齊了，排緊一點，靠近一點，肩膀碰肩膀！就是嘛，現在你們看起來像樣多了！幾乎就跟支軍隊一樣！」

亞瑞排在第二排，緊緊靠著插在地上的長柄槍，嚇到出汗的雙手死死抓住槍柄。梅菲不斷為將死之人默念祝禱。戴伍斯拉克發出模糊的低吼，一直重複幾個字，主要是關於尼夫加爾德人、公狗、母狗、各家君王、統帥、總督及他們母親的親密生活細節。

原野上的雲團不斷擴大。

「到了那邊，別給我放屁，也別給我牙齒打顫！想靠這些聲音來嚇跑尼夫加爾德人的馬是沒用的！不要自己騙自己了！往你們過來的，是瑙西卡旅跟達爾蘭第七旅，一個個都很厲害，很能打，受過良好的軍事訓練！他們都是嚇大的！不可能被打敗！只能殺了他們！長柄槍再舉高一點！」

遠遠已經能聽見音量尚小，但逐漸升高的馬蹄聲。地面開始震動。沙塵團中開始閃出馬刺的亮光，有如點點火星。

「你們走狗屎運了，維吉馬人。」總督再度吼道。「新式規格的標準步兵長柄槍可是有二十一吋長！而尼夫加爾德人的劍長三吋半！你們應該會算數吧？他們也會。不過他們指望你們不會反抗，指望你們會露出真正的本性，像大家都知道的那樣，只是一群嚇得屁滾尿流的懦夫，只會捅羊屁股的噁心鬼。黑衣軍就指望你們會把槍給丟了，開始逃命，而他們就在場上追殺你們，砍你們的背脊、後腦勺與後頸，砍得輕輕鬆鬆，不費半點力氣。記好了，你們這坨扶不上牆的爛泥巴，人在嚇到的時候，雖然會跑得像飛一樣，不過遇上騎兵，你們是絕對逃不了。想活命，想出名、想有錢，就得好好留下來面對敵人！堅強地面對敵人！像一堵牆一樣挺在那裡！維持好隊形！」

亞瑞朝左右看了一下。站在長柄槍兵後頭的弩弓手已絞緊弓弦，而其他人手上的鉤鐮槍、斧槍、長柄刀、戰鐮、钂鈀與長叉，也像刺蝟背上揚起的尖刺般，從方陣內部突起。大地的震動越來越明顯、越來越強烈。原是往他們直逼而來的一面黑騎牆，現在已經可以分辨出個別的騎兵身影。

「媽、媽媽……媽、媽媽……」梅菲抖著唇不斷重複。

「……去你媽的。」戴伍斯拉克喃喃說。

馬蹄踏在地上的聲音愈發響亮。亞瑞想舔舔嘴唇，卻做不到。他的舌頭已經無法正常運作，整個硬掉，好像不是自己的一樣，而且乾得跟木屑一樣。馬蹄踏在地上的聲音愈發響亮。

「給我排緊，要感覺到你同伴的肩膀！記住了，你們不是單槍匹馬去打仗！能夠治好你們心裡害怕的藥，就只有把長柄槍緊緊握在手裡！好好熱身，準備迎戰！長柄槍相準馬的胸部！維吉馬來的混蛋，你們要做什麼？我在問你們話！」

「要堅強面對敵人！像一堵牆一樣的挺在那裡！維持好隊形！」長柄槍兵異口同聲地吼道。

亞瑞也跟著一起大吼。敵營的騎兵以三角陣形朝他們衝來，馬蹄下，不斷噴起沙礫與草皮。這群進攻的騎兵不斷揮動手中的兵器，如魔鬼般大聲嘶吼。亞瑞緊緊抱住長柄槍，把頭縮進雙臂間，閉上了眼睛。

亞瑞用殘肢大動作趕開一隻在墨水瓶旁飛來飛去的胡蜂，但手中的筆依舊繼續書寫。

□

元帥科耶亨的戰略完全就是白費心機，他的側翼部隊被英勇的維吉馬步兵，靠英勇的浴血奮戰，在布倫納村外擋了下來。而在維吉馬兵拚死抗敵的同時，尼夫加爾德軍的左翼也是兵將潰散——有的落荒而逃，有的聚集成堆以求自保，卻遭到全面包圍。不久後，右翼也呈現同樣局面，矮人軍與傭兵團的頑強抗敵，終於壓過尼夫加爾德的攻勢。整個前線共同響起一道巨大的獲勝呼聲，王家騎士的心中也注入了嶄新的靈魂。而尼夫加爾德兵則心志潰散，雙手癱軟，我們開始像剝豌豆殼一樣地壓擠他們，甚至連回音都聽得見。

陸軍元帥科耶亨意識到這場戰役已敗；他看到四周各旅不斷折損，潰散在即。

就在此時，一群軍官與騎士朝他奔來，給了他一匹新馬，大叫著要他逃命，要他自保。不過，在尼夫加爾德元帥胸膛裡跳動的，是一顆大無畏的心。「這樣很可恥。」他朗聲說，並推開旁人遞來的轠繩。「我的麾下有這麼多勇士在這座戰場上爲大帝犧牲，要我像個懦夫一樣逃走，這樣很可恥。」英勇的門諾．科耶亨還說……

□

「我們現在還能滾去哪？他們已經從四面八方把我們圍住了。」門諾．科耶亨環視戰場，平靜而清楚地補充道。

「元帥大人，您把披風和頭盔給我吧。」上尉西佛斯抹去臉上的血與汗。「您拿我的吧！您從這匹寶馬下來，換騎我的吧……您別再拒絕了！您得活下來啊！帝國不能沒有您啊，沒人能取代您啊……我們達爾蘭軍會去攻擊北地林格軍，把他們的注意力轉到我們身上，您就趁機突圍去那邊，往底下走，過了魚池……」

「你們脫不了身的。」科耶亨抓住旁人遞來的韁繩，低聲說道。

「這是我們的榮幸。」西佛斯在鞍上挺直了身子。「我是軍人！是達爾蘭第七旅的軍人！跟我來，衝啊！跟我來！」

「祝你們好運。」科耶亨低聲道，把肩上有隻黑蠍的達爾蘭披風披上身。「西佛斯？」

「在，元帥。」

「沒什麼，保重，孩子。」

「也祝您能蒙受幸運女神的眷顧，元帥大人。上馬，衝啊！」

科耶亨目送他們離開。他看了許久，一直到西佛斯的小隊在兵器聲、吶喊聲與馬蹄聲中，與敵軍的傭兵部隊交戰爲止。敵軍不只在人數上占了絕對優勢，而且其他部隊也馬上趕來增援。繫掛黑披風的達爾蘭軍，在灰色的傭兵團中不斷折損，一切都沉入了沙塵煙團中。

科耶亨緊繃地清了清嗓子，將德．文加特與眾副官喚回現實中。元帥把鐙帶與鞍翼調整好，並穩下不安的駿馬。

「出發！」他下了令。

起先，一切順利。在通往小河的谷地出口拚死抵禦的瑙西卡旅餘部，被尖刺滿布的巨大圓圈逐漸淹沒。由於北地林格軍把火力集中在那支殘旅上，所以這一時半刻間，讓圍堵陣線露出了空隙。當然，他們並非因此得以全身而退，依舊得殺出重圍，突破一支自願投軍的騎兵組成的緊密部隊，按他們的紋章看來，應該是布魯格軍。那場交戰十分短暫，卻激烈無比。科耶亨已失去了、也拋下了所有一切，包括他愛國的英雄主義。現在的他，只想活命。他甚至無暇顧盼與布魯格軍廝殺的護衛隊，只是把身子壓平，抱住馬頸，與一干副官急急趕路。

眼前的道路暢通無阻，一直到過了小河，過了柳樹矮叢，一路延伸到空曠的谷地，都不見敵軍蹤跡。這一點，奔馳在科耶亨身旁的歐德．德．文加特也看見了，勝利般地高聲呼吼。

然而，這歡呼來得過早了。

在他們與平靜和緩的水流之間，隔著一座嫩綠蓼草遍生的原野。他們以全力衝刺，但一進入草原，馬匹突然跌進深及腹部的沼澤。

元帥飛過馬首，撲通一聲摔進了沼澤中。四周的馬匹高聲嘶鳴、不斷踢踹，渾身爛泥又沾滿浮萍的人們紛紛大聲呼喊。在這一團混亂中，門諾突然聽見別的聲音，那是代表死亡的聲音。

飛箭的呼嘯。

他拚命往流水去，不斷在深及腰部的濃稠沼澤裡掙扎。在他身旁掙扎而過的副官，突然臉部朝下，砸進了泥淖中，而他只來得及看見弩箭插進他的背部，只剩箭羽留在外頭。就在同一時間，他感覺頭部受到可怕的一擊。他晃了一下，但沒有倒下，卡在污泥與水沼中。他想大叫，卻只能發出粗啞哽噎的聲音。我還活著，他心想，並試圖掙脫黏糊的積淤。努力脫離沼澤的馬踢中我的頭盔，深深內凹的鐵板撞爛了我一邊的臉頰，把牙齒都撞掉了，也割傷了舌頭……我在流血……我在吞血……但我還活著……

又一道弦音響起，箭的呼嘯聲、箭矢穿透鎧甲的脆響。元帥左右張望了下，看見岸邊有一票弩弓手。那是一群個頭矮壯、體形圓胖的人影，穿著鎖子甲、戴了鎖子盔與尖頂盔。矮人，他想。

弩弓的弦聲、大批弩箭呼嘯。發狂馬群的尖聲嘶鳴。被水和濕地吞沒的人類慘叫聲。

歐德．德．文加特轉向弩弓手，大叫著要投降，尖著嗓子向對方請求仁慈與憐愛，不斷許諾好處，求對方饒命。在了解到沒有人聽得懂自己所說的話後，他便握住劍身，把劍高舉至腦袋上方，以國際通用、放之四海皆準的投降手勢，將武器伸往矮人。對方並不明白他的意思，又或是曲解了他的意思，因爲兩支弩箭射進了他的胸口，而那力道之大，甚至將他從沼澤裡拔了出來。

科耶亨拔掉內凹的頭盔，他北地林格的共通語說得挺不錯。

「我西遠帥科也亨……」他一邊吐血，一邊結巴地說。「遠帥……科也亨……波把文……啪東

……啪東……」

「佐丹，他在講什麼？」其中一名弩弓手奇怪地問道。

「他吃錯藥了，他的舌頭也吃錯藥了！你看到他披風上的刺繡了嗎？蒙羅。」

「是隻銀蠍！哈！弟兄們，解決這個狗娘養的！替卡列伯．斯特拉通報仇！」

「替卡列伯．斯特拉通報仇！」

清脆的弓弦聲連番響起。第一支弩箭正中科耶亨胸口，第二支在腰間，第三支在鎖骨。尼夫加爾德帝國的陸軍元帥背部朝地倒下，倒在糊糊水水的爛泥之中，蓼草與水藻在他的重量下紛紛往一旁漂去。這個卡列伯．斯特拉通是他媽的什麼人？他還來得及在腦中這麼想著。我這輩子從沒聽過什麼卡列伯……

厚特拉河混濁黏稠又泥濘的河水淹過了他的頭頂，漫進了他的肺中。

□

她來到營帳外好吸取新鮮空氣，而就在那個時候，她看見了他，坐在鐵匠的長凳旁。

「亞瑞！」

他抬起眼睛看她，那雙眼裡是一片空白。

「優拉？」他艱難地扯動龜裂嘴唇問道。「妳怎麼會……」

「這還用問嗎？」她馬上打斷他。「你最好還是趕快說，爲什麼你會在這裡？」

「我們抬我們的領軍過來……布隆尼博爾總督……他受傷了……」

「你也受傷了！讓我看看你的手！諸位女神啊！你這傢伙，會流血流死耶！」

亞瑞看著她，但優拉開始懷疑，他是否看得見她。

「有仗要打。」男孩牙關微微打顫地說。「我們得像一堵牆一樣挺在那裡……在隊伍裡堅強站好！傷勢比較輕的要把……傷勢比較重的抬去醫院。這是命令。」

「給我看你的手。」

亞瑞短短哀號了聲，緊咬的牙關開始敲起奔放的斷奏。優拉眉頭緊皺。

「喔，天哪！這看起來很糟糕……喔，亞瑞啊，亞瑞……你等著看吧，南娜卡媽媽一定會很生氣……跟我來。」

她看見當他瞧見自己的手時，臉色整個刷白。當他聞到縈繞在營帳頂部的臭味時，身子晃了一下。她扶住了他。她看見他在看著染血的桌檯，看著躺在那上頭的人。看著半身人外科醫師，那醫師突然跳了起來，跺踏雙腳，又罵了十分難聽的話語，把解剖刀砸在地上。

「該死的！他媽的！爲什麼？爲什麼會這樣？爲什麼一定得變成這樣？」

他的問題，沒人回答。

「那個人是誰？」

「布隆尼博爾總督。」亞瑞用虛弱的聲音回答，空洞的雙眼直直看著前方。「他是我們的領軍……我們在隊伍裡堅強地站好。這是命令。像一堵牆一樣。而他們殺了梅菲……」

「紅毛先生，」優拉請求道。「這男孩是我認識的人……他受傷了……」

「他還可以站。」外科醫師冷冷地評估。「而這邊有個幾乎要斷氣的在等動環鋸手術。這裡沒有讓妳套交情的空間……」

就在這個時候，亞瑞十分戲劇性地昏倒在了黃土地上。半身人不屑地哼了一聲。

「好吧，把他抬上桌。」他下了指令。「嗯，這手傷得挺厲害的。有趣了，現在不知道是靠什麼還連著？說不定是靠手套？優拉，止血帶！大力！還有，妳敢給我哭試試看！莎妮，把鋸子給我。」

亞瑞的手肘關節已血肉模糊，鋸子在可怕的脆響中，咬進他手肘上方的骨頭裡。亞瑞頓時清醒，發出慘叫。那叫聲很可怕，但也很短，因爲骨頭一斷開，他便又昏了過去。

□

就這樣，尼夫加爾德的強大兵力，在布倫納的原野上化作了塵埃。而帝國的北向行軍，也在這裡畫下了最終的休止符。不管是被殺，還是被俘虜，帝國在布倫納這裡損失了四萬四千條性命。騎士團中的菁英，精銳的騎士部隊，就此殞落。不管是戰死、遭到俘虜或死得無聲無息，有名如門諾·科耶亨，還有布雷班特、德梅利斯－斯托克、凡·羅、提柯奈、艾格布拉特，以及其他在我們文獻當中，並未提及姓名的人。

布倫納就這麼成爲結束的開端。不過，有一點應該要記載下來：這場戰役只是一棟建築中的一小塊磚，若非北地林格人巧妙利用這勝利的果實，這場戰役的重要性會變得無足輕重。值得一提的是，洋．納塔利斯在戰後幾乎是直奔南方，沒有搶著去爭名奪利、驕傲得不可一世，也沒有坐等加封晉爵。亞當．潘格拉特與尤莉雅．阿巴特馬可的部隊，擊潰了敵方第三軍團的兩支旅——這原來該是門諾．科耶亨遲來的救援，卻被徹底殲滅。中軍餘眾收到消息後，全都可恥地掉頭逃回亞魯加河彼岸。至於佛特斯特與納塔利斯則緊追在後，帝國軍把所有營地，以及他們本來自恃能拿下維吉馬、葛思維冷與拿威格拉德的攻城器械，全都拋下。

正如山頂雪崩後，雪球會越滾越大，崩塌會越來越多，布倫納之戰對尼夫加爾德造成的影響，也越來越嚴重。戴維特公爵所帶領的維爾登軍，遇上艱難的時刻，在多場突擊戰中，被斯格利加的海盜與奇達里士的國王艾塔因給狠狠羞辱了一番。而當戴維特得知在布倫納發生的事情，當他收到佛特斯特國王與洋．納塔利斯正拚命追來的消息後，便立刻下令吹響號角，跌跌撞撞地過河跑回琴特拉。一路上，他們靠屍體認路，因爲尼夫加爾德戰敗的消息已傳開，維爾登裡的異議分子再度起事。然而，留在那斯洛格、洛茲羅格與波得羅格，這些未被奪下的要塞中，都是十分強大的部隊，而他們一直到琴特拉和平協議簽訂後，才揚起幡幟從當地光榮退離。

在亞丁，有關布倫納的消息則是促使戴馬溫與韓瑟頓，這兩位素來形同水火的國王握手言和，共同挺身對抗尼夫加爾德人，因此由阿爾達．阿波．達西公爵率領前往彭達爾河谷的東軍，已無法與這兩名同盟國王硬碰硬。有了蜜薇女王的游擊兵緊咬尼夫加爾德人的尾巴，以及雷達尼亞軍相助，戴馬溫與韓瑟頓把阿爾達．阿波．達西公爵一路趕到了亞斯德堡下。阿爾達公爵原想應戰，但詭異的宿命卻教他患上了急病——他在吃過某樣東西後，肚中開始刺痛、腹瀉不止，兩天後便在極大的痛苦中死去。而戴馬溫與韓瑟頓——顯然是爲了歷史的正義——不等尼夫加爾德人有所動作，直接在亞斯德堡下發動攻擊。尼夫加爾德雖然在人數上一直有極大優勢，但在這場決定性戰役中，卻被打得潰不成軍。平凡的靈魂與才能，戰勝了強大而粗暴的力量。

還有一件事值得記載，也就是在布倫納村外，門諾．科耶亨到底發生了什麼事這一點，無人知曉。有人說，他已被殺，屍首在成堆合葬的黃土中已無法辨識。有人說，他逃出生天，因爲懼怕帝王的怒氣，沒有返回尼夫加爾德，而是躲到了布洛奇隆，藏到了德律阿得之中，留在了那曠野中，一把鬍子都拖到了地上。不過在那裡，他因爲憂慮過度，同樣也是死了。

在尋常人家之中，則是流傳這樣的版本——這元帥似乎在夜裡回到了布倫納的原野上，在一座座的墳墓間徘徊，不斷大叫：「把我的軍隊還給我！」最後在山丘上的一棵白楊樹上吊自殺，而「絞刑山」這個名字就是這麼來的。所以夜裡，在這戰後曠野出沒的幽靈中，也可以看見這位大名鼎鼎的元帥……

「亞瑞外公！亞瑞外公！」

亞瑞從紙堆中抬起頭，調整了下從汗濕鼻頭滑落的眼鏡。

「亞瑞外公！」一個開朗伶俐的六歲小女孩尖著嗓子大叫道。那是亞瑞最小的孫女，眾神保佑，她比較像母親，也就是亞瑞的女兒，而不是那懶散的女婿。

「亞瑞外公！露西安外婆叫我來跟你說，你今天那些沒用的鬼畫符已經寫夠了，還有晚飯前的點心已經在桌上了！」

亞瑞小心翼翼地折起寫好的紙張，把墨水瓶塞好。斷肢傳來陣陣痛楚。天氣要變了，他想。要下雨了。

「亞瑞外公——！」

「我來了，奇莉。我來了。」

□

他們還沒處理完所有傷患，夜便已經深了。最後的那幾場手術是靠著照光做的——普通的燈光，從燈裡發出的，後來也用上了魔法的光線。馬蒂·索得根在度過危機之後，慢慢恢復精神，雖然臉白得像紙，動作像魁儡一樣僵硬而不自然，卻十分有效率而準確地施魔法。

當他們出來到帳篷外，夜色已是一片漆黑，他們四個人都靠著帳幕，坐了下來。

原野上滿是火光。各種火光——不會動的營火，搖擺的火炬與火把。遠處的歌聲、吟頌、叫喊與歡呼，在夜色中傳了開來。

在他們周圍的夜色裡，也不停傳出傷患斷斷續續的叫喊與呻吟，將死之人的乞求與哀嘆，不過這些他們已經沒有聽見。他們已經習慣了煎熬與死亡的聲音，那些聲音對他們來說已是平常而自然，就像厚特拉河畔沼澤上的蛙群協奏曲，就像黃金池邊金合歡上的蟬隻奏鳴曲，儼然已成爲這夜的交響曲。

馬蒂·索得根沉默地靠在半身人的肩頭。優拉與莎妮抱著彼此，依偎在一起，時不時噴出毫無意義的細微笑聲。

他們在營帳邊坐下以前，都先喝了一杯伏特加，而馬蒂與眾人分享了她最後的一點魔法——開心咒，通常是用在拔牙的時候。紅毛覺得自己被這咒語給唬弄了——結合魔法的飲品並沒有讓他放鬆，反而讓他緊繃起來；沒有減輕虛脫感，反而加深許多；沒有讓他忘了，反而讓他不斷想起。

*看起來*，他想，*酒精與魔法只在優拉與莎妮的身上發揮應有的效力。*

他轉過頭，在月光下看見兩個女孩的臉上，都掛著銀白的淚痕。

他舔了舔發麻、沒了知覺的嘴唇，說：「不知道這場戰爭是誰贏了，有人知道嗎？」

馬蒂把臉轉向他，但依舊沉默。黃金池畔的金合歡、柳樹與赤楊間，蟬娘不斷演奏，蛙群呱呱叫。傷患呻吟、乞求、嘆息。然後漸漸死去。莎妮與優拉含著淚水咯咯發笑。

□

馬蒂．索得根在那場戰役後的兩個星期死去。她與自由傭兵團裡的一名軍官燕好，對這場愛情歷險卻不甚認眞，而那名軍官正好相反。當喜歡變換口味的馬蒂轉向一位特馬利亞的上尉交好，醋勁大發的軍官便將一把刀子刺進了她的身體。軍官後來爲此被吊死，但治癒師已回天乏術。

紅毛與優拉在那場戰役過後的一年，死在了馬利堡，當時爆發了一場史上最爲嚴重的出血熱，出血熱又名紅死病，又或者是以帶入疫情的那艘船爲名——卡緹歐娜瘟疫。當時，所有醫生與大多數祭司都從馬利堡逃走。紅毛與優拉當然是留了下來。他們爲所有的人治病，因爲他們是醫者。雖然紅死病無藥可醫，但這他們來說沒有任何意義。最後兩人都染了病，他死在她懷裡，死在她用那雙醜陋的村姑大掌，給他信賴十足的緊抱中。她在四天後也死了，隻身一人。

莎妮死在那場戰役後的七十二年，成爲一位著名、飽受景仰的奧克森福特大學醫學院退休院長。後來幾代的外科醫師都不斷重複她的笑話：「紅的跟紅的縫在一起，黃的跟黃的，白的跟白的，這樣就一定不會錯的。」

很少有人注意到，院長在說完這玩笑話後，總是會暗暗拭去淚珠。

很少。

□

蛙群不斷呱叫，蟬娘在黃金池畔的柳樹間鳴樂。莎妮與優拉含著淚水咯咯發笑。

「不知道，」又名紅毛的戰地醫師半身人米羅‧萬德貝克重複道。「不知道誰打贏了？」

「紅毛，相信我，我要是你，根本就不會去擔心這種事。」馬蒂‧索得根感性地說。

一株株火苗在高處燃燒，有些熾焰高漲、熠熠生輝，其餘的則羸弱微殘、顫顫搖擺、黯淡欲滅。然而，在最盡頭，有株小小的火苗，十分微弱，勉強燃著芯火，勉強亮著光暈，看似費盡艱辛綻放，又似耗盡心力殘喘。

「這株快要熄滅的火苗是誰的？」獵魔士問。

「你的。」死神答道。

《童話與民間故事》

——佛羅倫斯·德蘭諾以

# 第九章

平原一望無際，能直直遠眺隱於彼方霧中的青峰。這座平原無疑是片石海，這頭有浪潮般的突起與銳脊，那頭有尖牙聳立的礁石，而遍布的船艦殘骸，更是強化了這石海的形象。排櫓船、戰船、商船、快帆船、雙桅船及長船等，許許多多的船艦殘骸，有些看起來好像不久前才航行到這裡，有些已只剩成一堆堆幾乎無法辨識的甲板與骨架，顯然已經在這裡沒有幾百年，也有幾十年。

有些船隻翻覆，龍骨朝上；有些側倒在地，好像被撒旦般的狂風與暴風扔至此地。還有一些看起來，就像正在這片石洋上航行一般，船身四平八穩，船首飾像昂然挺立，船桅直指天頂，殘存的船帆、牽索與支索迎風搖曳。這些船甚至有自己的幽靈船員——嵌入腐爛甲板，與船索揪扯不清的船員骷髏——幾世紀以來，一直無止盡地航行。

騎士的出現，驚動了漆黑的鳥群，被馬蹄聲嚇到的鳥兒一大群、一大群，大叫著從船桅、帆桁、繩索與骷髏上掠起，在天空聚集片刻後，飛到了峭壁邊盤旋。峭壁底下是潭平滑如水銀的灰色湖水。峭壁上，有一部分是俯瞰船骸平原的高塔，有一部分是高懸湖面之上，融入陡直岩壁的堡壘，而峭壁的頂端，是座黑暗陰鬱的要塞。凱爾佩跳動了下，噴出口氣，豎直雙耳。這一片船骸骷髏，這一整片死亡之景，令牠望而生卻，而再度飛回船桅與帆桁落腳的鳥群，也同樣令牠畏懼。船桅與帆桁因鳥群的重量晃了晃。看來這些鳥兒已經明白自己無須害怕落單的騎士，要是這裡有人該害怕，也是那名騎士。

「冷靜點，凱爾佩。」奇莉用著不同尋常的聲調說。「這是路的盡頭，這裡就是正確的地點與正確的時間。」

□

她憑空出現在大門前，像幽魂般從船骸間穿出。收到烏鴉警告的大門守衛早已注意到她，紛紛用手比著她，大聲叫喚同伴。

當她騎馬來到門塔時，那裡已是人滿爲患，充斥著激昂的喧鬧。所有的人都盯著她。少數幾人，如包雷阿斯．蒙和達可瑞．席利帆特等，已經知道、也看過她，而大多數人——斯凱蘭從艾冰格附近一帶新招募來的傭兵與流氓——雖沒親眼瞧過她，卻也聽說過她。這一會兒，所有人都一臉狐疑看著這名臉上帶疤、背上揹劍的灰髮女孩，看著那頭漂亮的黑色母馬。馬兒高高揚頭噴氣，用鐵蹄在步道的地磚上敲出聲響。

喧鬧的人聲靜了下來。四周變得非常安靜。母馬宛如芭蕾舞伶，一蹄一步，鐵蹄聲之響亮，好比鐵鎚敲在鐵砧上。好一會兒後，才有人交架鉤鐮槍與鑶鈀，擋住牠的去路。一人怯怯比出手勢，伸向馬兒轡頭。母馬噴了一口氣。

「你們帶路吧，帶我去找這座城堡的主人。」女孩聲音響亮地說。

包雷阿斯．蒙不知道自己爲什麼要這麼做，不過他扶住了她的一邊馬鐙，朝她伸出一隻手，其餘的人則幫著穩住不斷跺腳、噴氣的母馬。

「尊貴的小姐，妳認得我嗎？」包雷阿斯小聲地問。「我們已經見過了。」

「在哪裡？」

「在冰上。」

她直直看進了他的眼睛。

「我那時沒有去看你們的長相。」她無所謂地說。

「當時，妳是那湖的主宰。」他點了點頭。「小姑娘，妳來這裡要找什麼？要做什麼？」

「找葉妮芙，還有我的宿命。」

「應該說是來找死的。」他輕聲道。「這是斯地加堡。我要是妳，會離這裡遠遠的。」

她再度看向他，包雷阿斯頓時明白那眼神代表的含意。

史帝芬．斯凱蘭現了身，雙手環胸，盯著女孩看了許久。最後，他總算大手一揮，要她跟著自己走。她二話不說，踏出腳步，由著環在身邊的那群武裝分子戒護。

「奇怪的女孩。」包雷阿斯喃喃道，並打了個寒顫。

「幸好她已經不是我們該擔心的問題了。」達可瑞．席利帆特挖苦道。「至於你，我倒是很訝異你會那樣和她說話。就是她，這個巫婆，殺了華爾加斯和伏利普，然後又殺了奧拉．哈樂思罕……」

「是夜梟殺了哈樂思罕，不是她。」包雷阿斯打斷他。「她在浮冰那裡放過了我們。她大可以把我們當小狗仔那樣給宰了，丟到冰水裡。我們所有人，包括夜梟。」

「最好是。」達可瑞朝庭院地磚啐了一口。「他會和那個巫師，還有邦哈特一起，好好回報她的這份慈悲。你等著看吧，蒙，他們馬上就會把她好好治一治，把她的皮一層層剝下來。」

「把她剝皮這事，我當然相信。」包雷阿斯低吼。「因爲他們都是嗜虐的人。不過我們既然是爲他們做事，也好不到哪去。」

「那我們有得選擇嗎？沒有。」

斯凱蘭的傭兵當中，有一人突然小聲叫了一下，然後另一個人也跟著附和。有人咒罵，有人嘆氣。有人不發一語，只用手指向某處。

小巧玲瓏的高塔垛口、疊澀、屋頂、壁帶、窗台、山牆、雨溝、雨漏與怪面飾上，放眼望去，全是黑色的鳥兒。牠們從船骸原悄悄飛來，沒有發出一聲啼叫。這一會兒，牠們停了下來，無聲無息，似在等待什麼。

「牠們在預告死亡。」其中一名傭兵喃喃說。

「還有腐肉。」另一名補充道。

「我們沒得選擇。」席利帆特看著包雷阿斯，機械性地重複道。包雷阿斯．蒙看向鳥群，輕聲答道：

「說不定，該是我們可以選擇的時候了？」

□

他們順著一道以三座平台分段的巨大階梯進入山裡，走過一整排沿走廊擺設的壁龕雕像，經過一座環繞前庭的迴廊。奇莉大膽地走著，沒有絲毫畏懼，無論是架在她四周的武器，或是戒護在她身邊的那票惡匪，都沒有喚起她心中的恐懼。她說自己已記不得在那座凍湖之上，被她斬殺的對象長相。她說謊。她記得。她記得史帝芬．斯凱蘭，也就是現在一臉陰狠、把她帶往城堡深處的這人，當初在冰上渾身發抖、牙齒打顫的模樣。

現在，按他時時查看左右、一雙眼像是要把她燒了的樣子看來，似乎還是有點怕她。奇莉深深嘆了口氣。

他們進到一座大廳，裡頭有盞蜘蛛網般的巨大吊燈，天花板則是由幾支柱子支撐，呈星狀開展的挑高拱頂。當奇莉瞧見在那裡等她的人是誰，恐懼頓時將枯瘦的手指穿進她的五臟六腑，緊緊捏住，在裡頭大力地擠壓、拉扯、扭轉她的臟腑。

邦哈特三個箭步來到她面前，兩手擰住她胸前的背心，把她揪往自己，讓她的臉龐貼近自己那對蒼白的魚眼，然後用氣音說：

「地獄一定是很可怕，才會讓妳寧願選擇我。」

她沒有回答。她在他的鼻息裡聞到酒精的味道。

「又或者，是地獄不想要妳，小野獸？說不定，是那座妖魔之塔在嚐過妳的毒液後，覺得噁心，把妳吐了出來？？」

他把她扯得更近。她覺得噁心而別開臉。

「對。」他輕輕說。「妳這樣害怕是對的，這裡就是妳的終點。從這裡，妳逃不了了。這裡，就在這座城堡裡，我會把妳血管裡的血，放得一乾二淨。」

「您說完了吧？邦哈特先生。」

說話的這人，她當下便認了出來，是巫師維列佛茲。這個人先是在塔奈島當上了銬的階下囚，然後又追殺她到海鷗之塔。當時在那座島上的他，樣子十分英俊，但現在他的臉不太一樣，變得醜陋、嚇人。

「邦哈特先生，請容許我說一件事。」巫師坐在那張看起來像寶座的椅子上，甚至連動都沒動。「我才是這裡的主人，而我很榮幸攬下全責，歡迎來到我們這斯地加堡的客人——鼎鼎大名的拉拉·多倫·阿波·夏得哈兒後代、卡蘭特的孫女、芭維塔的女兒——來自琴特拉的奇莉拉小姐。歡迎，請靠過來一點。」

巫師說出的最後那幾個字裡，已不復見藏在友善面具底下的冰冷玩笑，只剩威脅與命令。奇莉當下感覺自己無法違抗那道命令，一股恐懼油然而生，十分可怕、令人無法動彈的恐懼。

「靠過來一點。」維列佛茲一字一字地說。現在，她瞧清楚他臉上是哪裡不對勁了。他的左眼，比右眼小許多，在青紫發皺的眼窩裡一眨一眨，不停瘋狂轉動，樣子很可怕。

「人站得挺直的，臉上也沒有半點恐懼。」巫師偏著頭說。「佩服。不過，我希望這股勇氣不是愚勇。妳可能懷有某些妄想，我就直接先戳破了。邦哈特先生說得沒錯，妳不可能逃出這裡。不管是用瞬間移動，或是妳自己本身的特殊能力，都不可能。」

她知道他說的沒錯。她之前一直說服自己，要是有個萬一，就算到了緊要關頭，最起碼，她都有辦法逃走，躲到時間與空間之中。而現在，她知道這種希望並不切實際，只是妄想。這座城堡因爲一股邪惡又充滿敵意的陌生魔法不停震動，而這股充滿敵意的陌生魔法穿透了她，滲進她的體內，像一條寄生蟲，在她的臟腑上爬行，在她的腦子上噁心地蠕動，她卻一點辦法也沒有。她被敵人的力量箝制，無力反擊。

沒辦法，她心想，我早就知道自己在做什麼。我早就知道自己爲什麼要來這裡。剩下的，確實都是妄想。該來的，就讓它來吧。

「好極了。」維列佛茲說。「妳對情勢的評估是正確的。該來的，一定會來。更精確地說，是會按我的決定進行。好奇問一下，我親愛的小姐，我會下怎樣的決定，妳也猜到了嗎？」

她還來不及克服痙攣、乾涸的喉嚨，說任何話之前，他又再度搶先臆測她的思緒。

「妳當然知道，妳可是世界之主、時空之主啊。對，沒錯，我親愛的小姐，妳的拜訪並沒有讓我驚訝。妳從那座湖逃去哪裡，又是用什麼方法辦到的，我全都一清二楚。我知道妳在那邊和誰，還有什麼東西見過面。我知道妳是用什麼方法來到這裡。我不知道的只有一樣——妳是走了很長一段路才來的嗎？這一路上，妳有很多體驗嗎？」

「哦，妳不用告訴我。」他帶著下流的笑，再度搶了她的話。「我知道，那很有趣，充滿激情。瞧，我已經等不及要自己試了。我非常羨慕妳的天分，妳得與我分享它，我親愛的小姐。對，『得』這個字用得很恰當。妳一天不與我分享妳的天分，我就不會對妳放手，不管白天或黑夜，都不會放手。」

奇莉終於明白，壓迫她喉嚨的不只是恐懼。巫師用魔法箝制了她，掐住了她。他在嘲笑她，他在羞辱她，當著所有人的面。

「放了……葉妮芙。」她大力咳了起來，甚至拱起了背。「放了……她。你想對我做什麼都可以。」

邦哈特放聲大笑，史帝芬·斯凱蘭也嗤之以鼻。維列佛茲用小指摳了摳那顆可怕眼睛的眼角。

「妳應該沒笨到這種地步，應該知道不管怎樣，我都能對妳隨心所欲。妳的提議很崇高，也因此顯得可悲和可笑。」

「你需要我……」儘管費了很大一番力氣，她還是揚起了下巴。「好和我生孩子。這是所有的人都想要的，你也一樣。對，我是被你箝制，但我是自己來到這裡……雖然你派人追我繞過半個地球，卻沒有抓到我。我是自己來到這裡，自願讓自己落入你手中。這是爲了葉妮芙，爲了她的性命。對你來說，這很可笑？那就試試對我用暴力、用強迫的……我保證讓你下一秒就笑不出來。」

邦哈特跳近她，揮動馬鞭。維列佛茲做了個看似不經心的手勢，輕輕動了下手掌，但僅是這樣，便已足夠。馬鞭從惡徒手中飛出，而他則一個重心不穩，撞到放煤炭的推車。

「邦哈特先生，看來，您對客人該守的本分有理解上的困難。」維列佛茲說。「我很樂意再提醒您一次——身爲客人，不該破壞主人家的家具與藝術品，不該偷竊細小物品，不該弄髒地毯和比較不好打掃的地方，不該不守規矩、和其他賓客動手。而最後這一點，至少要等到主人動過手、施完暴了才行。只要主人沒表示，客人就不能施暴、不能動手。從我剛剛說的這段話，奇莉，妳也應該可以得出正確的結論。妳不會？那就讓我來幫妳。妳自己送上門，放棄了所有的主張，同意讓我對妳做任何我想做的事，而妳卻認爲這個提議很大方。妳錯了。因爲，現在的情況是這樣——我可以對妳做任何我必須做的事，而不是什麼我渴望的事。比方說，我渴望把妳的眼睛至少挖出一顆，當作是塔奈島的復仇，但我不能，因爲我怕妳會挺不過去。」

奇莉當下明白，如果自己現在不發難，就永遠沒機會了。她一個半迴旋，拔出飛燕劍，但整座城堡頓時天旋地轉，然後她感覺到自己跌倒在地，還撞到一邊膝蓋，整個人痛得蜷縮起來，額頭幾乎要垂到了地磚。她奮力制住反射性的嘔吐感，劍卻從指間滑了出去，被某個人撿了起來。

「對——了。」維列佛茲拉長聲調說，並把下巴靠在合併的雙掌上，好似祈禱一樣。「我剛剛說到哪兒了？喔，對，沒錯，說到妳的提議。葉妮芙的性命與自由換……換什麼？妳的投降，自願的，沒有強迫與威逼？我很遺憾，奇莉，我要對妳做的事，少了強迫與威逼，可是不行的。」

「對，對。」他興致盎然地看著女孩又咳又喘，不斷吐掉口水，試圖嘔吐，再度重複道：「少了強迫與威逼可是不行的。我向妳保證，我要對妳做的事，妳永遠都不可能自願接受。所以，妳看，妳的提議不管怎麼說，就是可悲又可笑，而且一點價值都沒有。因此，我拒絕。來吧，把她帶走，直接帶去實驗室。」

□

這裡的實驗室和奇莉在艾蘭德的梅莉特列神殿裡看到的，沒有太大差異。一樣乾淨明亮，有一張張長板桌，上頭也都擺滿了各種玻璃容器、罐子、曲頸瓶、燒瓶、試管、管子、嘶嘶冒泡的蒸餾器，還有許許多多奇形怪狀的儀器。這裡也和艾蘭德那裡一樣，充滿乙醚、酒精、福馬林的刺鼻臭味，還有一種讓人聞著就覺得害怕的味道。即使是在那邊，在她熟悉的神殿裡，在親切的祭司與親切的葉妮芙身邊，只要待在實驗室裡，奇莉總會覺得害怕。而在艾蘭德那裡，可是沒有人會把她強行拖進實驗室，沒有人會把她粗魯地按到椅子上，沒人會像鐵鉗一樣抓住她的肩膀與雙手。在艾蘭德那裡，實驗室正中央沒有一張可怕的鐵椅，而且形狀很明顯就是爲了凌虐椅子上的人而設計。那裡沒有一堆穿著白衣、剃了光頭的傢伙。那裡沒有邦哈特。那裡沒有興奮得臉泛潮紅，迫不及待舐嘴唇的斯凱蘭。那裡也沒有一顆眼睛正常，另一顆眼睛小不隆咚，又一直亂動嚇人的維列佛茲。

維列佛茲站在一張擺了可怕器具的桌子前，把它們擺弄了好一會兒後才轉過身。

「我親愛的小姐，妳瞧，」他一邊說著，一邊往她走來。「妳對我來說，是獲得力量與權力的關鍵之鑰。我指的不只是統治這個世界的權力。這個世界一無是處，而且馬上就要面臨毀滅的命運。我要的是統治所有世界的權力。統治異界交會後，在所有時間與空間的範疇下所產生的世界。

妳一定明白我在說什麼，那些時空的某一部分，妳已經去過了。」

過了一會，他一邊捲起袖管，一邊又接著說：「我很不好意思承認，不過權力十分吸引我。這很微不足道，我知道，不過我想當統治者。當一個受人跪拜的統治者。一個人們會單單因爲我坐上這個位子，就大肆讚頌的統治者。一個——我們這麼說吧——憑一己之願，就能把世界從災難中解救出來，進而受到百般推崇的統治者，而這所謂的救世之舉，實則只是一種恣意妄爲。我會寬宏大量，給信服我的人獎勵；我會無比殘酷，給不聽話、不願屈服的人處罰。喔，奇莉，一想到這，我的心裡就覺得高興。所有人將世世代代向我祈求禱告，爲了我而禱告，爲了歌頌我的慈愛與悲憫而禱告，那將會是我靈魂的甘蜜、香甜的蜜露。世世代代的人，奇莉，所有的世界。把耳朵給我豎直了。聽見空氣中傳來的聲音了嗎？那是飢餓、惡火、戰爭，以及維列佛茲的憤怒……」

他的指頭在她面前動了起來，幾乎要碰到她，然後又突然掐住她的雙頰。奇莉大叫一聲，奮力掙扎，卻被他抓得死緊。她的嘴唇開始顫抖，維列佛茲見狀，咯咯笑了起來。

「命運之子。」他激動地嘲笑她，嘴角泛起一片白沫。「阿因恆伊凱爾，神聖的上古精靈之血……現在變成專屬於我了。」

他突然挺直身子，抹了抹耳朵，聲調也回到原有的冷酷：

「多少愚蠢的人與神祕主義者，試圖要把那些愚蠢的故事、傳奇與預言套到妳身上，追蹤妳身上帶有的基因，那個妳從祖先那裡得到的繼承。他們錯把水塘上的倒影認作天上的繁星，定下撲朔迷離的假設，誤以爲那基因有多大可能，會繼續進化，在妳孩子或妳孩子的孩子身上達到力量全滿。他們以爲在妳身邊有一股迷人的光環圍繞，還有香煙裊裊，但事情眞相卻平庸多、乏味多了。要我說，是庸俗得平淡無奇。我親愛的小姐，重點在於妳的血。我指的就是單單字面上的意思，沒有半點詩情畫意的引申。」

他從桌上拿起一支尾端是微微彎曲的極細管子，長度約半呎的小型玻璃注射器。奇莉覺得嘴裡一陣乾澀。巫師將注射器拿到燈下看了看，冷冷地說：

「再過一會，妳就會被脫光衣服，按到這張扶椅上，就是妳如此好奇盯著看的這張。雖然到時候的姿勢會不太舒服，但妳得在這張扶椅上待一段時間，而有了這一個妳同樣也看得入迷的器具輔助，妳將會受孕。放心吧，不會很可怕。在藥力作用下，妳幾乎全程都會處在半清醒的狀態。那些藥我會直接送進妳的血管，好確保能正確植入胚胎，避免子宮外孕。妳不用怕，我很有經驗，這我已經做過幾百次了。雖然我從來沒在被命運選中的人身上做過，不過我想命定之人的子宮與卵巢，和尋常女孩的相比，差異應該沒那麼大。」

維列佛茲接著灌迷湯說：「而現在說到最重要的事，這可能會讓妳擔心，又或許會讓妳高興，不過妳要知道，這孩子妳不會生下來。天曉得，說不定這孩子也會是個天賦異稟、萬中選一的孩子，註定要當救世主與萬王之王。不過這一點沒有人能保證，而我也不打算等那麼久。我需要的是血，更精確地說，是胎盤血。只要胎盤一成形，我就會把它從妳腹中拿出來。而我剩下的計畫與目的呢，我親愛的小姐，就如妳想見的，和妳沒有關係，所以告訴妳也沒有意義，只會變成不必要的挫折。」

語畢，他不再開口，刻意營造效果十足的停頓。奇莉無法克制不斷發抖的雙唇。

「現在呢，」巫師戲劇性地行了禮。「請上座吧，奇莉拉小姐。」

「應該要叫葉妮芙那隻母狗來看。」邦哈特亮出灰白鬍髭底下的牙齒。「這是她應得的！」

「當然。」維列佛茲帶笑的嘴角上，再度出現一團白沫。「受精畢竟是件神聖的事，令人興奮，也十分莊嚴，這可是她身邊親近的家人都該輔佐的過程。而葉妮芙可以說是她的準母親，這種角色在原始文化裡，對女兒的新婚之夜，可是參與得頗爲積極呢。來吧，把她帶過來！」

「說到受精這件事嘛……」邦哈特俯身傾向奇莉，而巫師那群剃了光頭的助手已開始爲她寬衣。「維列佛茲先生，難道不能用普通一點的方式嗎？用上帝教導人類的方式？」

斯凱蘭搖著腦袋哼了一聲。維列佛茲微微皺起眉頭，冷冷否決道：

「不能，邦哈特先生。不能。」

一直到現在才明白事情嚴重性的奇莉，高聲吼了出來。接著，她又吼了第二次。

「好了、好了。」巫師皺起眉頭。「勇敢一點，咱們可是昂著下巴、舉著寶劍進到了獅子穴，現在咱們卻怕起一根小小的玻璃管子？可恥啊，我的小姐。」

不過，視羞恥爲無物的奇莉，第三度扯開喉嚨大叫，那叫聲之大，連實驗室裡的器皿都發出聲響。

而整個斯地加堡也在霎時間以吼聲與警報回應。

□

「年輕人啊，聽著，苦日子就要來囉。」背部插著根钂鈀的札達里克一面重複先前的話，一面摳著路面石磚間的乾燥糞土。「喔，你們會看到這麼一天的，我們這些可憐人的苦日子就要來囉。」

他看了下身旁的人，卻沒有任何一個哨兵對他所說的話發表意見；跟守衛一起留在城門的包雷阿斯．蒙也沒有接下發言權。他之所以會在那裡，是出於自身的意志，而非命令使然。他大可像席利帆特那樣跟隨夜梟離開，可以親眼看見湖之主身上即將發生的事，看見等著她的是怎樣的命運，不過包雷阿斯並不想看。他寧願待在這裡，待在院子裡，待在澄空下，跟那女孩被帶去的上城廳室離得遠遠的。在這裡，他很確定，就算是她的尖叫，也傳不過來。

「那團黑鳥是個壞兆頭。」札達里克把頭偏向那群依舊坐在城牆與壁帶上的烏鴉。「那個騎著黑母馬來的小丫頭可是個壞預兆啊。我告訴你們，我們在這裡幫夜梟做的是壞事。有傳聞說，夜梟他已經不是驗屍官，也不是什麼高貴的大人，而是跟我們一樣，被流放了。說是大帝氣他氣瘋了。要是我們跟他一起被逮到，那我們這些可憐人就得過上苦日子了啊。」

「是啊，是啊！」另一名哨兵附和道。這人留著小鬍子，帽子上插了黑鸛羽做裝飾。「我們被綁上木樁的日子不遠了！惹火大帝可是非常不妙的事。」

「喂，你們啊，大帝可能沒啥時間管咱們。」第三名哨兵也插上嘴。這人不久前才來到斯地加堡，是斯凱蘭招聘的最後一批傭兵。「他現在可忙著處理那些動亂。聽說啊，北方不知道哪邊，打仗打得可兇了。北地林格人把帝國大軍打得稀里嘩啦、頭破血流呢。」

「這麼說來，」第四名哨兵加入討論。「我們和夜梟待在這裡，說不定也沒那麼糟囉？和贏的一方站在一起，總是比較好吧。」

「當然比較好。」那個新來的說。「照我看，夜梟的贏面是越來越大了，而待在他身邊，我們也能跟著出頭！」

「哎，你們這群小伙子。」札達里克把身子靠在钂鈀上。「眞是蠢得和豬頭一樣。」

黑色鳥群在震耳欲聾的振翅聲與叫聲中起飛，盤旋在堡壘四周，形成一道遮去天色的黑幕。

「搞什麼鬼啊？」哨兵中的一人抱怨道。

「請打開城門。」

包雷阿斯．蒙突然聞到一股強烈的草藥味，那是鼠尾草、薄荷與麝香的味道。他嗾了口唾沫，甩了甩腦袋，然後閉上眼再睜開。不過這一點用都沒有。那名削瘦、修長，看起來像個徵稅大人的男子，依舊站在那裡。他就這麼憑空出現在他們身旁，完全沒打算消失。他就這麼站在那裡，緊閉的雙唇上勾著微笑。這景象，讓包雷阿斯的頭髮差點沒把帽子頂起來。

「請打開城門。」帶著笑容的高貴大人再度說了一次。「不要有任何拖延。說眞的，這樣會比較好。」

札達里克的钂鈀哐噹一聲倒了下去。他僵直站著，一張嘴無聲地動了動，眼中一片空洞。其他人往城門走去，腳步僵硬而不自然，有如一個又一個機器人。他們拿下了擋門木，敲掉門鎖。

四名騎士踏著響亮的馬蹄闖入庭院。

其中一人髮色白如雪，手上的劍如閃電揮動。另一名是髮色淺淡的女子，在奔馳的馬背上拉滿了弓。第三名騎士是年紀頗輕的女孩，一個手起刀落，札達里克的太陽穴便讓她的彎刀給剖了開來。

包雷阿斯．蒙抓起掉在地上的鑞鈀，擋在自己和女孩之間，但第四名騎士突然出現，居高臨下。這人的頭盔兩側都嵌了猛鷲翼，高舉的劍發出刺眼亮光。

「住手，卡希。」白髮男子厲聲道。「別浪費時間和體力。米爾娃、雷吉思，往這邊……」

「不。」包雷阿斯喃喃說，連他自己都不知道爲什麼要這麼做。「不是這邊……這邊過去是迴牆，死路一條。你們要走那邊，走那些階梯……到上城。要是你們打算救湖之主……動作就得快一點了。」

「謝了。」白髮男子說。「謝謝你，陌生人。雷吉思，你聽到了吧？帶路！」

一會兒後，庭院裡留下的，只有一具具屍首。而包雷阿斯．蒙依舊靠著鑞鈀，抖個不停的雙腿讓他無法放手。

烏鴉扯著嗓子在斯地加堡上方盤旋，化成一片墨雲從四面八方籠罩塔樓與堡壘。

□

傭兵上氣不接下氣地跑來報告情況，維列佛茲一派平靜地把話聽完，臉上波瀾未掀，宛若石像，但那顆不斷轉動的眼珠，卻洩露了情緒。

「最後一刻的救援。」他說得咬牙切齒。「眞是令人難以置信。天底下不會有這種事，就算有，也只是露天劇團會演的橋段，不過意思是一樣的。來，讓我開心一下吧，告訴我，這一切都是你想出來的，這麼說吧，是你編的鬧劇。」

「這不是我編的！」傭兵憤怒地說。「我說的都是眞的！有一幫……一幫人馬闖進來了……」

「好，好。」巫師打斷他。「我說笑的。斯凱蘭，這件事你親自出馬。這是你證明自己的傭兵部隊，到底值不值我給的黃金的時候。」

夜梟跳了起來，激動揮著雙手，吼道：

「維列佛茲，你不覺得太輕敵了嗎？你，看起來，不清楚事情的嚴重性！要是城堡受到攻擊，那表示他們是恩菲爾的軍隊！而這表示……」

「這什麼也沒表示。」巫師截斷他的話。「不過我知道你是怎麼回事。好，要是有我站背後，能爲你提振士氣，那就來吧。我們走。邦哈特先生，您也是。」

「至於妳，」他把那顆可怕的眼珠盯在奇莉身上。「別打鬼主意。我知道是誰在演這場廉價的救援鬧劇。而我向妳保證，我會把這場廉價鬧劇，變成一場恐怖劇。」

「喂，你們！」他朝侍僕與助手點了點頭。「把這女孩套上敵魔力特，關進的牢房上三道鎖，一步都不准離開牢門。出了事，你們就拿頭來見。明白了嗎？」

「是的，主人。」

□

他們闖進一條走廊，再從走廊進到一間充滿雕像，堪稱雕刻品展示間的大廳。他們一路暢行無阻，只見得幾名侍僕，但那些侍僕一見他們，便都腳底抹油跑光了。

他們沿階梯往下跑。卡希一腳踹開門，安古蘭帶著氣勢萬千的吼聲闖進去，彎刀一掃，撞掉門邊權當守衛的裝飾鎧甲頭盔。安古蘭在發現自己殺錯對象後，爆笑出聲。

「哈，哈，哈！你們看……」

「安古蘭！」傑洛特喚回她的理智。「別呆站著！快走！」

一道門扉在他們面前打開，裡頭有幾道人影晃動。米爾娃二話不說，將弓拉滿，射出一箭。有人發出慘叫。門關了起來。傑洛特聽見門栓重重拴上。

「快、快！別杵在那裡！」他叫道。

「獵魔士，這樣瞎跑沒有意義。我去……我用飛的去偵查。」雷吉思說。

「去吧。」

吸血鬼好似被風吹走一般，消失得無影無蹤，但傑洛特沒時間對這情景驚訝。

他們再度撞見一票人，這一回對方身上有武裝。卡希與安古蘭吶喊著往他們衝，而那票人則四處散逃。對方之所以會有如此反應，主要還是卡希和他那頂令人印象深刻的翼盔。

他們衝進迴廊，來到一間有前廳的畫廊。通往城堡深處的門廊與他們相隔約二十步，但此時迴廊對面出現了好幾道身影。吶喊聲在空氣中迴盪、箭聲四起。

「找掩護！」獵魔士大喊。

嘯聲嗖嗖，一支支飛箭如冰雹落下。箭鏃在地磚上擊出火花，射掉牆上的飾板，弄得他們一身粉塵。

「趴下！到欄杆後面！」

他們趴下身子找掩護，分別躲到雕葉螺旋柱後方。不過，他們並沒有全身而退。獵魔士聽見安古蘭發出一聲慘叫，看見她按住手臂，而鮮血馬上染紅了她的袖子。

「安古蘭！」

「沒事！只是擦傷而已！」女孩大聲回應，聲音只有些微顫抖，證實了他心底的推測。如果箭矢擊碎骨頭，安古蘭可是會嚇得當場昏倒。

畫廊裡的弓箭手不停發箭，並大聲呼喚援助。有幾人跑向一旁，打算從比較好的角度射擊被困住的一行人。傑洛特咒罵一聲，估算下他們與拱廊的距離。這雖然不見得是最理想路徑，但留在原地，必死無疑。

「我們衝過去！」他大喊。「準備！卡希，去幫安古蘭。」

「他們會把我們射成肉醬！」

「我們衝過去！這是唯一的路！」

「不！」米爾娃一邊喊道，一邊抓著弓箭站了起來。

她挺直了背，站出射箭姿勢，宛如一尊大理石雕——一尊舉著弓的亞馬遜女戰士。畫廊裡的弓箭手見狀，紛紛放聲大叫。

米爾娃放掉弓弦。

弓箭手中的一人往後飛去，背部重重撞在牆上，而牆面噴出一朵像是八腳章魚的血花。畫廊裡傳出了吶喊，混合了怒氣、氣憤與恐懼的嘶吼。

「偉大的太陽啊……」卡希驚嘆道。傑洛特朝他的手臂抓了一下。

「我們衝！去幫安古蘭！」

畫廊裡的弓箭手將目標全都放在了米爾娃身上。縱使周遭牆灰飛揚，被箭鏃抄起的大理石屑與斷箭碎片四處噴濺，米爾娃卻是不動如山。她冷靜地放掉弓弦，慘叫聲便跟著再度響起，這第二名中箭的弓箭手，像布做的假人一樣摔在地上，血水與腦漿的混合液濺了同伴一身。

傑洛特見畫廊裡的守衛竄逃而出，趴跌在地磚上找掩護，好避開不知何時會冒出的箭矢，便喊道：「趁現在！」弓箭手中只有三人膽識夠大，敢繼續放箭。

一支利箭射中石柱，灑了米爾娃一身牆灰。她把垂落面前的髮絲吹掉，再度拉緊弓。

「米爾娃！」傑洛特、安古蘭與卡希衝進拱廊。「別管了！快走！」

「再一箭就好。」米爾娃嘴角抵著箭羽說。

弓弦發出一聲脆響。膽識夠大的三名弓箭手中，有一人拱起背跌落欄杆，摔在庭院地磚上。餘下兩人見狀，嚇得魂都飛了，趴在地上匍匐而逃。趕來援助的那批幫手，也沒人搶著跑出畫廊當米爾娃的箭靶。

不過，有一人例外。

米爾娃當場將他評估一番。那是名個頭不高，身材細瘦的膚色黝黑男子。他左手前臂套著擦得晶亮的護甲，右手戴了射箭手套。米爾娃看見黝黑男子如何舉起一張外型精美、弓把彎曲且經過雕飾的複合弓。她看見他如何流暢地將弓拉開，看見拉到全滿的弓弦如何在他黝黑的臉上畫出線條，看見紅色箭羽如何觸碰他的臉頰。她看見他正確瞄準目標。

她舉起弓，流暢拉開，並在拉弓的同時瞄準目標。弓弦觸碰她的臉，箭羽抵在她的嘴角。

□

「瑪麗亞，用力，用力。要拉到嘴巴。用指頭轉動弓弦，別讓箭掉下馬鞍了。手掌用力拉到臉頰。瞄準！兩隻眼睛都要張開！現在，屏住呼吸。放箭！」

縱使弓弦上了羊毛護弦，還是把她的左前臂給割痛了。

她的父親原想出聲，一陣突如其來的咳嗽卻讓他開不了口。他越咳越嚴重了，年紀還小的瑪麗亞·巴林格放下弓，心裡如是想著。越來越嚴重，越來越常咳了。昨天他在瞄準公山羊的時候咳得很厲害，所以午餐的飯桌上就只有煮藜菜。我討厭煮藜菜，我討厭餓肚子，我討厭過苦日子。

老巴林格吸了口氣，喘得十分嚴重。

「妳的箭和中心差了一扠，ㄚ頭！整整一扠！我不是說過放箭的時候不要抖嗎？妳卻蹦來蹦去，好像屁股裡有蝸牛在爬一樣。而且瞄準也瞄太久了。手都瘦了才放箭！妳這樣只是在浪費箭！」

「可是我射中了啊！而且才沒有差到一扠，離中心只偏了半扠。」

「別給我頂嘴！眞是，眾神這是在懲罰我，沒給我兒子，反倒把妳這沒用的東西送過來。」

「我才不是沒用的東西！」

「我們馬上就知道了。再射一箭，想清楚我講過的東西。妳要像插進土裡一樣，給我站穩了。瞄準與放箭的速度要快。妳皺什麼眉？」

「因爲你觸我楣頭。」

「我是妳老子，愛講什麼就講什麼。快射。」

她一邊吸著鼻子，一邊拉開弓，一副快哭的樣子，而他注意到了。

「瑪麗亞，我愛妳。」他悶悶地說。「永遠別忘了這點。」

箭羽一碰到嘴角，她便把箭放掉。

「好，好，我的女兒。」父親說。

然後，他再度劇烈咳了起來，咳得非常厲害。

□

皮膚黝黑的弓箭手當場斷氣。米爾娃的箭重重射入他的左腋下，有超過半支箭桿都埋在身子裡，擊碎好幾根肋骨，戳爛他的心肺。

而黝黑男子早一秒鐘放出的紅羽箭，射入米爾娃下腹，擊碎她的髖骨、戳爛她的腸道與動脈後，穿背而出。她像被槌子打中般，倒落地面。

傑洛特與卡希同聲大叫，毫不畏懼畫廊裡的弓箭手於此時再度舉弓，便跳出藏身的門廊，在箭雨中一把揪起米爾娃，將她拖走。其中一支箭在卡希頭盔上敲出脆響，而另一支箭——傑洛特敢發誓——梳過了他的頭髮。

米爾娃身後留下一道又寬又亮的血帶，而他們將她安置的地方，也在轉瞬間形成一灘血窪。卡希顫著雙手不停咒罵，傑洛特覺得他已幾近絕望，也幾近瘋狂。

「阿嬸！阿嬸！不要死——！」安古蘭哭叫道。

瑪麗亞．巴林格張開嘴，咳得十分嚇人，吐血染紅整個下頷。

「我也愛你，爸爸。」她說得極為清楚。

然後，她死了。

□

那票光頭助手無法制住不斷掙扎、吼叫的奇莉，於是另一群隨從趕來幫忙。其中一人被踢中，跳了開來，縮成一團蹲下，兩手按住鼠蹊，不斷大口吸氣。

但這個舉動只是更加激怒其他人。奇莉後頭被打了一拳，臉上也被賞了一大巴掌。他們把她轉了過去，有人朝她腰部重重踹了一腳，有人坐在她的兩邊小腿肚上。光頭助手中，有一名眼睛是邪惡金綠色的年輕男子跪到她胸上，十指嵌入她的髮中大力拉扯。奇莉發出慘叫。

不過，那助手也跟著慘叫，而且兩眼瞪得老大。奇莉看見一道道血涓從他的光頭流下，形成一個可怕的圖案，玷污了他身上的白袍。

下一秒，實驗室裡已成了人間煉獄。

家具翻倒的重響接二連三傳來。刺耳的碰撞聲與玻璃的破碎聲，混上人類的慘叫聲，不斷響起。倒了滿桌滿地的藥湯、藥水、煉金藥、萃取液，還有林林總總的魔法物質混在一起，相互結合，有些還滋滋作響，炸出團團黃煙。一時間，周遭充滿了極具腐蝕性的臭味。

奇莉透過嗆出的淚水，在那煙團中看見了一個像是巨大蝙蝠的黑色物體，以飛快的速度在實驗室裡飛梭掃蕩。她看見那蝙蝠是如何在飛行中勾人，看見被勾中的人又是如何大聲摔落。一個試圖逃開的隨從就在她的目睹之下，從地板被勾了起來，摔在桌上，然後在撞碎的曲頸瓶、蒸餾器、試管與燒瓶之中，不斷抽動、嘔血、尖叫。

打翻的混合物噴濺到燈火上，發出滋滋聲與惡臭，接著實驗室裡突然爆出火焰。熱浪打散了煙霧。奇莉咬緊牙關，免得自己叫出聲。

在那張爲她特別準備的鋼製扶椅上，坐著一名男子，他身材削瘦修長，穿著高雅的黑色服裝。男子平靜地咬吮掛在他一邊膝上的光頭助手。那助手不斷發出細微的尖叫聲，痙攣抖動，伸直的手腳有節奏地上下抽搐。

鬼火般的火焰在錫製桌面上舞動。曲頸瓶與燒瓶一個接一個大聲爆裂。

吸血鬼將尖銳的獠牙從祭品的頸子拔出，有如煤玉的黑色眼珠就這麼盯在奇莉身上。

「總會有些時候，不得不好好吸個夠。」他一邊舔掉唇上的血，一邊用清楚的聲調說。「別怕。」在瞧見她的表情後，他露出一抹微笑。「別怕，奇莉。我很高興自己找到妳了。雖然妳可能會覺得很詭異，不過我是獵魔士傑洛特的同伴。我與他一起來這裡救妳。」

一名武裝傭兵闖入實驗室。傑洛特的同伴把頭轉向那人，發出嘶聲，露出獠牙。傭兵嚇得高聲尖叫，而那叫聲快速遠去，卻久久未絕。

艾墨·雷吉思將維列佛茲的助手那了無生氣、如破布般癱軟的身體從膝上丟下，站了起來伸展了下，那動作十成十像一隻貓。

「誰會想得到呢？」他說：「外表看起來不怎樣，但身體裡流的竟是高尚的血。這就叫作璞玉。奇莉拉，容我帶妳去找傑洛特吧。」

「不。」奇莉低聲說。

「妳不用怕我。」

「我不怕你。」她反駁道，努力遏止拚命想打顫的牙齒。「我不是這個意思……可是葉妮芙也被關在這裡，我得盡快把她救出來。我怕維列佛茲會……求求您，先生……」

「艾墨．雷吉思。」

「好心的先生啊，請您警告傑洛特，說維列佛茲在這裡。他是個巫師，法力強大的巫師，叫傑洛特要小心他。」

□

「你要小心。」雷吉思看著米爾娃的屍體，將話轉述給他。「因爲維列佛茲是個法力高強的巫師，而她則要去救葉妮芙。」

「快！」他大聲吼道，好吼醒垂頭喪氣的同伴。「我們走！」

「我們走。」安古蘭站了起來，擦掉淚水。「我們走！他媽的該是好好扒幾張皮的時候了！」

「我感覺渾身充滿力量，」吸血鬼呲牙咧嘴，露出陰森的笑容。「要我把這一整座城堡都搞得天翻地覆，大概也沒有問題。」

獵魔士狐疑地看向他，說：

「我想應該不用到那種地步，不過你們打上去製造點混亂，好讓人不會注意到我。我試著去把奇莉找回來。吸血鬼，你放她自己一個人，這很不好，很不好。」

「這是她要求的。」雷吉思平靜地解釋道。「當時她的語調和態度都不容人置喙。我承認，這樣的她讓我很意外。」

「我知道。你們上樓去吧。保重！我試著去把她或葉妮芙找回來。」

□

他找到了人，而且沒花多少時間。

他在走廊轉角處突然跑出來，對方完全沒有預料到。而眼前的景象讓他的腎上腺素瞬間飆高，甚至刺痛掌面的血管。

幾名打手在走廊上圍住葉妮芙。女巫身上的衣裳破爛，還被鏈子拴住，但這不妨礙她掙扎、踹人，像個港口搬運工一樣口出穢言。

傑洛特沒給那群打手時間消化驚訝，只用手肘朝其中一人短短撞了一下。那打手發出狗一般的哀號，一個踉蹌，哐啷撞向壁龕裡的盔甲武士，把頭給撞破了，身體也順勢滑了下去，把整個裝飾盔甲抹得都是血。

剩下的人──總共三人──放掉葉妮芙，跳了開來，但第四個人除外。那人揪著女巫頭髮，刀子就抵在她頸邊的敵魔力特項圈上。

「別過來！」那人叫道。「我會割斷她的脖子！我不是開玩笑的！」

「我也不是。」傑洛特轉起劍，直視那名打手的眼睛。打手沒堅持住，放開葉妮芙，加入他的夥伴。此時，所有人手裡都已拿了武器。一人從牆上的武器飾盤拔下歷史悠久，但外表殺傷力十足的斧槍。所有人都伏著身子，猶豫著要進攻還是防守。

「我就知道你會來。」葉妮芙高傲地挺直了背。「傑洛特，讓這群惡棍見識、見識獵魔士的劍有怎樣的能耐。」

她高高舉起受銬的雙手，拉直鎖鏈。

傑洛特雙手握住夕希爾，頭微微偏了下，量好距離，然後一劍砍下，速度之快，沒人見到劍身揮動。

鍊環哐地一聲掉到地上。打手當中的某一人發出驚嘆。傑洛特將食指移到護手上方，把劍柄握得更緊。

「站好了，葉。頭麻煩稍微偏一下。」

女巫根本連動都沒動。劍身撞擊金屬的聲音非常輕微。

敵魔力特頸圈掉到手銬旁。葉妮芙的頸子上只滲出一小珠，僅僅是小小一珠紅點。

她一邊揉著手腕，一邊發笑，然後轉向那群打手，但他們沒一個人敢承受她的注目。

手持斧槍的那人好似嚇到一樣，小心翼翼地將那遠古兵器放在地上，生怕發出任何聲響，訕訕說：

「這種對手還是留給夜梟自己來打吧，我還沒活夠呢。」

「是他們逼我們的……」第二個人也一邊後退，一邊喃喃地說。「是他們逼我們的……我們不是自願的……」

「說到底，」第三個人舔了舔嘴唇。「我們也沒有爲難您啊，夫人……您被關的時候……您給我們作證啊……」

「滾。」葉妮芙說。從敵魔力特的鎖鏈中解放出來，她背打得老直，頭也驕傲地揚著，看起來宛如巨人，那頭蓬亂的黑髮好像要碰到拱頂似地。

那群打手快手快腳，沒有半點躊躇，跑了個精光。葉妮芙縮回原本的大小，一把投入傑洛特懷裡，圈住他的脖子。

「我就知道你會來救我。我知道不管發生什麼事，你都會來。」她一邊尋找他的雙唇，一邊喃喃地說。

隔了一會，他一邊吸取空氣，一邊說：「我們走吧，現在換奇莉了。」

「奇莉。」她確認道。而下一秒，她眼裡便燃起令人生懼的紫色火焰。

「還有維列佛茲。」

□

一名拿十字弓的打手從牆角跳出來，高吼一聲，朝女巫射了一箭。傑洛特像條彈簧一樣跳起來，把劍一揮，打回去的弩箭便插在弩弓手的頭頂之上，距離近到讓他不禁縮了頭。他還來不及把身子打直，獵魔士已經跳過去，像剁鯉魚那樣，把他大卸八塊。

再過去的走廊上還有兩個人，手上也都拿著弩弓，也都發了箭，不過他們的手抖得太厲害，沒辦法瞄準。下一刻，獵魔士已經來到他們跟前，兩人也隨即斷了氣。

「葉，要走哪邊？」

女巫闔上眼，集中心志。

「這邊，走這條樓梯。」

「妳確定是這條路？」

「對。」

他們在走廊轉彎處遇到攻擊，而不遠處有座雕飾拱門。對方至少有十人，而且配備的武器甚至有長矛、闊頭槍與三尖槍，看來個個胸有成竹、蓄勢待發。即便如此，這些人還是被他們三兩下便解決了。一人當場被葉妮芙掌中射出的火焰球擊中胸口。傑洛特身子一旋便轉入剩下的人中央，矮人打造的夕希爾發出閃閃劍光，像條蛇般嘶聲連連。在四個人倒下之後，餘下的人紛紛棄戰而逃，金屬與重物敲撞聲頓時充斥在各個走道間。

「葉，妳還好嗎？」

「再好不過了。」

維列佛茲站在雕飾拱門下。

「你真讓我佩服。」他響亮而平靜地說。「真的很佩服，獵魔士。你很天真，也蠢得無藥可救，不過你的戰鬥技巧確實引人注目。」

「你手下那票土匪，」葉妮芙也用平靜的口吻回話。「才剛嚇得落荒而逃，留你任憑我們處置。把奇莉還給我，我們就放你離開，不會動你一根寒毛。」

「葉妮芙，妳知道嗎？」巫師亮出兩排牙齒。「這是我今天第二次聽到這麼棒的提議。謝謝，謝謝。而這是我的答案。」

「小心！」葉妮芙大叫往後一跳，傑洛特同樣也往後一跳。閃躲的時機恰到好處。巫師伸出雙手射出一條火柱，他們剛才站的地方，頓時變成滋滋作響的黑色黏稠物。獵魔士擦掉臉上的黑灰與剩餘的眉毛，見維列佛茲又伸出手，立刻身子往旁一潛，躲到柱子底座的地板上。一道巨響隨即傳來，教人耳朵都要發疼，連城堡的地基都跟著晃動。

□

巨大的響聲在整座城堡中迴盪，牆面紛紛震動，吊燈也搖晃出聲。一幅巨型金框肖像油畫掉了下來。

一票傭兵從前廳跑來，個個眼中充滿驚恐。史帝芬．斯凱蘭厲眼橫掃，讓他們的腦袋退了燒，然後端出戰神再世的表情與聲調，叫眾人回歸秩序。

「發生什麼事了？說！」

「驗屍官大人……」一人喘著氣說。「那邊很危險啊！在那邊的都是惡魔和魔鬼啊……他們的箭百發百中……砍人的那股狠勁可嚇人了……那邊是死路一條……到處都是血啊！」

「已經死了十個人……說不定還不只……而那邊……您聽到了嗎？」

一聲巨響再度傳出，城堡跟著晃動。

「魔法。」斯凱蘭喃喃道。「維列佛茲……好了，我們去瞧瞧到底是誰在打誰。」

又一名傭兵跑來，臉色慘白，一身牆灰。好一會兒，連一個字都擠不出來，等到終於開口，卻是雙手亂揮，聲音不住顫抖。

「那邊……那邊……怪物……驗屍官大人……有一隻好大的黑蝙蝠……就在我眼前，把人的腦袋活生生給拔掉了……血都噴出來了！他卻『嗖、嗖、嗖』地飛來飛去，笑得可大聲了……您看，他的牙齒長這樣！」

「咱們可不敢把頭伸出去啊……」夜梟背後有一人悄悄說。

「驗屍官大人，那些是幽靈。」包雷阿斯．蒙決定要出聲。「我看到……年輕的公爵卡希．阿波．凱羅，可是他明明就死了。」

斯凱蘭看著他，什麼話也沒說。

「史帝芬大人……」達可瑞．席利帆特咕噥道。「我們這到底是在和什麼人打？」

「那些都不是人。」某個傭兵哀叫道。「都是些巫師，是地獄裡來的魔鬼！光靠人類的力量，不可能有辦法打得過……」

夜梟雙手交胸，以主事者的大無畏目光，一一掃過在場的士兵，果斷地大聲說道：

「既然如此，我們犯不著去那修羅地獄裡攪和！就讓那些魔鬼自己去和魔鬼打，讓那些巫師自己去和巫師鬥，至於那些幽靈，就讓他們去和墳墓裡爬出來的死人打個夠。我們就心平氣和，在這裡等他們打完。」

士兵的臉上頓時陰霾盡掃，士氣也明顯拉高。

「這道階梯，」斯凱蘭有力地說。「是唯一的出路。我們就在這裡等。看看是誰會從這上面下來。」

一道可怕巨響從上方傳來，拱頂的雕飾跟著灑了滿地石灰，緊接著是一股硫磺與燒焦的臭味。

「這裡太暗了！快去點火，用什麼都行！」夜梟刻意用洪亮而無畏的聲音使喚手下行動，好爲軍隊鞏固士氣。「點火把，上火炬！我們得好好看清楚，是誰從那階梯走下來！找東西當火種，把這些鐵籃裝滿！」

「要找什麼當火種？大人。」

斯凱蘭二話不說，大手一指。

「畫？」傭兵不可置信地問。「用畫嗎？」

「就是這樣。」夜梟不屑地說。「你們看什麼看？藝術是死的，但人是活的！」

在夜梟一聲令下，畫框成了碎木塊，畫布也成了破布條。經過細心風乾的畫框與吸滿油畫顏料的畫布，頓時燒成熊熊大火。

包雷阿斯．蒙看著眼前一切，心中已下了定奪。

□

一聲巨響，白光乍現，他們在千鈞一髮之際跳向一旁，而石柱隨即倒塌，柱身斷裂，雕有莨苕葉裝飾的柱頭在地板上滾了一圈。一顆滋滋作響的電光球朝他們飛來。葉妮芙高聲唸起咒語，畫出手勢，把它打了回去。

維列佛茲往他們的方向走來，肩上的披風飄揚，看來好似龍翼。

「葉妮芙我不意外。」他邊走邊說。「她是女人，所以是演化中的低階生物，受荷爾蒙混淆、支配。可是你，傑洛特，明明就不只是天生靠理性思考的男人，而且還是不受感情影響的變種人。」

他手一揮，又是巨響與強光，一道閃電打在葉妮芙變出的盾牌上，彈了開來。

「雖然你這麼理性，」維列佛茲一邊將火焰在雙掌間來回拋丟，一邊說著。「但在一件事上，你的表現卻是令人訝異，也很不聰明——你一直想要逆流划槳、逆風撒尿，這樣一定不會有好結果。而你要知道，今天，在這座斯地加堡裡，你這尿可是撒在了颶風裡。」

□

城堡下層的某處正在進行一場激戰，有人發出慘烈叫聲，痛得哀嚎連連。那裡不知道在燒什麼東西，奇莉可以聞到煙味與焦臭，感覺熱空氣不斷飄來。

某個東西發出巨大聲響，撞擊的力道之大，連支撐拱頂的支柱都跟著晃動，牆上的灰泥也被震了下來。

奇莉小心翼翼地從牆角後頭探視了下。走道是空的。於是，她輕手輕腳地快步跑過。左右兩邊是成排壁龕，裡頭的雕像似曾相識。

她以前曾看過這些雕像。

在夢裡。

她從走廊跑出來，直接撞上一個拿長槍的人。一個箭步跳開，她已準備好隨時要空翻，閃避敵人攻擊。而就在那個時候，她意識到那只是個灰髮、瘦弱、苗條的女人，而且她手上拿的不是矛，只是掃帚。奇莉清了清嗓子，問：

「有個黑頭髮的女巫被關在這裡。她在哪裡？」

拿掃帚的女人沉默了許久，但嘴巴不停地動，好像在嚼什麼東西似地。

「小乖乖，咱哪會知道呢？咱在這裡只是個打掃的。」

「我不做別的，就只是打掃的。」女人重複道，連看都不看奇莉。「而他們那群人也不管，老是弄得髒兮兮。妳自己看，小乖乖。」

奇莉看了一下。地板上有條鋸齒狀的血痕，拖了幾步遠後，停在一具蜷曲在牆邊的屍體下。再過去也躺了兩具屍體，一具縮成一團，另一具則十分反常，呈現雙手攤平的狀態，而他們的旁邊都有弩弓。

「老是弄得髒兮兮的。」女人拿起水桶與抹布，跪到地上，開始擦拭。「髒啊，別的不會，就只會搞得髒兮兮的，怎麼清都清不完，只能一直清、一直清，這事有完沒完啊？」

「沒有。」奇莉沉聲說。「永遠都不會有。這個世界就是這樣，已經改不了了。」

女人停下擦拭的動作，但沒有抬起頭，說：

「我只是個打掃的，就這樣。不過，小乖乖啊，我說妳呢，要往前走，然後再往左拐。」

「謝謝。」

女人將頭又壓低了些，再度擦起地來。

□

她是自己一個人，孤單一個人，而且在錯綜複雜的走道裡迷了路。

「葉妮芙小姐——！」

她一直都注意不讓自己發出聲響，怕會引來維列佛茲的手下追殺，可是現在……

「葉——妮——芙！」

她覺得自己聽到了一點聲音。對，一定沒錯！

她跑進畫廊，再從那邊跑到一間大廳，來到細長的廳柱之間。一股焦臭再度傳進她的鼻中。邦哈特像鬼魅一樣從壁龕裡現身，一拳打在她臉上。她晃了一晃，而他則像鷹隼一樣跳向她，掐住她的喉嚨，用前臂將她抵到牆邊。奇莉看著他的魚眼，覺得一顆心不斷往下，掉進了腹部。

「要不是妳大叫，我還找不到妳呢。」他用沙啞的嗓音說。「不過妳叫了，而且還叫得很有感情！妳就這麼掛念我嗎？小情婦？」

他依舊把她抵在牆上，但一隻手掌探進了她腦後的髮絲間。奇莉大力甩了下頭。賞金獵人咧嘴一笑。大掌滑過她的肩頭，掐住她的一隻乳房，然後又粗魯地抓住她的胯下。然後，他放開她，大力一推，她整個人便順著壁面滑了出去。

接著，他把劍丟到她腳邊。那是她的飛燕劍。而她在下一秒，便知道他想要的是什麼。

「我比較喜歡在場上對決。」他一字一字地說。「就像是得到輝煌的成就，像是一連串精彩演出的結尾。獵魔士對戰雷歐．邦哈特！哎，大家可是會付錢來看這種演出哩！來吧！兵器拿起來，然後把劍拔出來。」

她順著他的意思做，但沒有拔劍出鞘，只是把鞘帶揹到背上，好讓自己的手能隨時抽劍。

邦哈特退了一步，說：

「我本來以爲光是看維列佛茲爲妳準備的那些療程，就會讓我覺得開心。不過我錯了。我得親自感受妳的生命，沿著我的劍刃流下才行。去他的魔法與巫師，去他的宿命、預言或世界命運，去他的上古之血還下古之血。這些對我來說有什麼意義？沒有！這些可以爲我帶來的樂趣，根本比不上……」

他打住話。奇莉看見他的嘴唇在動，眼中閃過邪惡的光芒。

「我會幫妳放血。」他嘶聲說。「然後，等妳的身體冷了，我們再來入洞房。妳是我的。就算死了，也還是我的。拿起武器吧。」

一道巨大聲響傳了開來，震動了整座城堡。

「維列佛茲在那邊拿妳的獵魔士援救兵團做肉餅。」邦哈特端著一張石頭般的臉解釋道。「來吧，小姑娘，拿起妳的劍。」

快逃，嚇得渾身僵硬的她在心裡想著。逃到別的空間、別的時間去，只要可以離他離得遠遠的就好，離得遠遠的。然而，一陣羞恥隨即襲上她心頭。我怎麼可以逃呢？把葉妮芙跟傑洛特留給他們宰割？不過，理智又告訴她，如果我死了，對他們也不會有多大幫助……

於是，她把雙拳壓在太陽穴上，集中起精神。邦哈特見狀，馬上知道她心中打的算盤，趕忙往她衝去，但已經來不及了。奇莉的耳中響起嘈雜，然後一陣白光亮起。成功了，她勝利地想著。

不過，她馬上便發現，現在歡呼勝利還太早——傳入耳中的發狂吼聲與咒罵聲，讓她意識到了這一點。這次失敗應該歸咎於這個地方邪惡、充滿敵意，又令人發僵的氣場。她是移動了，但沒移多遠，甚至沒有離開原本的視線範圍——她只是變去這間大廳的另一端，離邦哈特沒有很遠，不過已經脫離他的手和劍所能及的範圍。至少目前是這樣。

他的怒吼緊追而來，奇莉一個轉身，拔腿快跑。

□

她跑過一條又長又寬的走道，兩旁一尊尊由雪花石膏雕出來支撐拱廊的頂罐女子，紛紛用死寂的眼神一路看著她。她先拐了一個彎，然後又拐了第二個彎，想甩開邦哈特，混淆他的視聽，順便往打鬥聲傳出的方向跑。發生打鬥的地方，就是她朋友的所在。

她闖進一個巨大的圓形空間，中央有個大理石座，上頭是尊臉被遮住的女性雕像，十之八九是個女神。這個空間裡有兩條走道通往他處，兩條都很窄。她隨便選了一條，而這個選擇，想當然耳，很糟。

「是那個女孩！我們找到她了！」迎面而來的其中一名惡徒說。

他們人數頗多，不值得她冒險對戰，就算走這條窄道占了地利也沒多大幫助，而邦哈特肯定已經在附近。奇莉馬上掉頭逃跑，衝進有大理石女神像的那間大廳，整個人卻在下一秒僵住了。

在她面前的是一名騎士，拿著巨劍，披著黑色披風，頭盔上還有一對猛鷲翼當裝飾。

整座城市陷入火海。她聽見了烈焰的怒吼，看見了不斷舞動的赤火，感覺到惡焰的炙熱。耳邊傳來馬的嘶鳴、被殺之人的慘烈哀嚎……黑鳥的翅膀突然拍動，遮去了一切……救命！

琴特拉，塔奈島，他竟然追我追到這裡來了。這個魔鬼。她回過神來，心裡如是想著。我被魔鬼包圍了，被我夢裡的惡魔包圍了，邦哈特在後面追，他在前面擋。

一陣叫喊與腳步聲傳來，維列佛茲的手下漸漸逼近。

戴著羽盔的騎士突然跨出一步。奇莉克住心中的恐懼，拔出飛燕劍。

「我不會讓你碰我的！」

騎士再度進了一步，而奇莉訝異地發現，在他的披風之後，還有一位手持彎刀的淺髮女孩。女孩像隻山貓一樣閃到她身旁，一刀刺向維列佛茲的一名手下，後者隨即癱倒在地。而奇怪的是，那黑騎士攻擊的對象也不是奇莉，竟是另一名惡徒。其他人見狀，紛紛退出走道。

淺髮女孩衝向門口，卻沒來得及將門關上。雖然她惡狠狠地舞動彎刀，不斷大吼大叫，敵人卻在門下將她推開。奇莉看見其中一人拿短矛刺中她，看見她跪了下來。於是，奇莉跳上前，用飛燕劍從那人耳側一把砍下去。黑騎士也手拿長劍，一路左砍右殺地跑過來。淺髮女孩依舊跪在地上，不過她從腰帶裡抽出短斧扔出去，直接命中一名惡徒的臉，然後她衝到門邊，將門甩上，黑騎士隨即落下門栓。

「呼！這門是橡木框鐵！在他們把門打爛前，可以稍微撐一下！」

「他們會找別的路，不會在這裡浪費時間。」黑騎士評估道，在看見女孩被血浸濕的一隻褲管後，突然皺起眉頭。女孩揮了下手，表示自己並無大礙。

「我們快走吧。」騎士拿下頭盔，看向奇莉。「我是凱羅之子——卡希．馬芙．狄福林，我是和傑洛特一起來的。來這裡救妳，奇莉。我知道這很不可置信。」

「我看過更不可置信的事。」奇莉粗聲粗氣地說。「你還真是從大老遠跑來這裡……卡希……傑洛特呢？」

他看著她。她記得在塔奈島上，他的那雙眼睛。深藍色，如同綢緞一般柔和。那是雙很好看的眼睛。

「他去救女巫了。」他說。「那個……」

「葉妮芙。我們走。」

「對！」淺髮女孩將腳胡亂包紮了下，說：「我們還要再好好踹他幾個屁股！替阿嬸報仇！」

「我們走。」騎士附和道。

不過，已經來不及了。

「你們快逃。」看到從走道過來的那人後，奇莉低聲說道。「他是魔鬼的化身，不過只針對我一個人，不會找上你們……你們快跑……去幫傑洛特……」

卡希搖了搖頭，溫柔地說：

「奇莉，妳這話讓我很訝異。我從世界的另一端跑來這裡，就是要找到妳、拯救妳和保護妳，而妳現在卻要我逃走？」

「你不知道你要面對的是怎樣的人。」

卡希拉好手套，扯下披風捲在左手臂上，然後把劍一揮，開始舞動，直到發出劍嘯。

「我馬上就會知道了。」

邦哈特注意到三人的存在，停了下來。不過，也只有那麼一會兒。

「喔！救兵來了？」他問。「獵魔士，這是妳的同伴嗎？也好。多兩個、少兩個，都沒差。」

奇莉靈機一動，大喝道：

「邦哈特，向這個世界告別吧！你這回完了！踢到鐵板了！」

她或許誇張過頭了。他注意到她聲音裡的心虛，停了下來，狐疑地看著他們。

「獵魔士？是嗎？」

卡希旋起手中的劍，站好姿勢，但邦哈特完全不爲所動。

「女巫偏好的，比我想的要年輕多了。」他嘶聲說。「喂，好小子，看這裡。」

他扯開襯衫，露出胸口的三枚銀色徽章。那分別是貓、獅鷲與狼。

「如果你眞是獵魔士，」他讓牙關發出聲響。「那就把狀況搞清楚——你身上那枚護身符，等等就會變成我新增的收藏品。如果你不是獵魔士，那在你還沒來得及眨眼之前，就會是死人一個了。所以，聰明的話，就別在這裡礙事，給我滾一邊去。我和你無冤無仇，我要的是這個女孩。」

卡希舞著劍身，平靜地說：「大話挺會說的。我們就來看看，你會的是不是只有這樣。安古蘭、奇莉，妳們快逃！」

「卡希……」

「妳們快跑，」他修正了下用詞。「去幫傑洛特。」

於是，奇莉撐著行動不便的安古蘭，轉頭跑走。

「這是你自找的。」邦哈特瞇起蒼白的眼睛，轉動手中的劍，擺出架勢。

「我自找的？」卡希．馬芙．狄福林．阿波．凱羅沉聲重複道。「不，這是宿命的安排！」

他們跳向彼此，快速砍殺對方，兩人頓時被瘋狂抽閃的劍影包圍。鐵器交擊的聲音填滿整個走道，大理石像似乎因此也跟著搖擺震動了起來。

「不錯嘛。」在兩人分開後，邦哈特喘著氣說：「好小子，不錯嘛。不過，你根本不是什麼獵魔士，小蝰蛇騙了我。你就到此爲止了，準備好受死吧。」

「眞是會說大話。」

卡希做了一個深呼吸。剛才那次交手讓他知道，自己贏死魚眼的機會不大。對他來說，那傢伙的速度太快，力氣也太大。他唯一的勝算就是加快速度好追上奇莉，但他顯然有點亂了陣腳。

邦哈特再度發動攻擊。卡希擋下攻勢，身子一矮，跳起來抓住對方腰帶，將他推向牆面，然後用膝蓋往他胯下撞。邦哈特抓住他的臉，用劍首狠狠往他的腦側撞，一下、兩下、三下。第三下的力道將卡希撞飛出去。他看見寒光閃起，出手擋禦。

可是，他的動作不夠快。

□

狄福林家有一項嚴格遵守的傳統，也就是會把已逝的族人屍首擺到城堡的武器室，而整個家族的男性必須在其身邊靜默，守靈整整一晝夜。爲了不妨礙家族的男性，避免讓他們分心或干擾他們的思緒，族裡的女性會聚到城堡的遠端側翼大哭，然後抽泣，最後昏厥。等清醒過來後，又再度大哭、抽泣，無限循環。

身爲維可瓦洛貴族的一分子，即便是女性，抽泣與淚水也不合禮教，被視爲極度不光彩。然而狄福林家的傳統卻恰恰如此，從未有人更動，甚至從未有人想過要更動。

當時的卡希年方十歲，是命喪納澤爾、現正躺在城堡武器室裡的艾力年紀最小的弟弟。按照常理與傳統，卡希還不算是男人，所以大人沒讓他加入聚在尚未蓋棺的靈柩旁，那群男人的行列。不讓他坐在爺爺格魯飛德、父親凱羅、兄長黑蘭，以及一整票叔父、伯父、舅父和堂表兄弟的身邊一同靜默。當然，大人也沒讓他和奶奶、母親、三個姊姊，以及一干嬸姆、伯母、舅母和堂表姊妹，一起大哭、抽泣、昏厥。他和來達倫狄福林參加守靈、葬禮與喪宴的親戚小孩一起，在城牆上胡鬧嬉戲，並且與親戚小孩扭打成團，因爲那些孩子都認爲在納澤爾作戰的勇士裡，最英勇的是自己的父親與兄長，而不是艾力．阿波．凱羅。

「小希！過來我這裡，孩子！」

卡希的母親馬芙和她的姊姊──琪內阿德．法．阿娜西得阿姨站在迴廊上。母親哭過的臉紅紅的，而且發腫的程度讓卡希見了不禁愣住。沒想到哭這件事，可以讓他母親這樣美麗的女子變成一個醜八怪。於是，他下定決心，絕對不讓自己哭，這輩子都絕對不哭。

「記住了，孩子。」馬芙一邊啜泣，一邊將男孩用力摟住，讓他被裙襬悶得無法呼吸。「記住這一天，記住是誰奪走你艾力哥哥的性命。凶手就是那些不得好死的北地林格人。孩子，你的敵人就是他們。你這輩子都要恨著他們，要恨這支不得好死的殺人民族！」

「我會恨他們的，母親大人。」卡希應允道，但心裡有些訝異。第一，他的兄長是光榮戰死，這是榮譽，令人羨慕的戰士之死，爲什麼要掉眼淚呢？再說，外祖母艾維娃，亦即馬芙的母親，就是北地林格人出身，這也不是什麼祕密。爸爸生氣時，有時也會叫外婆是「北方來的狼女」。當然，這種話都只在她背後說。

不過，既然母親現在要我這麼做……

「我會恨他們一輩子。」他滿腔熱血地承諾道。「我現在就開始恨他們了！等我長大，等我有了眞正的劍，我就去打仗，把他們的頭都砍光！妳等著看吧，母親大人！」

媽媽深深吸了口氣到肺裡，然後開始抽泣。琪內阿德阿姨撐住了她。

卡希握緊兩個小小的拳頭，恨得渾身發抖，恨那些人傷害了他的媽媽，讓她變得這麼醜。

□

邦哈特那一擊，撞爛了卡希的太陽穴、臉頰與嘴巴。他鬆開劍，晃了一晃，而賞金獵人身子半旋，朝他的脖子與鎖骨間砍下去。卡希重重摔在大理石女神像腳邊，鮮血就像祭品一樣，噴濺在神像四周。

□

一聲巨響傳出，腳下的地板跟著震動，牆面的武器飾盤上的盾牌「哐噹」一聲，掉了下來。走道的地板上瀰漫起一股刺激的煙霧。奇莉擦了擦臉，身上撐的淺髮女孩重得像石磨一樣。

「快點……我們跑快點……」

「我沒辦法再快了。」女孩說，接著突然一屁股坐在地上。奇莉驚恐地看見她的身下，浸滿血漬的褲管下，開始流出紅色液體，很快便積成一灘血泊。

女孩的臉白得像死屍一樣。

奇莉趕忙跪到她身邊，扯下女孩的圍巾，試圖把那當作止血帶爲她包紮，不過傷口太大、太靠近胯下。血，止不住。

女孩抓住她的手，手指冷得像冰塊一樣。

「奇莉……」

「妳說。」

「我是安古蘭。我本來不相信……不相信可以找到妳。可是我跟在傑洛特後面走……因爲不管是誰，都會跟著他的腳步走，妳知道嗎？」

「我知道，他就是這樣的人。」

「我們找到了妳，把妳救了出來。芙琳吉拉還笑話我們……告訴我……」

「求求妳，別再說了。」

「告訴我……」安古蘭的嘴唇動得越來越慢，說話越來越困難。「告訴我，妳是女王……在琴特拉……妳會讓我們得寵，對吧？妳會讓我當……伯爵小姐？告訴我，可是不要騙我……妳可以嗎？告訴我！」

「不要再說話了，別浪費力氣。」

安古蘭嘆了口氣，身子突然往前一傾，把額頭靠在奇莉的肩上。

「我就知道……」她說得很是清楚。「他媽的，我就知道，在投散特開妓院討生活，這個主意比較好。」

過了很長一段時間之後，奇莉才發現自己懷裡抱著的，是個死掉的女孩。

□

她看見他在一尊尊由雪花石膏雕刻出來，支撐拱廊的頂罐女子的死寂目光下走來。突然間，她了解到逃跑是不可能的事，在他面前根本無路可逃。她了解到自己得與他正面對擊，而這一點，她早就知道了。

不過，她還是很怕他。

她拿起武器。飛燕劍的劍身發出輕聲吟哦，那是她所熟知的聲音。

她沿著寬闊的走道往後退，而他則雙手持劍，隨著她的腳步前進。鮮血順著劍身流下，沿著護手一大滴、一大滴地往下滴。

「死了。」他沿著安古蘭的屍體走過，評論道：「這樣剛好。那邊的好小子也已經躺在地上吃土了。」

奇莉感覺有一股沮喪籠罩了她，感覺緊握劍柄的指頭用力到發痛。她繼續往後退。

「妳唬弄了我。」邦哈特說得咬牙切齒，往她逼近的腳步沒停下。「那個好小子沒有徽章，不過我有預感，可以在這裡，在這座城堡裡，找到有戴徽章的人。我雷歐·邦哈特，敢用我這把老骨頭來賭，這個人，可以在巫婆葉妮芙的附近找到。不過，凡事有先來後到，小蝰蛇。妳與我，我們的事得先解決，還有我們的洞房。」

奇莉下了決心，用飛燕劍短短畫了個圓弧，擺出備戰的姿勢。她開始繞著半圓走，速度越來越快，逼著賞金獵人在原地轉身。

「上次妳用這招的時候，效果不是很好啊。」他一字一句地說。「怎麼，妳不懂得從錯誤中學習嗎？」

奇莉加快了腳步，流暢靈巧地舞動劍身，模糊對方視聽，試圖將他催眠、引入混亂之中。

邦哈特唰唰地轉起劍。

「這招對我沒用。」他粗聲喝道。「而且也太無聊了！」

他跨出兩個箭步，縮短兩人間的距離。

「放音樂！」

他身子一躍，狠下殺招，奇莉一個旋身起跳，左腳穩穩落地後馬上進攻。劍身與邦哈特的防守交擊所發出的響聲未定，她已俐落滑到吟嘯的劍下，轉到他的身邊，沒有浪費時間擺好架勢。她以手肘彎曲成令人意外的不自然角度再度出擊，沒有半點猶豫。邦哈特擋下攻擊，並趁勢借力從左邊立刻反攻。不過，她早已料到他會有這招，僅是單膝微微一曲，身子一擺，便以毫釐之距從劍刃底下閃過。接著她馬上反擊，快速砍下一劍，但這回他已好整以暇地用佯攻騙過她。少了預期中的格擋，她差點失去平衡，便快速跳開好自保，不過他的劍還是劃傷了她的手臂。當下她以爲劍刃只是劃破棉袖，但過了一會，她便感覺腋下與手臂都有溫暖的液體。

以雪花石膏雕刻而成的頂罐女子，用一雙雙漠然的眼睛看著這一切。

她不斷後退，而他則駝著背，像割草般大動作揮劍前進。那模樣就像奇莉在神殿畫作裡看過的死人骨頭。*骷髏之舞*，她心想。*死神來了*。

她繼續後退，溫暖的液體已流滿她的前臂與掌心。

在看到滴落地上的星狀血漬後，他說：「這第一道傷口是爲我自己。那第二道要爲誰呢？我的新娘？」

她繼續後退。

「回頭看一下，妳已經沒有退路了。」

他說的沒錯。這條走道的盡頭什麼都沒有，是個斷面，可以看見下一層樓布滿灰塵、骯髒破裂的地板木片。城堡的這一區域是荒廢的，根本沒鋪地板，只剩下鏤空的支撐結構——柱子、梁脊，以及連接一切的木框架。

她沒有猶豫太久，便跳上木框，踩著木條慢慢後退，眼睛緊盯著邦哈特，留意他的每個動向。而這份留心拯救了她，因為他突然踩上木條往她衝來，左砍右殺，不斷揮動長劍，使出電光火石般的佯攻。她知道他打的是什麼算盤——只要她一個格擋錯了，或猜錯他的假動作，便會失去平衡，從木條上掉下去，摔在樓下破裂的地板上。

這一回，奇莉沒讓那些假動作矇了眼，而且情況正好相反。她的身子靈巧一轉，自己先假裝從右邊出劍，等他猶豫的瞬間，再從右二分位出招，其速度之快、力道之猛，讓邦哈特在格擋後不禁晃了一下，要不是他的身高夠，早就摔了下去。只見他左手往上一伸，即時抓住梁脊，穩住平衡。不過，他也在這麼短短的瞬間分了心，而僅僅是這麼一瞬，對奇莉來說已經足夠。她舉直手臂與長劍，狠狠一刺進攻過去。

當飛燕劍的劍刃唰的一聲從他胸口與左臂之間穿過，他連動都沒動一下，而是立刻反擊，那招式之狠毒，要不是奇莉往後一個空翻，那一下大概會把她剖成兩半。她跳到隔壁木條上，以跪姿落地，劍平舉頭上。

邦哈特瞧了下自己的手臂，抬起左掌，上頭已爬滿胭脂紅的小蛇圖案，接著又看了下滴落下方的濃稠血珠後，說：

「不錯嘛，妳還懂得從錯誤中學習。」

他的聲音因暴怒而抖動，但奇莉很了解他是怎樣的人。他很冷靜、自制，而且隨時都準備好大開殺戒。

他大劍一揮，跳到她的木條上，像團風暴般往她走去，腳步沉穩，毫不遲疑，甚至沒去看腳下所踩的地方。木條發出聲響，抖落上頭的粉塵。

他一左一右交叉砍殺，不斷進攻逼她後退。而他攻擊的速度之快，讓她無法冒險跳躍或空翻，只能一直防守、閃避。

她看見他的魚眼裡閃過一道光芒，知道那代表什麼意思。他將她逼到了柱子前，逼到梁脊下的交叉處，把她推向沒有辦法再逃的地方。

她得想想辦法。突然間，她知道該怎麼做了。

卡爾默罕。擺錘。

妳要用擺錘借力使力，就著它的衝勁，利用它的能量。妳要透過反彈來使用這股力量，妳懂嗎？

我懂，傑洛特。

突然，她以蝰蛇發動攻擊之速，轉守為攻。飛燕劍與邦哈特的長劍相擊，發出了嗚咽聲。就在此時，奇莉反腿一蹬，跳往隔壁木梁，並在落地時奇蹟守住了平衡。她快步跑了幾下，再度躍起，又回到邦哈特所在的木梁，在他身後落地。邦哈特及時轉身，大大砍下一劍。然而這劍攻擊的位置，只憑她可能的落地地點而使，可說是砍得盲目。結果雖只差了分毫，但使劍的力道卻讓他失了平衡。奇莉如電光火石進攻，身子一矮，就著衝勁砍了下去。這一劍，她砍得又重又扎實。

然後她就這麼維持舉劍在側的姿勢，靜靜地看著他衣服上那道又長、又平整的斜切痕開始染紅，冒出濃稠的緋液。

「妳……」邦哈特晃了晃。「妳……」

他衝向她，但行動已變得緩慢而遲滯。她往後一跳躲開了他，而他則沒能保持住平衡，單膝跪了下去，但那膝頭沒落在梁上。木梁已又濕又滑，他看了奇莉一秒，然後掉了下去。

她看見他摔在地板上，引發了一道混合木屑、粉塵與鮮血的噴泉。她看見他的劍飛到了一旁好幾碍遠。他就這麼攤著巨大而枯瘦的身體，四肢大開，一動也不動地躺著。他已經受了重傷，毫無自保之力，但看起來依舊嚇人。

隔了一會兒，他抽動了幾下，發出微弱的聲音。他試圖抬頭，動了動雙手，動了動雙腳，將身子蠕動到柱子下，用背靠著。他又呻吟了聲，兩手同時摸了摸染血的胸口與腹肚。

奇莉跳了下來，跪落在他身旁，動作輕柔如貓。她看見他的那雙魚眼因恐懼而瞪大。他看著飛燕劍的劍身，粗啞地說：

「妳贏了……妳贏了，獵魔士。可惜這不是在場上……不然就很有看頭了……」

她沒有應聲。

「這把劍是我給妳的，妳記得嗎？」

「所有的事我都記得。」

「妳應該不會再對我……」他嘆了口氣。「妳應該不會再對我痛下殺手吧，嗯？這種事妳做不來……妳不會對一個受傷倒地，又沒有武器的人再下殺手……妳是怎樣的人，我很清楚啊，奇莉。妳太高尚……做不來這種事。」

她看著他許久，非常久。然後，她彎下身子。邦哈特的眼睛瞪得更大了。不過，她只是把他脖子上的徽章——狼、貓與獅鷲——扯下來，然後轉身，走向出口。

他忘恩負義、毫無廉恥地跳起來，拿刀往她衝去，動作輕得像蝙蝠一樣。一直等到最後一刻，匕首的刀刃幾乎要嵌進她後背時，他才放聲大吼。那吼聲裡，帶了滿滿的憤恨。

她快速轉了半圈，躲掉偷襲，往後跳開，然後又一個轉身，出手攻擊。她的攻擊下得又快又猛，範圍涵蓋整隻手所能觸及的距離，而且靠著髖骨的扭動，增加了攻擊力道。飛燕劍發出劍嘯，然後劍鋒一斬，嘶的一聲，傳來濃稠液體流動的聲音。邦哈特按住喉嚨，一雙魚眼都凸出了眼眶。

「不是說過了嗎？我什麼都記得。」奇莉冷冷地說。

邦哈特的眼睛瞪得更大了，然後坐下去，身子一歪，往後倒下，震起一團灰塵。他就這麼躺著，身形高大，枯瘦如死神，躺在骯髒的地板上，四周都是折斷的地板木料。他依舊壓著喉嚨，壓得十分緊，用盡了所有力氣。即便如此，他的生命還是急速從指間流逝，在腦袋周圍化成一輪巨大黑暈。

奇莉站在他身旁，一句話也沒說，卻讓他能清楚地看見自己，好讓他在去該去的地方時，只看著她的模樣，再無其他。

邦哈特看著她的眼神逐漸模糊失焦，身體痙攣抽動，鞋跟在木板上刮了一刮，然後發出喉嚨卡住的聲音，就像漏斗快漏完一樣。

而這就是他最後發出的聲音。

□

轟隆一聲，彩繪玻璃破裂四散。

「傑洛特，小心！」

他們往後一跳，時間正好。一道亮得讓人睜不開眼的閃電將地板鏟起一大塊，破裂的陶瓦與尖銳的馬賽克磚碎片，在空氣中呼嘯散射。第二道閃電打在獵魔士藏身的柱子上，將柱子斷成了三段，拱頂也掉了半塊，重擊地板，震耳欲聾。平躺於地的傑洛特以雙掌護頭，心裡也清楚，面對這落下的十幾普特【註】重的石塊，這種防護根本沒有用。他已做好最壞打算，但情況根本沒那麼糟。他從地上跳起，瞥見自己上方有張魔法光盾，才明白是葉妮芙的魔法救了他。

維列佛茲轉向女巫，把她藏身的柱子打成碎塊，然後暴喝一聲，以火焰將瀰漫的煙塵繞集成雲。葉妮芙即時跳開，射出一道閃電回敬，對方卻輕鬆打回，那姿態甚至可以說是輕蔑，接著又以重擊回應，把葉妮芙打趴在地。

傑洛特抹掉臉上的石灰，往他衝去。維列佛茲把目光移到了他身上，單手轟地一聲，射出一團火焰。獵魔士反射性地用劍擋住，而刻滿盧恩字母的矮人劍竟神奇地保護了他，把那道火焰切成兩半。

「哈！」維列佛茲大喝。「眞是令人意想不到啊，獵魔士。你怎麼說呢？」

獵魔士什麼也沒說，卻像是被攻城木撞到一樣，摔飛在地，一路滑了出去，撞到柱基才停下來。柱子應聲斷裂，碎塊崩落，將拱頂又扯下一部分，但這一回，葉妮芙來不及爲他設下防護罩。一大塊頗有分量的拱頂結構砸在他肩上，讓他再度跌到地上。一時間，他痛得全身發麻。

葉妮芙唸出一段咒語，朝維列佛茲射出連發閃電，卻沒有命中一發，全被巫師的防護罩擋了回去。維列佛茲突然伸出雙手，往左右分開，葉妮芙便痛得大叫，整個人在空中浮了起來。維列佛茲雙掌一轉，十足十像在擰抹布，女巫則發出淒厲的慘叫，身體也開始扭轉。

傑洛特壓下痛楚，跳了起來，但雷吉思已搶先發難。

吸血鬼不知從何處冒出，以巨大的蝙蝠形態，無聲無息飛向維列佛茲。巫師還來不及施法防

【註】：舊時俄制重量單位，一普特的重量約等同於十六點三八公斤。

衛，雷吉思的爪子已狠狠抓過他整張臉，只有一顆眼睛因爲異常小，才倖免受損。維列佛茲發出慘叫，兩手不停揮動。獲得解放的葉妮芙，尖叫著摔在碎石堆上，鮮血從鼻子裡噴出，濺污了她的臉龐與胸口。

此時傑洛特本已來到維列佛茲附近，舉著夕希爾準備隨時出手。不過，維列佛茲還未打算呑下敗仗，也沒想過要舉白旗。他用一股強大的力量打向獵魔士，又朝攻擊他的蝙蝠射出一道讓人睜不開眼的白焰。那白焰就像燙刀切奶油一樣，切斷了一根柱子。雷吉思俐落閃過，在傑洛特身邊化回人形。

「小心。」獵魔士一邊試著看清葉妮芙那邊的情況，一邊吃力地說：「小心，雷吉思……」

「小心？」吸血鬼叫道。「我？要小心我就不會來這裡了！」

他宛如猛虎，以不可思議的速度跳向巫師，掐住他的喉嚨，亮出獠牙。

維列佛茲又氣又怒，放聲慘叫。有那麼一刻，一切好像要結束了。然而，那只是一種假象。巫師身上有各種武器，可以應付各種情況及各種對手，就算是吸血鬼也一樣。

他抓住雷吉思的雙手，開始像燒熱的鐵一樣發光，吸血鬼頓時放聲大叫。傑洛特見巫師將雷吉思硬生生撕成兩半，也跟著大叫一聲。他跳過去想救雷吉思，但已經來不及了。維列佛茲把撕成兩半的吸血鬼推到一根柱子上，然後近距離用雙手射出白色火焰在他身上燃燒。雷吉思高聲慘叫，那叫聲讓獵魔士不禁摀住了耳朵。接著一聲巨響，剩餘的彩繪玻璃全部碎落，而那根柱子就這麼融掉了。吸血鬼跟著柱子一起融化，成了一坨不成形的物體。

傑洛特咒罵一聲，心中充滿憤恨和沮喪。他舉起夕希爾跳過去，準備給敵人痛擊。不過，他的動作太慢。維列佛茲轉過來，用魔法打向他。獵魔士飛過整個大廳，重重摔在牆上，然後沿著牆面滑落。他躺在地上，像魚一樣捕捉空氣，心裡想的不是哪裡摔斷了，而是哪裡還保持完整。維列佛茲往他走去，手裡變出一根六呎長的鐵棍。

「我大可以用咒語把你燒成灰。」他說。「我大可以把你融成搪瓷，就像剛才對付那個怪物一樣。不過，你，獵魔士，應該要有不一樣的死法，要死在戰鬥中。這或許是場不太公平的戰鬥，但這就是獵魔士該有的死法。」

傑洛特本來不認爲自己能站得起身，但他還是站了起來，吐掉一口鮮血，把劍握得更緊。

「在塔奈島上，」維列佛茲一邊往他走近，一邊轉動手中的鐵棍。「我只是給你幾個小骨折，對你很客氣，因爲那本來就只是要給你個教訓。現在看來，你是把它當成了耳邊風，所以這一回，我會好好幫你斷斷骨，拆成碎塊，任你找誰來黏都黏不回來。」

語畢，他發動攻擊。傑洛特沒有逃走，而是接受挑戰。

鐵棍不斷舞動，發出嘯聲，巫師繞著不停跳動的獵魔士走。傑洛特接連閃過攻擊，也陸續出手還擊，卻全讓維列佛茲俐落擋掉。一時間，鐵器交擊的低鳴聲不絕於耳。

巫師的動作又快又靈巧，宛如魔鬼。

他轉動身體，假意從左邊出擊，卻由下往上重重打在傑洛特的肋骨。獵魔士還沒找回平衡與呼吸，肩上又已遭到一擊，打得他跪了下來。他及時跳開，躲過上方落下的鐵棍，拯救了自己的顱骨，卻能沒躲過從底下來的回馬槍，髖骨上方吃了一記悶棍。他身形一個不穩，背部撞到牆上，所幸還未徹底頭昏腦脹，尚能趴到地面。這記閃躲可謂千鈞一髮，因爲巫師的鐵棍恰恰掃過他的頭髮，重重落在牆上，甚至擦出了火花。

傑洛特在地上滾了一圈，鐵棍落到了他腦袋旁的地面，敲出火星。第二棍打在他的肩胛，讓他頓時休克，然後痛得全身發麻，雙腿無力。巫師舉起鐵棍，眼中閃爍勝利的光芒。

傑洛特握住芙琳吉拉給的徽章。

鐵棍落下，敲到地板上甚至敲出回音，而落點離獵魔士的頭約一個腳掌。傑洛特滾了開來，然後快速單膝跪地起身。維列佛茲跳過來，一棒打下去。鐵棍又跟目標偏離了幾吋。巫師不可置信地搖搖頭，猶豫了下。

突然，他一臉理解地嘆了口氣，然後雙眼一亮，跳起來打算突擊。不過，已經來不及了。

傑洛特的劍狠狠劃過他的肚子，他大叫一聲，放掉鐵棍，縮著身子慢慢往後。此時，獵魔士已經來到他面前，大腳一踹，把他踢往斷落的柱子，然後從斜角快速他給了一劍，從鎖骨一路砍到髖骨。當場鮮血噴濺，在地面灑下波浪狀的圖案。巫師慘叫一聲，單膝跪地，垂下頭看著自己的肚子與胸口，久久無法把視線從眼前看到的景象移開。

傑洛特擺好架勢，準備隨時揮動夕希爾，靜靜等待他的反應。

維列佛茲發出悲慘的嗚咽，抬起了頭。

「傑——洛——特……」

獵魔士沒讓他把話說完。

現場安靜了好一段時間。

「我不知道……」終於，從碎石堆裡掙扎起身的葉妮芙打破了沉默。她看起來十分淒慘，鼻子裡流出的血玷污了她的整個下巴和胸口。看到傑洛特不解的目光，她重複道：「我不知道你懂幻影術，而且還騙過了維列佛茲……」

「是我這枚徽章的關係。」

「喔。」她狐疑地看著他。「那就有趣了。不過我們之所以能活下來，還是要感謝奇莉。」

「什麼？」

「他那隻眼睛。他的兩隻眼睛沒有完全協調，所以有時候會看不準。不過我還能留著這條命，主要還是得感謝……」

她沉默了下來，看著柱子融化後的剩餘物，那上頭還可以看得出人形。

「傑洛特，那個人是誰？」

「我的夥伴。我會非常想念他。」

「他是人類嗎？」

「他的內心是人類。妳怎樣呢？葉。」

「斷了幾根肋骨、腦震盪，髖關節、脊椎也震歪了。除此之外，非常好。你呢？」

「我也差不多。」

她一臉漠然，看著在地板拼接圖案正中央的維列佛茲腦袋。巫師那顆已經混濁的小眼睛，帶著無聲的責備仰視他們。

「這景象挺不錯的。」她說。

「的確如此。」他在過了一會後才承認道。「不過我已經看夠了。妳能走嗎？」

「有你幫忙的話，可以。」

□

三人在走道交會的拱廊下，在雪花石膏刻成的頂罐女子死寂注視下相會。

「奇莉。」獵魔士說，然後擦了擦眼睛。

「奇莉。」被獵魔士扶著的葉妮芙說。

「傑洛特。」奇莉說。

「奇莉，能再見到妳眞好。」他克服猛然緊縮的喉頭說。

「葉妮芙小姐。」

女巫掙開獵魔士的臂膀，用盡最大的力氣挺直身體，嚴厲地說：

「丫頭，妳這是什麼德性。看看妳自己，都成什麼樣子了！頭髮整理好！不准駝背。過來這裡。」

奇莉往她走去，身體僵得像機器人。葉妮芙替她把領子撫平、翻好，試著擦掉她袖子上已經乾涸的血漬。她碰了下她的頭髮，然後撥開，露出她臉頰上的疤痕。她緊緊抱住她，抱得非常緊。傑洛特看見葉妮芙抱在奇莉背上的雙手，看見她已不成形的指頭。他沒有感到憤怒、不捨或憎恨。他只覺得疲憊，還有一股巨大的渴望，想結束這所有一切。

「媽媽。」

「女兒。」

「我們走吧。」他決定打斷她們，但那也已經是過了好一段時間之後。

奇莉大聲吸了吸鼻子，用手背擦了擦。葉妮芙給了她一記警告的目光，然後擦了擦一隻眼睛，想必是有灰塵掉了進去。獵魔士看向奇莉走來的走道，好像在等其他人從那邊過來。奇莉搖搖頭，他便明白了。

「我們離開這裡吧。」他重複道。

「嗯，我想看見天空。」葉妮芙說。

「我再也不要放開你們了，再也不要了。」奇莉沉聲道。

然後，她扶著葉，重複傑洛特的話：「我們離開這裡吧。」

「我不用人扶！」

「讓我來吧，媽媽。」

他們來到一道階梯前，巨大的階梯沉入煙霧之中，底下隱約可見閃爍的人影與點了火的鐵籃。

奇莉打了個寒顫。這道階梯她已經見過，就在她的夢裡與預視裡。底下遠遠的地方，有一票全副武裝的人在等他們。

「我累了。」她悄聲說。

「我也是。」傑洛特坦承道，手上拿起了夕希爾。

「我不想再殺人了。」

「我也是。」

「這裡沒有別的出口了嗎？」

「沒有，只有這道階梯。我們只能這麼做，丫頭。葉想看見天空，而我想看見天空、葉，還有妳。」

奇莉回頭看了看倚靠扶手以避免跌倒的葉妮芙，然後抽出從邦哈特那邊奪回來的徽章，把貓圖案的掛到自己脖子上，狼的交給傑洛特。

「希望妳知道這只是象徵？」他說。

「所有一切都只是象徵。」

她把飛燕劍拔出鞘。

「我們走吧，傑洛特。」

「我們走，緊緊待在我身邊。」

斯凱蘭的傭兵在階梯的尾端等著他們，而他自己則雙手緊握武器，手心不斷冒汗。夜梟飛快給了一個手勢，派出第一批人馬。傭兵鞋底打上的鐵片在階梯上踏出沉沉的重響。

「慢慢來，奇莉。別心急，待在我身邊。」

「是，傑洛特。」

「還有要心平氣和，丫頭，心平氣和。記住了，不要動氣，不要憎恨。我們必須出去，看見外面的天空，而那些擋住我們路的人，必須要死。不能有一絲猶豫。」

「我不會猶豫，我想看見天空。」

他們順順利利來到第一個階梯平台。傭兵見了他們，紛紛後退，也對他們的平靜感到意外與訝異。不過，過了一會，有三個人揮動劍，大叫著往他們跳去，而那三人馬上就斷了氣。

「一起上！殺了他們！」夜梟從底下大喊。

又是三名傭兵跳上前來。傑洛特朝對面快速跨了一步，用假動作欺騙對方，然後從下方砍向其中一人的喉嚨。接著他一個轉身，讓奇莉從他的右手底下通過，奇莉則順勢把劍揮往第二名凶徒腋下。第三人想翻過樓梯扶手，跳到下方保命，終究沒能來得及。

傑洛特抹掉濺到臉上的血漬。

「冷靜點，奇莉。」

「我很冷靜。」

接下來，又是三人一組，只見劍光一閃，便是慘叫與死亡。

濃稠的鮮血順著階梯緩緩流下。

一名打手穿著用銅片鉚銜接的護甲，拿著一把長長的長柄槍，往他們跳去。他的眼神在毒品的作用下顯得十分狂野。奇莉斜角快速一個格擋打掉槍柄，傑洛特跟著一劍落下，然後抹了抹臉。他們繼續前進，沒有回頭。

第二個階梯平台已在咫尺。

「殺！」斯凱蘭高吼。「把他們都給我殺了！」

階梯上響起沉重的腳步聲與叫囂。劍光一閃，哀號驟起，又是一條性命。

「很好，奇莉，不過要保持冷靜，別殺紅眼了。還有，跟緊我。」

「我這輩子都會跟緊你，不要再離開了。」

「如果用手肘的力量就夠，不要用手臂去砍。小心點。」

「我很小心。」

劍光一閃，哀號再起，猩紅一片，又是一條性命。

「很好，奇莉。」

「我想看見天空。」

「我好愛妳。」

「我也是。」

「小心，地變滑了。」

劍光一閃，傳出慘叫。他們繼續前進，逐步追上流下階梯的鮮血。他們往下走，順著斯地加堡的階梯，一直往下走。

一名上前攻擊他們的惡徒在染血的階梯上打滑，背部著地，直接摔到他們腳邊。他雙手抱頭，哭喊求饒。他們從旁走過，沒有看他一眼。

一直到第三道階梯平台，都沒有人敢再擋他們的路。

「弓箭手！」史帝芬．斯凱蘭從底下大喊。「把弩弓拿過來！包雷阿斯．蒙不是去拿弩弓了嗎？他在哪裡？」

包雷阿斯．蒙已經離城堡頗長一段路，當然，這一點夜梟已經不可能知道了。他直接往東方，把頭緊挨在馬鬃上，逼著馬兒有多快跑多快。被派去拿弓箭和弩弓的人，只有一個回去覆命。

決定要射擊的這人，雙手微微顫抖，眼睛因飛天粉而泛淚。第一支箭稍稍劃到階梯扶手。第二支箭甚至連階梯都沒碰到。

「上去一點。」夜梟拉開嗓子大吼。「你這廢物，上去一點！近一點再放箭！」

弩弓手裝作沒聽見。斯凱蘭吐出一長串咒罵，搶過他的弓，跳上階梯，跪下來瞄準目標。傑洛特快速以肉身擋在奇莉面前，但女孩在弓弦響起之際，如閃電般搶到他前面，並擺好了架勢。她把劍轉到上四分位，將箭用力打了回去，力道之大，讓箭在落地前淩空轉了好幾圈。

「非常好。」傑洛特喃喃道。「非常好，奇莉。不過妳再做一次這種事，我會狠狠打妳屁股。」

斯凱蘭丟掉弩弓，突然察覺只剩下他自己一個。

他的人全都擠成一團，待在最底下，沒有一個打算踏上階梯。他再定眼一看，那群人好像又變得更少，又有幾個人不知道跑到哪去，想必是去拿弩弓了。

而兩名獵魔士氣定神閒，不及不徐，腳步也沒有放慢，一路往下走，順著斯地加堡流滿鮮血的階梯往下走。他們緊靠著彼此，肩並肩，手裡的劍快速舞動，讓敵人看不清虛實。

斯凱蘭在退了第一步後，就沒有停下後退的腳步，一直退到了最底下。當他退到自己人當中，注意到後退的腳步依舊持續，遂無力地咒罵了聲。

「各位！」他大聲吼著，卻破了音。「不用怕！放膽去殺他們！大家一起上！來啊，不用怕！跟我來！」

「要去您自己去。」其中一人一邊把飛天粉湊到鼻子前，一邊不願地說。夜梟一拳打過去，打得他臉、袖子、前襟都灑了白色毒品。

兩名獵魔士已走下第三個階梯平台。

「等他們走到最底下，我們就可以把他們包圍！」斯凱蘭嚷著。「來啊，各位！不用怕！把武器拿起來！」

傑洛特看了下奇莉，瞧見她的灰髮中有條像銀一樣亮晃晃的潔白帶子，差點沒氣得大叫。他穩住了脾氣，因為現在不是發怒的時候。

「小心，跟緊了。」他沉聲道。

「我這輩子都會跟緊你，不要再離開了。」

「下面會很熱。」

「我知道，可是我們是兩個人一起。」

「兩個一起。」

「我也隨你們一起。」葉妮芙一邊走下被血染得猩紅濕滑的階梯，一邊說道。

「大家集中！集中！」夜梟嚷道。

跑去拿弩弓的那群人當中，有幾個回來了，但是沒有弓，而且滿臉驚恐。

從通往這道階梯的三條走道裡，全都傳來木樁撞門的巨響，接著砰地一聲，換成兵器聲與沉重的腳步聲。一時間，從那三條走道裡陸續擁進身著黑色盔甲的士兵，他們的披風上都有著銀色火蛇的標記。斯凱蘭的傭兵被他們惡狠狠地大聲一喝後，一個接一個都乒拎乓啷把武器都丟到地上。而那些還在猶豫不決的，則被黑衣軍用弩弓、長柄刀與羅哈提納矛給指著，用更嚇人的吼聲催促他們棄械。現在，所有人都唯命是從，因爲明眼人都看得出來，那些黑衣軍個個都迫不及待想找人開刀，只是在等一個藉口罷了。夜梟兩手交胸，站在一根柱子底下。

「天降救兵？」奇莉喃喃道。傑洛特否定地搖了搖頭。

弩弓與兵器也同樣對準了他們。

「格拉地凡我而特！」

面對眼前的情況，抵抗毫無意義。階梯底部的黑衣軍就和螞蟻一樣，擠得滿滿的，而他們已經非常、非常疲憊。不過，他們沒有扔掉劍，而是小心地把劍擺在階梯上，然後坐了下來。傑洛特感覺到奇莉溫暖的手臂，聽見她的呼吸。

葉妮芙讓黑衣軍看見自己雙手空無一物，一邊閃避屍體與血窪，一邊從上方走下，在階梯上重重坐下。傑洛特感覺到自己的另一隻手也有溫暖的感覺。可惜不能一直都這樣，他心裡如是想道，但也清楚這樣的想望是不可能的。

夜梟的手下都被綁了起來，一個個帶出去。披著銀火蛇披風的黑衣軍越來越多。突然間，他們當中出現了一群穿戴白色羽飾和鑲銀盔甲的人，顯然是高階將領，而且所有人都挺直了腰桿以示尊敬。

在那群將領中，有一人的頭盔是銀的，而且裝飾格外華麗。眾人見他到來，都格外尊敬地退了一步，而且鞠躬敬禮。

而這人在柱下的斯凱蘭面前停下來。夜梟的臉——即使是在晃動的火炬與鐵籃裡燃燒畫作的照明下——明顯刷白，而且白得和紙一樣。

「史帝芬．斯凱蘭。」那名軍官的聲音極爲宏亮，就連大廳的拱頂都震出聲響。「你會面對司法審判，受到叛國該處的刑罰。」

夜梟被帶了出去，但雙手沒有像他的打手一樣受到綑綁。

接著，軍官轉過了身。上方著火的織錦斷了一部分，像隻巨大火鳥般盤旋落下。火光照亮了鑲銀邊的鎧甲，照亮了覆蓋住他半個臉頰的頭盔面罩，而那面罩的外型——就像每一個黑衣軍的一樣——是可怕的鋸齒顎狀。

輪到我們了，傑洛特心想，而他想的也的確沒錯。

軍官看向奇莉，頭盔縫隙裡的一雙眼睛十分熾熱，把她仔仔細細審視了一番。臉色蒼白。臉頰上有疤。袖子和手掌都沾了血。頭髮裡有幾絡白色。

然後，這名尼夫加爾德人把目光移到獵魔士身上。

「維列佛茲呢？」他用那洪亮的聲音問。傑洛特搖搖頭，給了否定的答案。

「卡希．阿波．凱羅呢？」

他再度搖了搖頭。

「眞是一場屠殺啊。」那軍官看著階梯說。「眞是一場血腥的大屠殺。不過呢，在刀口上討生活的人就是這樣……再說，你替我的一票劊子手省了不少差事。你這趟路走得可眞遠啊，獵魔士。」

傑洛特沒有出聲。奇莉大力吸了吸鼻子，然後用手腕擦了擦，惹來葉妮芙一記警告的目光。軍官注意到兩人的互動，微微笑了一下。

「你這趟路走得可眞遠啊。」他又說了一次。「你可是從世界的另一端來到這裡。跟著她來，也爲了找她。光是這一點，就值得嘉獎你。德里多先生！」

「屬下在，陛下！」

獵魔士沒有絲毫訝異。

「請在這裡找一間隱密的房間，好讓我可以不受任何人打擾，靜靜地與來自利維亞的傑洛特先生聊聊。在這段時間裡，請確保兩位女士受到全面而舒適的照顧。當然，警覺性高的忠心護衛也少不得。」

「是，陛下。」

「傑洛特先生，請隨我來。」

獵魔士站起身，看了看葉妮芙與奇莉，想安撫她們，讓她們別做出什麼傻事。不過這樣的舉動顯然多餘，因爲兩人都已累得不能再累，一副完全放棄的姿態。

□

「你這趟路走得可眞遠啊。」恩菲爾・法・恩瑞斯——代以溫阿丹引卡倫阿波摩爾伏得——舞動於敵軍墓上的白色之焰，拿掉頭盔，又說了一次。

「我不知道，你說不定走得更遠，杜尼。」傑洛特平心靜氣地回答。

「你認出了我，了不起。」大帝露出一個微笑。「少了大鬍子和不同的舉動，似乎是讓我完全變了一個人。當年在琴特拉看到我的人，後來有很多都到了尼夫加爾德，也在晉見時看過我，不過沒有一個人認出我。而你也才看過我一次，而且還是十六年前的事了。我讓你這麼印象深刻嗎？」

「你的確變了很多，是我的話也認不出來。我不過是猜到你是誰罷了，而且已經有一段時間了。而我會猜到亂倫在奇莉的家族裡，在她的血液裡所扮演的角色，也不是沒有外力的幫助與提示。在我所有的惡夢中，有一回甚至出現了最爲可怕，也最爲噁心的亂倫，而現在呢，看看，你本尊就在我面前。」

「你幾乎要站不住了。」恩菲爾冷冷地說。「而一味魯莽用力，只會讓你的身體搖晃得更加厲害。你可以在大帝面前坐下，我准你擁有這份殊榮……一輩子。」

傑洛特鬆口氣，坐了下來。恩菲爾依舊靠著經過雕飾的櫃子站立。

「你救了我女兒的性命。」他說。「而且是好幾次，這點我很感謝你。以我和我後代的名義。」

「你這話眞是讓我卸下心防。」

恩菲爾沒有理會他話中的嘲諷，說：「奇莉拉要去尼夫加爾德。等時機到了，她會成爲帝后，就像其他女孩從過去到現在，成爲王后的方式那樣，變成帝后。也就是說，在幾乎不認識自己伴侶的情況下。通常她們在第一次見到自己伴侶的時候，都不會對對方留下好印象。在婚姻剛開始的頭幾天……和頭幾個夜晚，也通常會有沮喪感。奇莉拉不是頭一個。」

傑洛特忍著沒有出聲，而大帝接著說：

「奇莉拉會很幸福，就像大部分我剛才說的那些王后一樣。而這一天終會到來。我不需要她的愛，而她會把這份愛全都放在我和她生的兒子身上。他會成爲大公，然後是帝王，而他所生的兒子，會成爲世界的主宰，拯救這個世界免於毀滅的命運。這一切都是預言說的，而知道這個預言完整內容的人，只有我。」

「當然，」白色之焰接著說。「奇莉拉永遠不會知道我是誰。這個祕密會消逝，隨著知道它的人一起消逝。」

「當然。」傑洛特點了點頭。「這一點是再清楚不過了。」

恩菲爾在過了一段時間後，繼續說：「你不可能沒注意到，命運在這一切裡插了手，在這一切的一切，包括你的行動。從一開始就是這樣了。」

「我在這裡只看到維列佛茲插手，因爲當初是他把你引去琴特拉的，對吧？在你還是個被詛咒的刺蝟的時候？是他讓芭維塔……」

「你這是瞎子摸象。」恩菲爾把銀火蛇披風甩到肩上，猛然打斷他。「你什麼都不知道，而你也不用知道。我不是請你來這裡，把我一生的故事講給你聽，也不是要對你解釋什麼。你唯一應得的，就是我向你保證這女孩不會受到任何傷害。我沒有欠你債，獵魔士，一點都沒有……」

「你有！」傑洛特同樣也猛然打斷他。「你打破了約定，你說話不算話。這就是債，杜尼。你打破了你當王子時的誓約，現在這是你身爲帝王的債，還有以帝王規格該付的利息。而且是以十年計算！」

「就只有這樣？」

「就只有這樣。因爲我只能要求這樣，不能再多。可是也不能再少！我本來應該在那孩子滿六歲後去帶走她，而你沒有等到那個時候。你想在時間到前，把孩子從我這裡偷走。你一直掛在嘴邊的命運，結果擺了你一道，因爲接下來十年，你一直試著與命運搏鬥。現在她在你手上了，奇莉在你手上，那個你親生的女兒；那個你從前用卑鄙無恥的手段，讓她成爲孤兒的女兒；現在又打算用卑鄙無恥的手段，讓她生下亂倫之子的女兒。而且你還不要她的愛。不過這麼做也好，因爲你不配得到她的愛。這話就我和你兩個人說，杜尼，我眞不知道，你怎麼有辦法看著她的眼睛。」

「只要目的正確，任何手段都算正確。」恩菲爾沉聲說。「我所做的，都是爲了後代子孫，爲了拯救世界。」

「要是世界得用這個方法來救，」獵魔士猛然抬頭。「那這個世界最好就這樣毀滅。相信我，杜尼，毀了會比較好。」

「你的臉色很蒼白。」恩菲爾．法．恩瑞斯的口氣緩和了些。「別那麼激動，不然你等等就會暈倒。」

他離開櫃子，拉開椅子，坐了下來。獵魔士果眞覺得一陣天旋地轉。

「鐵刺蝟本來是篡位者逼迫我父親合作的手段。」大帝開始訴說，小聲而平靜。「那是發生在政變之後的事。我的父親——失去寶座的帝王，被關了起來，被刑求虐待，但他沒有向敵人低頭。於是，他們試了另一個辦法——一個篡位者找來的巫師，在我父親面前活生生把我變成一個可怕的怪物。那巫師還加上了一點自己的想法，也就是幽默感。恩菲爾在我們的話裡是『刺蝟』的意思。」

「我的父親不願向他們低頭，所以他們就殺了他。至於我，就在嘲笑與諷刺聲中，被丟到了森林裡，當成狗群的獵物。我保住了性命，他們沒有死追著我不放，因爲他們不知道那巫師搞砸了他該辦的事，不知道我在夜裡會變回人類。幸好我知道幾個不會變節，絕對可以託付的人。而那時候的我，說給你參考一下，只有十三歲。」

「我必須逃離我的國家。一個有點瘋癲的占星學家克薩爾提修斯爲我指了路，說如果我要拯救外貌，就得往北方去，得越過馬爾那達爾山梯。後來我成了帝王，就送了他一座塔和器具，當作答謝。在那之前，他都是用借的才有辦法工作。」

「至於琴特拉發生的事，你都知道，我就不浪費時間多說了。可是我要澄清，這些和維列佛茲都沒有關係。第一，我在那個時候還不認識他。第二，當時我十分厭惡魔法師。話說回來，我到今天都還是不喜歡他們。喔，對了，趁我還沒忘記，當我奪回王位後，就去找當初爲篡位者辦事，當我父親的面折磨我的那個巫師。我也讓他見識到我的幽默。那魔法師的名字叫布拉森斯，聽起來就和我們話裡的『用煎的』差不多。」

「閒話說得夠多了，回到正題。在奇莉出生後沒多久，維列佛茲祕密到琴特拉找我。尼夫加爾德裡有一群人依然忠心於我，密謀要推翻篡位政權，而他自稱是那群人的一分子。他說要幫我，而且也很快證明了自己能幫我。我還是不信任他，便問他的動機是什麼，而他也毫不遮掩，直接說要我的回報。他要一個偉大的帝王給他榮寵、特權和權力。那個帝王就是我，一個主宰半個世界的強大統治者，一個後代會主宰整個世界的統治者。他毫不客氣地說自己打算爬到很高的位置，要站在那些偉大的統治者身旁。就是在那個時候，他拿出幾個用蛇皮綁在一起的卷軸，而那些內容吸引了我的注意。」

「我就是這樣知道預言內容，知道這個世界和這個宇宙的命運，知道我該做什麼事。而我最後的結論是，只要目的正確，任何手段都算正確。」

「當然。」

恩菲爾自動忽略他的諷刺，接著說：「而那時在尼夫加爾德，我的事情進展得越來越順利，擁護者有越來越多的影響力。到最後，他們身後已有一票前線軍官與官校軍，便決定發動政變。不過，要做到這點，他們需要我，需要我這個人，一個帝國寶座與王冠的眞正繼承人，一個擁有恩瑞斯家族血緣的正牌恩瑞斯家人。我該扮演的角色，就像是某種革命旗幟。他們當中有不少革命分子，都希望我扮演好這個角色就好。而這些人裡還活著的，到今天都還後悔不已。」

「不過，就像剛才說的，閒話我們就先不說了。我不得不回家。是時候該杜尼這個杜撰的邁阿赫特王子、假冒的琴特拉公爵，宣示自己的繼承主權，但我卻沒忘記那個預言。我必須和奇莉一起回去，而卡蘭特一直都很提防我，非常小心提防。」

「她從來沒信任過你。」

「我知道。我想，她可能知道一點與預言有關的事，而她要是知道，一定會想盡辦法來阻撓我。琴特拉是她的勢力範圍，所以情況就很清楚了——我得回到尼夫加爾德，但不能讓人猜到我就是杜尼，而奇莉是我女兒。維列佛茲給我提了一個辦法。杜尼、芭維塔和他們的孩子必須死，要死得一乾二淨。」

「死在一場假船難裡。」

「沒錯。在斯格利加到琴特拉這條航線上，維列佛茲本來該在賽德娜海淵那裡，用魔法吸取器把船吸走。我、芭維塔和奇莉本來應該先躲進經過特別防護的艙房裡，而其餘船員……」

「都不該活下。」獵魔士把話接完。「而你踏著別人屍體前進的道路，就是這樣開啓的。」

恩菲爾．法．恩瑞斯沉默了一段時間。

「不幸的是，這條道路在那之前就已經開啓。」他終於開口，但聲音聽來沉悶。「就在我發現奇莉竟然不在船上的那一刻。」

傑洛特挑起了眉毛。

「不幸的是，」大帝的臉上沒有任何表情。「在我的計畫裡，沒有算到芭維塔。她是個眼睛永遠看著地上的憂鬱女孩，卻識破了我和我的目的。她在起錨前偷偷把孩子送回陸上。我整個人抓狂，而她也是。她歇斯底里發作，在一陣拉扯中……她掉下船舷。我本來要跳下去救她，但維列佛茲卻在這個時候，用他的吸取器把船吸走。我撞到頭，昏了過去，被纜繩纏住，奇蹟生還。等我清醒過來，全身都已包了繃帶，斷了一隻手……」

「我很好奇，一個殺了自己妻子的人，心裡是什麼感受？」獵魔士冷冷地問。

「很糟。」恩菲爾馬上回答。「這個人當時的感覺很糟，到現在還是很糟，而且覺得自己幾乎是卑鄙無恥。就算我從來沒愛過她，也無法改變這種感覺。只要目的正確，任何手段都算正確。然而，我是眞心爲她的死亡難過。我並不想這麼做，也沒有計畫要這麼做。芭維塔的死是意外。」

「你說謊，而這很不合帝王的身分。」傑洛特冷酷地說。「芭維塔當時不可能活著，不然她就會拆穿你。她不可能讓你對奇莉做你想做的事。」

「她本來是可以活下來的。」恩菲爾反駁道。「活在……某個遙遠的地方。尼夫加爾德裡有很多城堡……像達倫羅旺堡……我不可能下得了手殺她。」

「就算是爲了正確的目的而下的手段？」

「手段，」大帝抹了下臉。「總是可以找到比較不激烈的。手段總是有很多可以選擇。」

「並非總是如此。」獵魔士看著他的眼睛說。恩菲爾避開了他的目光。

「和我想的一樣。」傑洛特點了點頭。「把故事說完吧，時間不等人。」

「卡蘭特把她視如珍寶，看得緊緊的。用綁的把她綁走，我甚至連想都不敢想……我和維列佛茲的關係轉冷，對其他魔法師還是十分厭惡……不過我的軍隊和貴族一直逼我發動戰爭，攻擊琴特拉。他們說，這是人民所要求的，說人民渴望有生存空間，說要跟著人民的聲音走，說這會是我當帝王的試煉。我決定來個一石二鳥，一次拿下琴特拉和奇莉。剩下的，你都知道了。」

「我知道。」傑洛特點點頭。「謝謝你這次的談話，杜尼。我很感謝你願意在我身上花時間，但是別再拖了。我很累。我看著隨我一起從世界的另一頭，來到這裡的朋友丟掉性命，他們是來救你女兒的。他們甚至不認識她。除了卡希，他們沒有一個認識奇莉，卻跑來救她，因爲他們的身上都有某個正直而高貴的東西。然後呢？他們找到的是死亡。我認爲這不公平。而要是有人想知道的話，我不能苟同這一切，因爲這種事根本就是狗屁倒灶。正直的人得死，貪婪的人卻能活著，繼續做他們想做的事。我已經沒力氣了，大帝。把人叫進來吧。」

「獵魔士……」

「祕密必須要和知道它的那些人一起死，這是你自己說的。你別無選擇。你說你有很多選擇，那是假的。你要是把我關起來，關幾次我就逃幾次。我會把奇莉從你手中要回來。不管要付出什麼代價，我都會把她從你手中要回來，這你很清楚。」

「我很清楚。」

「你可以讓葉妮芙活下來，她不知道你的祕密。」

「她會不惜任何代價，」恩菲爾的聲音轉爲嚴肅。「去救奇莉，還有爲你報仇。」

「的確如此。」獵魔士點了點頭。「說得沒錯，我忘了她有多愛奇莉。你說得對，杜尼。沒辦法了，宿命就是宿命，沒得逃。我有一個要求。」

「你說。」

「讓我向她們兩個道別，然後我就隨你處置。」

恩菲爾站在窗前，凝視山峰。

「我沒辦法拒絕你，但是……」

「不用怕，我什麼也不會告訴奇莉。我要是告訴她你是誰，會傷了她，而我不會傷害她。」

恩菲爾沉默了許久，依舊背對著他看窗外。

「我或許欠你一份債。」他腳跟一旋，轉了過來。「所以，你聽好了，我有個提議，就當作是還債。很久、很久以前，在遠古時代裡，當人們還保有榮譽、驕傲與尊嚴的時候，當人們還看重自己諾言的時候，他們怕的只有恥辱。不乏有看重榮譽的人，在被判死刑的時後，爲了要躲避劊子手那雙侮辱人的手，會坐進放了熱水的浴缸，然後切開自己的血管。有沒有可能……」

「叫人把浴缸放滿吧。」

「有沒有可能，」大帝平靜地說。「葉妮芙會想陪你一起入浴？」

「我幾乎可以給你肯定的答案，但還是得先問過她。她的個性很叛逆。」

「我知道。」

□

葉妮芙馬上就同意了。

「圈子關起來了。」她看著自己的雙腕說。「銜尾蛇把牙埋進了自己的尾巴裡。」

□

「我不明白！」奇莉像隻氣壞了的貓兒般發出低吼。「我不懂爲什麼我要隨他走？去哪裡？爲什麼？」

「我的女兒啊，這就是妳的宿命啊。」葉妮芙溫柔地說。「妳要了解，事情必須朝這個方向走，沒有其他辦法。」

「那你們呢？」

「我們，」葉妮芙看向傑洛特。「有我們的宿命。事情就是這樣，沒有讓人選擇的餘地。過來這裡，好好抱緊我吧。」

「他們想殺了你們，對不對？我不同意！我才剛把你們找回來！這樣不公平！」

「在刀口上討生活的人，註定要死在刀口下。」恩菲爾·法·恩瑞斯悶聲說。「他們和我打了一場，而且打輸了，可是他們輸得很有尊嚴。」

奇莉站在他面前三步遠的地方，傑洛特無聲地吸了口氣。他聽見葉妮芙的嘆息。眞該死，他心想。這擺明了大家都看得出來！這麼顯而易見的事，他的一整支黑衣軍擺明都看得一清二楚，還有得瞞嗎？一樣的站姿、一樣冒火的眼睛、一樣抿住的嘴巴，兩手交叉胸前的樣子也一模一樣。好險她的灰髮是遺傳到她的母親，眞是好險。不過要是仔細看，還是看得出這是誰的血緣……

「而你，」奇莉用噴火的眼神看著恩菲爾。「你贏了，而且還覺得贏得很有尊嚴？」

恩菲爾·法·恩瑞斯沒有答話，只是微微一笑，用滿意的目光看著奇莉。奇莉見狀，氣得咬牙切齒。

「死了這麼多人。爲了這一切，死了這麼多人。他們都輸得很有尊嚴？死是很有尊嚴的事？只有野獸才會這麼想。雖然我近距離看過死亡，可是我沒有讓你把我變成野獸，也不會讓你得手。」

他沒有回應，只是看著她，好像在用目光讓她冷靜。

「我知道你在打什麼主意。」她咬牙切齒地說。「你想和我做。而我現在就告訴你，我不會讓你碰我半根寒毛。要是你把我……把我……我就殺了你。就算把我綁住，我也會趁你睡著的時候，把你的喉嚨咬斷。」

圍在他們周遭的軍官紛紛竊竊私語，大帝快速一個手勢，壓下騷動。

「命中註定該發生的事，」他一字一句地說，目光依舊盯著奇莉。「就會發生。向妳的朋友道別吧，奇莉拉・費歐娜・愛蓮・黎安弄。」

奇莉看向獵魔士。傑洛特搖了搖頭。女孩嘆了口氣。

她與葉妮芙兩人抱在一起，說了許久的悄悄話。然後，奇莉走向傑洛特。

「眞可惜。」她小聲地說。「本來好像一切都要變好了。」

「本來好像要變好很多。」他認同道。

他們擁抱了一下。

「要勇敢。」

「我不會讓他得手。」她低語著。「不用怕，我會逃走的。我有辦法……」

「不准妳殺了他。記住了，奇莉。不准。」

「別怕，我根本沒想要殺他。你也知道，傑洛特，我已經殺夠了。已經死太多人了。」

「已經死太多人了。再會了，小小獵魔士。」

「再會了，獵魔士。」

「可別給我掉眼淚啊。」

「你說得倒容易。」

□

恩菲爾．法．恩瑞斯——尼夫加爾德的帝王，陪著葉妮芙與傑洛特一路走到浴室，而且幾乎是到了放滿水、熱氣氤氳、香氣四溢的大型大理石浴池邊。

「再會了。」他說。「你們可以慢慢來。我會先走，但會留人在這裡，把命令交代下去，讓他們知道該怎麼做。等你們準備好就叫人，中尉會把刀交給你們。不過，我要再重申一次，你們不用急，慢慢來。」

「謝謝你的好意。」葉妮芙慎重地點了點頭。「帝王陛下？」

「請說。」

「可能的話，請不要傷害我的女兒。我不希望死的時候，還想著她在哭。」

恩菲爾靠著門，頭轉向一邊，沉默了許久，甚至可以說是非常久。最後，他終於開口，但臉上的表情頗爲奇怪：

「葉妮芙小姐，您可以放心，我不會傷害您與獵魔士傑洛特的女兒。我一路踏著屍體走過，在敵人的墓上跳舞，我想，這些已經夠了。不過您所疑慮的事，我著實做不出來。這一點，我現在已經知道了，這也是多虧了你們二位。再會了。」

他走了出去，靜靜把門關上。傑洛特嘆了一口氣。

「我們要脫衣服嗎？」他看了下冒著熱氣的浴池。「一想到我會以裸屍的樣子，讓他們把我從這裡拖出去，我就覺得高興不起來……」

「你知道嗎，他們把我拖出去的時候，我是什麼樣子，都無所謂。」葉妮芙丟掉鞋子，快速解開裙裝。「就算這是我最後一次沐浴，我也不會穿著衣服進去。」

她把襯衫從頭上拉掉，進入浴池，濺了一地池水。

「怎麼了？傑洛特，你怎麼像被釘在地上一樣都不動？」

「我忘了妳有多美。」

「你忘得還眞容易。快點，下水吧。」

他一坐到她身旁，她的雙手便馬上環住他的脖子。他吻了吻她，不斷撫摸她的胴體，水面上和水面下的。

「這種時候做這種事對嗎？」他拋出問題當作開場。

「這種事，不管什麼時候做都對。」她呢喃著，並將一隻手探入水中觸摸他。「恩菲爾說了兩次，要我們不用急。你想把他給我們的這最後時刻，用在什麼事上？掉眼淚和悲悼？那可是一點尊嚴都沒有啊。懺悔嗎？那根本就愚蠢又陳腐。」

「我不是這個意思。」

「那是什麼意思？」

「要是水冷了，」他一邊低喃，一邊愛撫著她的胸乳。「割下去會很痛。」

「歡愉的代價，」葉妮芙把第二隻手也探入水中。「值得用痛楚來付。你怕痛嗎？」

「不怕。」

「我也不怕。坐到池邊去。我愛你，但我該死地才不要潛到水裡去。」

□

「啊、啊。」葉妮芙把頭往後仰，被蒸氣濡濕的髮絲像一條條黑色的小蝰蛇，飄散在水池裡。

「啊……啊。」

□

「我愛妳，葉。」

「我愛你，傑洛特。」

「時間差不多了，我們叫人吧。」

「叫人吧。」

他們叫了人。一開始是獵魔士先叫，然後葉妮芙也叫了。只見等了一會都無人回應，他們又同聲叫了一次：

「好——了！我們準備好了！把那把刀子拿來給我們吧！喂！該死！水冷了！」

「那你們就出來吧。」奇莉探進浴室裡，說：「他們都走了。」

「什——麼？」

「我剛不是說了嗎？他們都走了。這裡除了我們三個，沒有一個活人。你們穿衣服啦，光溜溜的看起來很好笑。」

□

他們在穿衣服的時候，手開始抖了起來。兩人都費盡力氣，才擺平了衣服上的鉤子、帶釦和鈕釦。奇莉開啓了話匣子：

「他們都走了，就這麼走了。當初來了多少人，就走了多少人。他們把這裡的人都帶走，上了馬，離開了。連地上的灰塵都捲了起來。」

「他們沒有留下任何人？」

「半個都沒有。」

「奇怪了。」傑洛特喃喃道。「這到底是怎麼回事？」

「是不是發生了什麼事，」葉妮芙清了清嗓子。「可以解釋現在這個情況？」

「沒有。」奇莉快速回答她的問題。「什麼都沒有。」

她說了謊。

□

起先，她故作姿態，直挺著腰桿，高揚著腦袋，面無表情，把黑衣軍戴著手套的手推開，大膽又挑釁地看向他們頭盔上，令人恐懼的護鼻與面罩。他們沒有再試圖碰她，再說，那個軍官——身上有鑲銀邊跟白色蒼鷺羽的寬肩惡徒，用低吼制止了他們。

她往出口走，兩邊都有人護送著。她驕傲地抬著頭。沉重的靴子隆隆踏動，鎖子甲清脆的碰撞聲與兵器的敲擊聲，不斷傳出。

在走了十幾步後，她回頭看了一下。又走幾步後，她第二度回頭。我永遠都見不到他們了啊，永遠都見不到了。可怕又冰冷的領悟，在她的腦中燃起一把火焰。不管是傑洛特，還是葉妮芙，我永遠都見不到了。

這個清楚的意識，一把撕裂了她假裝勇敢的面具。奇莉的臉皺了起來、擠成一團，眼睛裡充滿淚水，鼻水也開始流下。女孩費盡全力想克制，卻是徒勞無功。淚水的浪潮擊潰了她的假面堤防。

披著火蛇披風的尼夫加爾德人，全都靜靜地看著她，內心有著驚愕。他們當中有些人，看過她在那道階梯上的樣子，而她和大帝說話的樣子，則是所有人都見識過。那是拿著劍的獵魔士，無人能敵的獵魔士，一把就跳到大帝面前的獵魔士。而現在看到一個不斷抽泣、嗚咽的孩子，所有人都很訝異。

他們的反應她自己也很清楚。他們的目光像火一樣地燒著她，像細針一樣地刺著她。她努力想克制，卻沒有辦法。她越是用力忍，哭得就越厲害。

她放慢了腳步，然後停了下來。兩旁的護衛也跟著停下，但也只有那麼一會兒。軍官一個吼聲，包著鐵甲的手便抓住她的腋下與雙腕。不斷嗚咽、吞著淚水的奇莉，回頭看了最後一次。然後，她被他們拖著走，沒有反抗，可是嗚咽得越來越大聲，越來越悲傷。

恩菲爾·法·恩瑞斯，這個有著深色頭髮，五官詭異地讓她有股熟悉感的人，攔下了他們。他厲聲要他們放開她。奇莉吸了吸鼻子，用袖子擦了擦眼睛，看見他走過來，便忍著嗚咽，高傲地抬起頭。不過她自己心裡也明白，現在這個樣子，只會讓人看了覺得好笑。

恩菲爾看了她許久，一句話也沒說。然後，他走近了些，朝她伸出雙手。看到這種手勢總會有後退反應的奇莉，這回卻沒有反應，連她自己也感到訝異。更讓她訝異的是，他的觸碰一點也不會讓她覺得噁心。

他碰了她的頭髮，好像在算白得像雪一樣的髮絲有幾絡。他碰了她被傷疤毀容的臉頰。然後，他抱住了她，摸著她的頭與背。而哭得全身發抖的她，則任由他這麼做，但雙手僵直得像稻草人。

「宿命眞是個奇怪的東西。」她聽見他低聲這麼說。「再會了，女兒。」

□

「他怎麼說的？」

奇莉的臉微微扭曲。

「他說：『瓦法爾，盧內得。』上古之語裡的『再會了，女孩』。」

「我知道。」葉妮芙點了點頭。「然後呢？」

「然後……然後他放了我，轉頭走了。他大聲下了命令，然後所有的人就都走了。他們就從我旁邊走掉，完全不管我，重重的腳步聲跟兵器聲，大到連走道裡都有回音。他們上馬走了，我有聽到馬叫聲跟馬蹄聲。我一輩子都搞不懂那是怎麼回事，因爲要是仔細去想……」

「奇莉。」

「什麼？」

「別想了。」

□

「斯地加堡。」菲莉帕・愛哈特揚著眼睫看芙琳吉拉・薇果，又說了一次。芙琳吉拉並沒有臉紅。在過去三個月裡，她成功做出可以抑制血管收縮的魔法面霜。多虧這個面霜，不管她覺得有多可恥，潮紅也不會浮上臉龐。

「維列佛茲之前的藏身地點是斯地加堡。」阿西蕾．法．阿娜西得附和道。「在艾冰格的一座山湖邊，至於湖的名字，我的線人記不得了。他只是個單純的士兵。」

「您說『之前』。」法蘭西絲．芬妲芭兒注意到她的用字。

「之前。」菲莉帕插嘴道。「因爲維列佛茲已經死了，我的女士們。他和他的同夥一整票人，都已經躺在地上吃土了。幫了我們這個忙的人，不是別人，就是妳很熟的友人——利維亞的獵魔士傑洛特，而我們卻沒人認爲他有這個能耐，一個都沒有。在這件事上，我們的確犯了錯，我們所有人都是，只是有的少一點，有的多一點。」

所有女巫就像收到命令一樣，同時看向芙琳吉拉，不過她的面霜效果眞的很好。阿西蕾．法．阿娜西得嘆了口氣。菲莉帕一掌拍在桌上，不帶感情地說：

「這告訴我們，就算我們爲戰爭，還有準備和平談判，費了一連串工夫，但在維列佛茲這件事上，我們被人超前了，讓人幫了我們。我們必須把這視爲女巫會的失敗。各位女士，我們不該讓這種事再度發生。」

整個女巫會的女巫——除了臉色白得和死人一樣的芙琳吉拉．薇果之外——全都點了點頭。

「在這一刻，」菲莉帕說。「獵魔士傑洛特正在艾冰格的某處，與葉妮芙和被他救出來的奇莉一起。我們得想一下，怎麼找到他們……」

「那那座城堡呢？」莎賓娜．葛雷維席格打斷她。「菲莉帕，妳是不是忘記什麼了？」

「沒有，我沒忘。傳說——如果成立的話——應該只有一個版本，而且是貼近事實的版本，而這正是我想請妳去做的，莎賓娜。妳帶凱拉和特瑞絲去把事情辦一辦，不要留下任何痕跡。」

□

爆炸聲響巨大到連在邁阿赫特都聽得見，而爆炸的亮光——這是在夜裡發生的——則是連在梅提那和蓋索都看得見。爆炸所產生的一連串結構性震動，甚至傳得更遠，就連世界的各個邊際都感受到了。

康格瑞夫家族的艾絲黛拉·維·史黛拉——奥同·德·康格瑞夫男爵之女，嫁予里德塔爾之年邁伯爵。不久，伯爵辭世，遺產在其精明打理下，累積成一筆可觀財富。康格瑞夫十分受恩菲爾·法·恩瑞斯大帝(註)看重，爲宮廷内舉足輕重之人物。縱使未有任何頭銜，但眾所皆知，在帝王面前，其意見向來具有分量。其對帝王之女奇莉拉·費歐娜(註)極爲疼愛，視如己出，遂而有「帝女之母」一戲稱。康格瑞夫在世時間較帝王與帝女長，逝於一三三一年，身後遺產由里德塔爾家之旁支血脈比亞維一氏繼承。比亞維氏向來生活放縱，不務正業，所獲之財產皆揮霍一空。

《大世界紀元百科全書》第三卷

——艾凡伯格與塔波特

# 第十章

對於偷偷摸到營地的這人，是該給與讚許，因爲他的行動靈活，有如狐狸般狡猾。他快速變化姿勢，行動起來是如此靈巧無聲，是人都會被他騙過。但這不包括包雷阿斯・蒙。面對這種偷雞摸狗的猴戲，包雷阿斯・蒙算是經驗很豐富了。

「滾出來！」他大喝一聲，試著讓自己聽起來自信而霸氣。「你那些把戲對我一點用都沒有！我看到你了，你就在那裡。」

山坡上聳立著一根根巨型史前石柱，其中一根在繁星滿布的深藍夜空下，抖了一抖，動了一動，化爲人形。

燒烤中的肉發出焦味，包雷阿斯把它翻了個面，然後假意隨性靠著，但手已放到了弓把上。

「我身上沒什麼值錢的東西。」他故作平靜地劃出自己的底線。「我這裡面的東西不多，可是都用慣了，所以就算要拿命去拚，我也不會讓人奪走。」

「我不是強盜。」那男人用低沉的聲音說，然後一面裝作石柱，一面悄悄摸近。「我是一個要去朝聖的人。」

這名朝聖者是個高個子，體型壯碩，身長絕對有七呎，如果要幫他秤重的話，包雷阿斯敢打包票，至少得用上十普特的秤子。那根朝聖用的拐杖粗得像車轅，但拿在他手裡，看起來卻像根細樹枝。包雷阿斯．蒙的心裡著實訝異，一個身形如此巨大的人，怎能有辦法這麼輕手輕腳地敏捷行動。在這麼想的同時，他的心裡也生起了不安的感覺。他的弓是七十磅的複合弓，他曾用它在五十步左右的距離射殺一頭駝鹿，但他現在卻突然覺得這張弓很小，精緻得像小女生的玩具。

「我是一個要去朝聖的人。」巨大的男人又重複說了一次。「我沒有惡……」

「叫另外那個也滾出來。」包雷阿斯猛然打斷他。

「什麼另外……」朝聖者才剛開口就突然打住，因爲他看見對面有一道修長的人形，像影子一樣無聲無息地從黑暗現身。這一回，包雷阿斯．蒙對來人一點也不訝異。按男人的移動方式，他這老練的追獵高手一眼便看出對方是精靈，而被精靈成功地摸到身邊，也不算是什麼丟臉的事。

「請您見諒。」精靈說。他的聲音很奇怪，不像精靈，有點微微沙啞。「我之所以躲著兩位先生，並非出於惡意，而是恐懼。我想可能肉該翻面了。」

「的確。」朝聖者說。他倚著拐杖，大聲地聞了聞。「這邊的肉已經烤過頭了。」

包雷阿斯把燒烤翻了面，然後嘆了口氣、清了清喉嚨，然後又嘆了口氣。

「兩位先生請坐吧。」他下了決定。「請稍微等一下，這獵物再烤一下就可以吃了。呵，我相信，大家出門在外總要有個照應，如果小氣了，可不是明智之舉啊。」

油脂滋滋滴到火上，火焰頓時竄高，把四周照得更亮。

朝聖者戴著一頂帽沿很寬的毛氈帽，巧妙遮去大半張臉。精靈頭上纏了一條彩色帕子，整張臉看得一清二楚。當他們透過火光看清他的臉時，包雷阿斯與朝聖者兩人都抖了一下。不過，他們並沒有發出驚訝的聲音，就算是看見他臉上那道傷疤，也沒有發出一點驚呼。那張臉想必曾經擁有過精靈專屬的美貌，如今卻被一道不成形的疤痕，從額頭、眉毛、鼻子、臉頰，一路斜劃到下巴。

包雷阿斯．蒙清了下嗓子，把燒烤又翻了一次面。

「是這香味把兩位先生引到我的營地來，對吧？」他這不是在提問，而是說出自己的看法。

「就是這樣。」戴寬沿氈帽的朝聖者點了點頭，聲音有了些微的改變。「我不是在自誇，不過我大老遠就聞到這野味的香氣。可是，我沒有掉以輕心。兩天前，我曾靠近過另一個營地，而那邊的營火上，烤的是個女人。」

「這倒是眞的。」精靈說。「我在隔天早上抵達那邊，在灰燼裡看到了人骨。」

「隔天早上。」朝聖者拉長了聲音說，而包雷阿斯敢打包票，在他那頂帽子下的臉上，出現了一個不祥的笑容。「尊貴的精靈先生，你追了我很久嗎？」

「很久。」

「那是什麼擋著您現出蹤影？」

「理智。」

「阿斯卡德隘口。」包雷阿斯轉動串烤的野味，打破令人尷尬的沉默。「這地方的名聲的確不是太好。我也有在營火堆裡看到骨頭，在木樁上看到骷髏，還有被吊在樹上的。這裡有很多殘酷的風俗，他們看你的時候，想的只是要怎麼把你吃了。差不多是這樣吧。」

「不是差不多。」精靈糾正他。「是一定會這樣。而且越往山裡走，越往東邊去，情況會越糟。」

「兩位也是要往東邊走？要翻過阿斯卡德？去澤利堪尼亞？還是再遠一點，去哈克蘭？」

無論是朝聖者或精靈，都沒有回答他的問題，不過包雷阿斯也沒指望他們回答。一來是因爲這問題太直接，二來是因爲這問題太蠢。從他們所在的地方，只能往東翻過阿斯卡德，只能走他自己也要去的方向。

「野味烤好了。」包雷阿斯俐落甩開蝴蝶刀，當然也少不了要先要弄幾下。「兩位先生，請。不用客氣。」

朝聖者有支短彎刀，精靈的是短刀，看起來都和廚具扯不上邊。這三把利器原都是打造來作更危險的用途，不過今天全都被拿來切肉。有一段時間，只聽聞折斷骨頭、咀嚼食物，以及咬剩的骨頭丟進火堆後的滋滋聲。

朝聖者斯文地打了個嗝。

「這獵物挺奇怪的。」他一邊說著，一邊看著像在螞蟻窩裡擺了三天，被他吃舔得一乾二淨的肩胛骨。「味道有點像山羊肉，可是又嫩得像兔肉……在我的印象裡，還沒吃過這種肉。」

「這是斯克瑞克。」精靈大聲嚼著軟骨說。「印象裡，我也還沒吃過。」

包雷阿斯小聲清了下喉嚨。從精靈的口氣裡，可以聽出微微的調侃，這表示他知道自己吃下肚的是一隻兩眼腥紅、牙齒巨大、尾巴足足有三肘長的巨鼠。這巨大的嚙齒動物根本不是追獵人捕來的，他是爲了自保而將牠射死，而最後決定把牠烤來吃罷了。他是理智、頭腦清楚的人，不會去吃以垃圾與廚餘維生的鼠輩，但是從阿斯卡德隘口的咽喉之地，到最近一個有人煙、會製造垃圾的聚落，還要三百餘哩。這隻老鼠——或者照精靈的說法是「斯克瑞克」——肯定是乾淨、沒有生病。牠與文明社會沒有過任何接觸，所以身上也不會有任何髒東西或傳染病。

沒多久，最後一塊，也是最小一塊，被啃咬、吸吮得乾乾淨淨的骨頭，落入了火堆。月亮浮上了高低起伏的烈燄山山脈。風吹旺了火堆，火星飛濺而出，在熠熠繁星中黯黯熄滅。包雷阿斯·蒙又冒險提了一個問題，但沒那麼直接：

「兩位先生已經上路很久了嗎？在這片荒野裡？我大膽再問一下，你們離開索維基城門很久了嗎？」

「久或不久，是相對的。」朝聖者說。「我經過索維基城門的那天，是九月滿月的第二天。」

「而我則是第六天。」精靈說。

「哈。」對方的回應鼓舞了包雷阿斯繼續說下去。「奇怪了，我們竟然不是在那邊就碰上，因為我也是走那邊，應該說是騎馬從那邊經過。我那時還有馬。」

語畢，他沉默了下來，驅趕腦中不好的思緒，讓自己不要想起那匹馬，還有失去牠的經過。他很確定身旁意外加入的兩名同伴，也有過類似的經歷。要是他們一直都是用走的，不可能在阿斯卡德隘口這裡趕上他。

「所以，」他說。「我想兩位先生是在戰後，在琴特拉和平協議簽訂後才離開的。當然，這和我一點關係都沒有，不過我猜兩位離開的原因，是不喜歡在琴特拉制定的世界樣貌與規矩。」

營火邊有頗長一段時間都寂靜無聲，直到遠方的哀號打破了這段沉默。那想必是狼嚎，不過在阿斯卡德隘口這一帶，什麼事都有可能。

「如果要我老實說，」沒想到搭腔的竟是精靈。「我沒有理由去喜歡琴特拉和平協議後的這個世界，以及它的樣貌，更不用說那所謂的規矩了。」

「而我的情況，」朝聖者把兩隻粗壯的前臂交叉在胸前說。「也差不多。不過我是後來才這麼認爲，就像一個我認識的人說的：『後知後覺。』」

他們沉默了很長一段時間，甚至連方才在隘口嚎叫的生物也靜了下來。

「一開始，」朝聖者出了聲，而包雷阿斯與精靈原本篤定他不會開口。「一開始，一切跡象看起來，都是琴特拉和平協議能帶來有益的改變，創造一個讓人可以接受的秩序。就算不是所有人都這麼覺得，至少我是……」

「如果我沒記錯的話，」包雷阿斯清了清喉嚨。「各國國王在琴特拉聚集是四月的時候？」

「準確地說，是四月二日。」朝聖者糾正道。「我記得，那天是新月。」

□

在支撐這一小間畫廊的深色木梁下，沿著牆面釘有一排又一排，代表琴特拉貴族的徽紋彩繪盾牌。代表古老家族、光彩已有所磨損的寶石，與後來在達果拉得與卡蘭特統治的時代裡，因功獲贈的貴族徽紋，兩者當中的差異一目了然。比較新的盾徽顏料鮮明，尚未龜裂，也沒有任何蛀蟲留下的痕跡。

而顏色最爲鮮明的，當屬不久前才加上的尼夫加爾德貴族盾徽。那些貴族在當初奪城的時候，以及後來帝國統治下的五年期間，展現了自身傑出的能力。

等我們拿回琴特拉以後，佛特斯特國王在心裡想著，得好好看著這些盾徽，免得琴特拉人在神聖的重建激情中把這些給毀了。政治歸政治，但廳裡的裝飾又是另一回事了。政體的改變不能被任何人拿來當作蓄意毀損的理由。

所以，一切就是從這裡開始的。戴斯特拉看著巨大的大廳，如是想著。著名的訂婚宴，在那個時候出現了「鋼刺蝟」，向芭維塔公主求了婚……而卡蘭特女王雇了獵魔士……

人類命運的交織，是多麼詭異至極啊，間諜在心裡想著的同時，也爲自己的庸俗思緒感到訝異。

五年前，蜜薇女王想著，五年前，卡蘭特女王——凱賓一族的後裔——腦漿濺在了庭院的地板上，就是從這扇窗户可以看見的庭院。卡蘭特女王，我們在走道上看見她驕傲的肖像，她是王室僅存的血脈之一。在她的女兒芭維塔溺水後，就只剩下她的孫女了。奇莉拉。奇莉拉也已經不在人世的消息，應該是眞的。

「各位請吧。」拿威格拉德的主教奇路斯·恩德金·漢梅法特，以顫抖的手掌示意眾人入座。由於他的年紀、目前的治理身分，以及普遍受人敬重的社會地位，與會成員一致同意由他來主持會議。「請就座。」

眾人依照座椅上的桃花心木名牌，在圓桌前坐了下來：利維亞與利里亞的女王蜜薇、特馬利亞國王佛特斯特、他的附庸國——布魯格國王凡茨拉夫、亞丁國王戴馬溫、喀艾德國王韓瑟頓、奇達里士國王艾塔因、維爾登的年輕國王奇斯特林、雷達尼亞攝政委員會主席尼泰特公爵，以及伯爵戴斯特拉。

這個間諜，得試著擺脫他，把他從會議桌上除掉，主教在心裡想著。韓瑟頓國王與佛特斯特國王，哼，甚至是年輕的奇斯特林，連那些語帶挖苦的意見也接受，只看尼夫加爾德代表的照會。這個希格西蒙·戴斯特拉的身分地位不符，而且有骯髒的過去與惡劣的名聲，是醜陋的人。不能讓這醜陋之人的存在，污損了談判的氛圍。

尼夫加爾德使節團的代表——希拉德·費茲歐斯德蘭男爵在圓桌所坐的位子，剛好就在戴斯特拉的正對面。他以禮數周到的外交方式，向間諜鞠躬致意。

拿威格拉德主教見眾人皆已就座，遂也隨著入座。當然，少不了得要侍童爲他攙扶顫抖的雙手。主教坐在多年前專屬於卡蘭特的座椅上，這張座椅的靠背高得驚人，裝飾十分華麗，相較於其他的座椅，顯得特別突出。

圓桌歸圓桌，不過誰的地位最高，還是得分個清楚才行。

□

所以，就是這裡，特瑞絲．梅莉戈德如是想著，並環視房內的擺設，端詳掛毯、畫作與眾多的狩獵獎杯，還有女巫完全不知道是出自什麼動物的角。這裡，在那場著名的王座廳大破壞後，卡蘭特、獵魔士、芭維塔與受詛咒的刺蝟，就是在這裡進行那場著名的閉門會談。卡蘭特就是在那時候，同意那女孩的婚事。而當時的芭維塔已經懷了身孕，奇莉在不到八個月後便出生了……奇莉，王位的繼承人……繼承母獅之血的小母獅……奇莉，我的小妹妹，現在在遠方的某處，在南方。幸好，她已經不是孤身一人，而是與傑洛特和葉妮芙在一起，很安全。

除非，她們又騙了我。

「各位親愛的小姐，請坐吧。」仔細盯著特瑞絲看了一段時間的菲莉帕．愛哈特催促道。「等一下，世界各國的權力領袖便會依序發表就職演說，我不希望錯過任何一個字。」

其他女巫聞言，便中斷閒談快速入座。夕樂．德唐卡維勒穿著一身剛硬的男性服飾，但銀色的狐毛圍巾爲她增添了女性風采。阿西蕾．法．阿娜西得穿了紫色絲綢連身裙，結合簡樸與高雅，展現不凡的氣質。法蘭西絲．芬妲芭兒，一如往常，散發十足的王者風範。依達．艾曼．阿波．希芙內，一如往常充滿神祕感。馬格麗塔．老克斯安提列高貴而莊重。莎賓娜．葛雷維席格一身綠松石色，凱拉．梅茲則是一身碧綠與水仙黃。而芙琳吉拉．薇果一臉憔悴憂傷，蒼白得像快斷氣，甚至可以說是蒼白得像鬼一樣。

特瑞絲．梅莉戈德坐在凱拉旁邊，對面是來自尼夫加爾德的女巫芙琳吉拉。芙琳吉拉頭上掛著一幅畫，畫中的騎士在夾道的赤楊間，不要命地狂奔，而赤楊紛紛朝騎士伸出怪物般的枝臂，一張張長了可怕尖牙的樹洞嘴，正訕笑著騎士。特瑞絲不由自主地打了個冷顫。

擺在桌子中央的立體傳影器已經啓動。菲莉帕·愛哈特用咒語強化了影像與聲音。

「誠如各位小姐所見所聞，」她諷刺地說。「在琴特拉的王座廳，也就是在我們正底下的那層樓，世界各國的權力領袖正聚在一起，決定這個世界的命運。而我們在這裡，他們上頭的這層樓，監督他們，免得那些男人胡鬧過頭了。」

□

阿斯卡德隘口的嚎叫聲又多了幾道，包雷阿斯很確定，那嚎叫並非出自狼群。

「對於琴特拉談判過後能帶來的改變，我也沒有太多期望。」他出聲說，好再度炒熱已經冷卻的談天氣氛。「懂門道的，都不會指望那些談判會帶來什麼好處。」

「重要的是這個事實本身，也就是各方開始談判。」朝聖者平靜地提出異議。「如果兩位先生允許，我想說的是，身爲一個人類是很單純的，我就是這樣。我是個人類，想法很單純。單純的人知道，原本對戰的諸王與帝王，有多麼痛恨彼此，只要有辦法、有力量，就會相互廝殺。他們現在不再廝殺，而是在圓桌前坐了下來，這就代表他們已經沒有力量。說穿了，他們毫無招架之力。既然他們已毫無招架之力，就不會有任何軍隊侵襲單純人的村子，殺害村民，把人傷成殘廢，燒燬他人屋舍，屠殺孩童，強暴他人妻子，強行擄人爲俘。不，相反的，他們聚到了琴特拉去談判。我們應該要開心才對！」

火星不斷噴濺，精靈拿樹枝翻動火堆後，斜睨了朝聖者一眼。

「就算是個單純的人，」他毫不掩飾話中的諷刺。「就算有多麼開心，哼，甚至是歡天喜地，也該知道政治的角力同樣是戰爭，只是進行的方式有些不同；應該了解所謂的談判，與交易沒有兩樣。兩者都有類似的自我推進機制。談出來的成果，都是用各種讓步贖來的，所謂有得必有失。換言之，爲了某一方能當買主，就得有另一方去當賣家。」

「這的確就是這麼單純，每一個人當然都明白，就算是極爲單純的人，也一樣。」朝聖者在過了一會兒後，如是說道。

□

「不、不。我再說一次，不！」韓瑟頓國王大吼著，兩手用力捶在桌上，連酒杯都倒了，墨水瓶也跟著跳動。「這個議題沒有任何討論空間！這事沒得商量！就這樣，別再說了。代以拉得！」

「韓瑟頓，不要爲難大家，也別大吼大叫，讓我們在大使面前難堪。」佛特斯特接過發言權，以平靜、清楚且極力打圓場的態度說。

希拉德・費茲歐斯德蘭——尼夫加爾德的談判代表——行了一個禮，而他臉上端出的虛僞笑容，則是示意喀艾德國王的脫序行爲，並沒有冒犯到他或讓他心生芥蒂。

「我們能與尼夫加爾德帝國好好談，」佛特斯特說。「但自己人之間卻突然開始狗咬狗？丟人啊，韓瑟頓。」

「像安葛拉之谷和扎澤徹這類困難的議題上，我們都可以與尼夫加爾德帝國達成共識了。那可是會很蠢的，要是……」戴斯特拉一副不太情願地出了聲。

「這種評論我不接受！」這一回，韓瑟頓的吼聲大到就連獅子也要敬他三分。「這種評論，尤其是出自間諜之流的嘴，我更是無法接受！我他媽的是個國王！」

「這一點，甚至用看的也看得出來。」蜜薇不屑地哼了一聲。戴馬溫背對他們，看著大廳牆上的一面面盾徽，露出輕蔑的微笑，好像目前討論的話題，根本就不是他的王國一樣。

「夠了！」韓瑟頓低吼道，一雙發狂的眼睛掃過四周。「夠了。看在眾神分上，夠了，不然我要腦充血了。我說了，連一扠地都不行。沒有什麼所謂的收復失地，沒有！我不可能同意限縮我的王國，就算只是一扠地，甚至是半扠地，都不可能！眾神給了我這份榮耀，將喀艾德託付給我，所以我歸還的對象，也只能是眾神！下馬爾西亞是我們的……那個……敏……民……民族土地。幾世紀以來，下馬爾西亞就是屬於喀艾德的……」

「上亞丁屬於喀艾德的事，」戴斯特拉再度出聲。「是從去年才開始。更精確地說，是從去年的七月二十四日起，從喀艾德的占領大軍跨進那裡的那一刻起。」

「爲免將來有所疑義，我要求將以下發言紀錄在案。」希拉德．費茲歐斯德蘭逕自說著，沒有先徵求發言許可。「尼夫加爾德帝國與這場併吞行動沒有關係。」

「除了他們當時正好在凡格爾堡掠奪以外。」

「絕無此事！」

「當眞？」

「各位男士！」佛特斯特出聲制止。

「喀艾德的軍隊是以解放者身分挺進下馬爾西亞！」韓瑟頓粗聲道。「我的將士受到當地撒花歡迎！我的將士……」

「你的強盜。」戴馬溫國王的聲音聽來冷靜，但他的表情卻透露出這股冷靜花了多大力氣去維持。「你的暴徒，這一票搶奪惡軍，闖進了我的王國，在我的王國裡姦淫擄掠。各位先生！我們聚在這裡，商議了一個星期，討論這個世界的未來該有怎樣的面貌，眾神啊，難道該是有著犯罪與掠奪的面貌嗎？難道這種盜匪肆虐的現狀，該要維持下去嗎？難道惡棍與匪徒搶走的財富，該繼續留在他們手中嗎？」

韓瑟頓一把抓起桌上的地圖，大動作將它撕爛，丟向戴馬溫。亞丁國王甚至連動也沒動一下。

「我的軍隊是從尼夫爾加爾德人手中，拿下下馬爾西亞的。」韓瑟頓粗聲吼道，臉色也轉爲上等的陳釀葡萄酒色。「你那令人遺憾的王國，當時就已經不存在，戴馬溫。我再和你多講一點，要不是我的軍隊，今天，你甚至連個王國都沒有。我倒想看看，沒了我的幫助，你要怎麼把黑衣軍趕出亞魯加河與安葛拉之谷。照這樣看來，你是因爲我的善心才能繼續當國王，這個說法也不算太過分了。不過，我的善心就到此為止！我說了，我不會放棄我的土地，就連一㕛也不行。我不會讓自己的王國遭到限縮。」

「我也不會讓我的王國遭受同樣的事！」戴馬溫站了起來。「也就是說，我們談不攏了！」

「兩位，」到目前為止一直在打瞌睡的拿威格拉德主教奇路斯．漢梅法特，突然出來打圓場道。「一定有個能讓雙方妥協的……」

「不管是什麼協議，只要有可能損及位於布蘭薩納之谷的精靈國度權益，尼夫加爾德帝國都不會接受。」喜歡隨意插話的希拉德．費茲歐斯德蘭說。「如果有必要，我可以為各位男士，再唸一遍備忘錄的內容……」

韓瑟頓、佛特斯特與戴斯特拉紛紛哼了一聲，不過戴馬溫看著帝國大使的表情卻很平和，甚至可以說是友善。

「為了普世利益，」他說。「也為了世界和平，我承認布蘭薩納之谷的自治權。不過，不是以王國的地位，而是公國。條件是艾妮得安葛雷娜女大公，得向我承認其附庸地位，並擔起將人類與精靈的權利、特權平等化的責任。就像我說的——為了公眾的利益——我已經準備好接受這樣的改變了。」

「這才是一個真正的國王該說的話。」蜜薇說。

「公眾的利益至高無上。」等了好一段時間，終於逮到機會，展現自己也懂外交辭令的漢梅法特主教說。

「然而，我還要補充一點，」戴馬溫看著氣呼呼的韓瑟頓，接著說。「我在布蘭薩納之谷問題上的讓步，不能成爲慣例，只能看作是在我的同意之下，對我國土完整性進行的破壞。其他任何搶劫或強盜的行爲，我一概不予承認。以侵略者與掠奪者之姿，入侵我國界的喀艾德軍隊，必須在一個星期之內，退出在上亞丁非法占領的要塞與城堡。這是我繼續參與商議的條件。基於口說無憑，我的祕書會針對這件事提交正式的照會給會議記錄。」

「韓瑟頓？」佛特斯特看向大鬍子國王，擺明在等他的回應。

「不可能！」喀艾德國王大吼，撞翻了椅子，像被胡蜂針螫到的黑猩猩一樣地跳腳。「我永遠都不可能把馬爾西亞交出來！除非我死！我絕不交出來！沒有人逼得了我！不管哪股勢力！不管是他媽的哪股勢力！」

而爲了證明自己也有念過書，不是等閒之輩，他又吼道：

「愛莫能助！」

□

「我去他的愛莫能助，這個老廢物！」在上一層房間裡的莎賓娜·葛雷維席格不屑道。「各位女士可以不用擔心，他們會逼這個蠢蛋承認收復上亞丁這件事。喀艾德的軍隊會在十日之內，從那裡全數撤出。這是理所當然的事，不會有人提出異議。要是各位女士當中，有人抱持疑慮，那麼我的確有權感到受傷。」

菲莉帕·愛哈特與夕樂·德唐卡維勒，點頭表示認同。阿西蕾·法·阿娜西得以微笑傳達謝意。

「我們今天還剩下布蘭薩納之谷這個課題要解決。」莎賓娜說。「恩菲爾大帝的備忘錄內容我們都曉得。底下那些國王還沒來得及討論這件事，就已經先提出自己的看法。我會說，讓人最感興趣的那一位，也已經表明了自己的立場，就是戴馬溫國王。」

「戴馬溫的立場，基本上與妥協相去甚遠。」夕樂·德唐卡維勒一面說著，一面將銀狐圍巾纏上頸子。「這個立場很積極，經過深思熟慮、利害權衡。希拉德·費茲歐斯德蘭如果想將局面導向更多的讓步，將會碰到不少麻煩。我不知道他有沒有這樣的打算。」

「他有的。」阿西蕾·法·阿娜西得平靜地說。「因爲尼夫加爾德給他的指示就是這樣。他會遞出節略，提出協議有待覆核，至少會吵一個晝夜。等這個階段過後，他的姿態便會放軟。」

「這是照正常情況來說。」莎賓娜·葛雷維席格打斷她的發言。「正常來說，他們終歸會在某個地方碰面，談妥一些事情。不過，我們不會被動坐在這裡等。我們馬上就來畫出底線，看哪些事可以允許他們做。法蘭西絲！妳倒是出個聲啊！現在說的可是妳的王國。」

「正是如此。」來自山谷的雛菊笑得無比美麗。「正是如此，我才保持沉默，莎賓娜。」

「拋開所謂的驕傲吧。」馬格麗塔·老克斯安提列嚴肅地說。「我們必須知道，哪些事可以允許那些國王去做。」

法蘭西絲．芬妲芭兒又露出了一個更加美麗的微笑。

「爲了和平之事與公眾利益，」她說。「我同意戴馬溫國王的提議。我親愛的女孩們，從這一刻起，妳們已經可以不用再稱呼我爲女王陛下，只要用一般的『女大公閣下』就夠了。」

「精靈的玩笑話對我來說一點都不好笑，這肯定是因爲我根本就聽不明白。」莎賓娜皺了眉。

「那戴馬溫的其他條件呢？」

法蘭西絲搧了搧睫毛。

「我同意讓移居的人類回來，並歸還他們的財產。」她認眞地說。「我會保證所有種族，都能享有平等的權利……」

「艾妮得，看在眾神的分上，」菲莉帕．愛哈特笑道。「妳不能什麼都同意！訂個什麼條件吧！」

「我會的。」精靈的態度突然轉爲嚴肅。「我不同意成爲附庸。我希望布蘭薩納之谷，是保有絕對所有權的自主地。除了對宗主國允諾忠誠，不進行可能損及其宗主權之活動外，不負任何附庸義務。」

「戴馬溫不會同意的。」菲莉帕簡潔下了評論。「他不會放棄百花谷一直以來，付給他的歲貢與租稅。」

「在這個議題上，」法蘭西絲挑起雙眉。「我已經準備好進行雙方談判。我相信我們能達成共識。自主地的身分讓我們無須負進貢義務，不過也沒有禁止或排除這樣的可能啊。」

「那遺產交託呢？」菲莉帕．愛哈特沒有就此罷休。「嫡長繼承呢？佛特斯特在同意自主地模式的同時，也會想要得到公國不分裂的保證。」

「我的外貌與身形，」法蘭西絲再度微笑。「確實可能會讓佛特斯特擔憂，倒是妳讓我吃驚了，菲莉帕。我的年紀已經遠遠、遠遠過了可能受孕的時期。至於遺產交託與嫡長繼承，戴馬溫應該不會有所擔憂。統治布蘭薩納之谷的家族末支只會是我。雖然我們外表年齡的差距，貌似有利於戴馬溫，不過就我身後留下的遺產這個議題，會和我們討論的對象不是他，而是他的孫輩。我向各位女士保證，這件事不會成爲爭執點。」

「這件事不會。」阿西蕾．法．阿娜西得看著精靈女巫的眼睛，說出了自己的認同。「那松鼠突擊隊的事呢？替尼夫加爾德打仗的精靈呢？要是我沒想錯，那些精靈大多是妳的子民吧，法蘭西絲小姐？」

來自山谷的雛菊失了笑容。她望向依達．艾曼，但這名沉默的精靈卻避開了她的視線。

「爲了公眾的利益……」她原本出了聲，卻又打住。阿西蕾也十分嚴肅地點頭，表示了解。

「還能怎麼樣呢？」她說。「凡事都有代價，戰爭必須要有犧牲者。至於和平，到頭來，顯然也是如此。」

□

「是啊，這是貨眞價實的情況。」朝聖者看著垂頭坐著的精靈重複道。「和平協議的談判就像是場商展、像個市集。爲了讓一群人可以當顧客，其他人就得成爲商販。這個世界就是這樣運作，重點是不要買貴了……」

「也別賣便宜了。」頭依舊垂著的精靈說。

□

「叛國賊！卑鄙小人！」

「狗娘養的！」

「安巴得拉阿恩促阿賀！」

「尼夫加爾德的走狗！」

「安靜！」哈米卡爾．丹扎大聲喝道，套了鎧甲的手，也一拳打在迴廊欄杆上。畫廊裡的弩弓手隨即將箭瞄向擠在死路的精靈。

「冷靜！」這回丹扎吼得更大聲了。「夠了！各位軍官先生，你們靜一靜！表現得有尊嚴點！」

「你這個邪惡的卑鄙小人，還有臉提尊嚴這件事嗎？」寇伊納．大雷歐吼道。「你們這些該死的都因，我們可是爲了你們拋頭顱、灑熱血啊！爲你們、爲你們的大帝，而且我們還向他宣誓效忠過！你們就是這樣報答我們嗎？把我們打發給北方那些施虐者！把我們當成罪犯！當成喪心病狂的惡人！」

「我說過了，夠了！」丹扎再度一拳打向欄杆，這次甚至引起回音。「各位精靈先生，你們就接受既定的事實吧！在琴特拉議和的內容，是作為各國簽訂和平協議的條件。帝國有義務要把戰爭罪犯，遣送給北地林格人……」

「罪犯？罪犯？你這個噁心的都因！」里歐登吼道。

「是戰爭罪犯。」丹扎重申道，對於底下的騷動完全不予理會。「是受到指控的軍官，而且有證據證明你們進行恐怖活動、謀殺平民、殺害與刑求俘虜、屠殺戰地醫院裡的傷患……」

「你們這群狗娘養的！」安格斯．布力克力大吼。「我們是殺了人，不過那是在打仗啊！」

「我們都是按你們的命令去殺人！」

「促阿鐵阿波阿爾些，改斯低都因！」

「事情已成定局！」丹扎再度重申。「你們再怎麼叫囂謾罵，也改變不了什麼。請一次一個，依序進入守衛室，上手銬的時候，也請不要抵抗。」

「當初他們逃回亞魯加河對岸的時候，我們應該要留下來才對。」里歐登咬牙切齒地說。「應該要留在突擊隊裡，繼續作戰才對。而我們這群傻子、蠢蛋和白痴，卻只會守著軍人的誓約！活該我們現在變成這樣！」

伊森格林．法伊提亞納，綽號鐵狼，曾是「松鼠」裡最著名的領袖，幾乎可以說是傳奇人物，如今身爲帝國上校的他，面無表情地撕下袖子與臂章上代表佛利荷德旅的銀色閃電標記，猛力甩在庭院地磚上。其他軍官見了，也紛紛仿效。哈米卡爾．丹扎從畫廊看著這情景，不禁皺起眉頭說：

「這種示威舉動很輕率。再者，如果我是各位軍官，就不會這麼草率地拋掉帝國徽章。我認爲，自己有必要告知各位軍官先生，在和平協議談判的過程中，諸國做出了保證，只要是帝國的軍官，就會受到公正審判，判決也會比較輕微，而且很快便能得到特赦……」

擠在死巷的精靈間，爆發出洪亮的大笑，不斷迴盪在牆面間。

「再告知各位一件事。」哈米卡爾．丹扎平靜地補上一句。「被我們遣送給北地林格人的，就只有你們這三十二名軍官。至於你們底下的士兵，我們一個也沒有送出去。一個都沒有。」

死巷裡的笑聲，就像被一把刀子切斷一樣，驟然止住。

□

風吹動火堆，掃出粒粒紅星，也把煙吹進了眼睛裡。隘口那頭，再度傳來嚎叫。

「他們把所有一切都拿來交易。」精靈打破沉默。「把一切都標上價格。榮譽、忠誠、承諾、誓約、平常的行事準則……這些都成了區區商品，只要還有需求與前景，這些東西就還有價值。等到需求沒了，這些東西就變得一文不值，被丟到角落，進了垃圾堆。」

「進了歷史的垃圾堆裡。」朝聖者點了點頭。「精靈先生，您說得對。當時在琴特拉的情景，就是這樣。所有一切都有自己的價格。能換到多少東西，就有多少價值。每天早上都有股市開盤，而且就像在眞正股市裡，時不時就會有多頭或空頭；就像在眞正的股市裡，讓人不禁要想，這後頭是不是有人在操縱。」

□

「我沒聽錯吧？」希拉德·費茲歐斯德蘭一臉不可置信，拉長著語調問。「我的耳朵是不是出了問題？」

帝國特使貝倫加·雷伍瓦登並沒有費事回答，依舊舒適地坐在扶椅上，看著在酒杯裡晃動的紅酒浪。

希拉德端起高傲的姿態，在臉上裝出輕蔑與高人一等的表情，像在說：「你這狗雜種，要嘛就是在說謊，要嘛就是在懷疑、試探我。不管是哪一種，我都已經把你摸透了。」他揚起下巴，說：

「所以你的意思是，我們在國界、戰俘、歸還戰利品、佛利荷德旅的軍官和斯寇亞塔也突擊隊這些事上讓步了那麼多之後，大帝還下令要我去和他們議和，在遣返移民這件事上，接受北地林格人那不可能的要求？」

「男爵閣下，您理解得十分正確。」貝倫加·雷伍瓦登用他慣有的說話方式，拖著每個音節回答。「您的敏捷心思，眞是讓我驚艷不已。」

「偉大的太陽啊，貝倫加先生，你們在首都那邊，有沒有想過這些決定會帶來的後果？北地林格人間已經有耳語，說我們帝國是雙腳用黏土糊成的巨人！他們現在就已經在叫囂，說他們戰勝了我們、擊敗了我們、驅離了我們！如果我們繼續退讓，就代表我們接受他們那自大，又要求過多的最後通牒，這大帝明白嗎？他們會把這看作是我們軟弱的跡象，導致未來可能出現讓人遺憾的後果，這大帝了解嗎？我們在布魯格與利里亞的幾千名移民會有什麼樣命運，大帝到底清不清楚？」

貝倫加．雷伍瓦登不再搖晃酒杯，漆黑如炭的雙眼直直定在希拉德身上。

「我把帝王的命令傳給男爵閣下您了。」他一字一字地說。「等男爵閣下您完成這個命令，回到尼夫加爾德後，可以自己去問大帝，爲什麼他會這麼不理智。您也可以對大帝加以非難、譴責或斥罵。有何不可？不過，請您自己去做，不要透過我轉述。」

*喔，我知道了*。希拉德在心裡想道。*坐在我面前的，是新的史帝芬．斯凱蘭。要用對付史帝芬．斯凱蘭的那一套，來和他打交道。*

不過現在事情很清楚，他可不是無緣無故來這裡，畢竟他大可派個信使來傳令。

「好吧。」他作出一副自在，甚至是自信的樣子，起了話頭。「戰敗的人就該死！不過大帝的命令很清楚明確，所以我會用同樣的方式執行，並試著讓情況看起來像是談判的結果，而不是全然的退讓。這種事我很在行。我當外交官已經當了三十年，歷經了四個朝代。我的家族是最有分量、最富有……和最有影響力的家族之一……」

「當然，我知道，所以我才會在這裡。」貝倫加用一個淺笑打斷他。

希拉德微微行了個禮，耐心等他說下去。

「尊貴的男爵，」特使一邊晃著酒杯，一邊說著。「閣下之所以會有理解上的困難，是因爲您認爲所謂的勝利與征服，是建立在毫無意義的種族滅絕之上。是要在流滿鮮血的大地揮舞旗桿，大大喊著：『到這裡都是我的，是我拿下的！』不幸的是，類似這樣的認知頗爲普遍。然而，男爵大人，對我，還有授權我的那些人來說，勝利與征服是兩種全然不同的事。勝利的樣貌，應該是戰敗方不得不購買戰勝方所製造的產品，呵，他們很樂意這麼做，因爲勝利方的產品都比較好，也比較便宜。勝利方的貨幣比戰敗方強勢，而戰敗方對這樣的貨幣，也比對自己的有信心得多。費茲歐斯德蘭男爵大人，您明白我的意思嗎？您是不是已經開始慢慢看懂，誰是戰勝者、誰是戰敗者了？您是不是已經了解，到底誰才是眞的該死？」

大使點點頭，給了肯定的回答。

過了一會，雷伍瓦登才又慢條斯理地說：「不過，爲了讓這份勝利變得更爲強大，擁有法律地位，我們必須簽下和平協議。動作要快，而且不計成本。不是什麼停戰協議，也不是休戰協議，而是和平協議。具有創造性的妥協，具有建設性的協調，而且不會造成經濟封鎖、報復性關稅及貿易保護主義。」

這一回，希拉德同樣也用點頭表示，自己明白他要講的重點是什麼。

「我們不是沒來由就破壞他們的農業、摧毀他們的工業。」雷伍瓦登用平靜、慢條斯理又毫無所謂的聲音說。「我們之所以會這麼做，就是爲了讓他們物資短缺，不得不向我們購買，但是邊界處於敵對而封鎖的狀態，讓我們的商人與貨物無法跨越。然後會發生什麼事呢？尊貴的男爵大人，讓我來告訴您會發生什麼事吧。我們會面臨生產過剩的危機，因爲我們的工廠都指望出口，生產線全開。與拿威格拉德及科維爾，簽了合作協議的海洋貿易商號，也會面臨重大損失。尊貴的男爵大人，閣下那極有影響力的家族，在那些商號裡都持有相當程度的股分，而閣下也一定知道，家庭是構成社會最基本的單位。您知道的，對吧？」

「知道。」雖然他們所在的房間絕對密閉，不會遭人竊聽，希拉德．費茲歐斯德蘭還是壓低了聲音。「我懂了、明白了。不過，我還是得確定自己要執行的命令是來自大帝……而不是什麼商號……」

「帝國會改朝換代，」雷伍瓦登嘶聲說。「而商號會繼續經營下去，渡過各種風浪。但這都是老生常談。男爵大人可以不用擔心，您要執行的命令，確實是大帝所下，目的是要確保帝國的福祉與利益。不過我也不否認，大帝是在和某個商號會談之後，才下了這個決定。」

語畢，特使解開領口與襯衫，露出裡頭的金色徽章，那上頭有顆刻在三角形裡，被火燄包圍的星星。

「很好看的飾品。」希拉德以微笑和微微一鞠躬，表示自己明白他所指爲何。「據我所知，這樣的飾品非常珍貴……而且只有菁英才能擁有……這買得到嗎？」

「買不到。」貝倫加．雷伍瓦登堅定地否決掉這種可能性。「只能靠自己努力爭取。」

「如果各位先生、女士允許，」希拉德．費茲歐斯德蘭的語氣裡透出他特有的聲調，在場與會的人都知道，那代表大使認爲自己接下來要說的事無比重要。「如果各位先生、女士允許，就由我來唸出，受偉大太陽恩寵的尼夫加爾德大帝——尊貴的恩菲爾．法．恩瑞斯帝王陛下，派人送來給我的備忘錄內容……」

「喔，不。別又來了。」戴馬溫咬著牙說，戴斯特拉則只是發出一聲哀嘆。兩人的反應希拉德都沒有漏掉，因爲也不可能漏掉。

「備忘錄的內容很長。」他承認道。「那麼我就不用唸的，只把內容總結出來。帝王陛下在備忘錄中表示，他對交涉能順利進行，感到十分滿意，而他身爲一名愛好和平之士，更是滿心歡喜地接受各方達成的妥協與和解。帝王陛下預祝各位在接下來，以雙方互惠爲依歸的談判過程，也能順利進行……」

「那我們就開始做事吧。」佛特斯特打斷他。「來吧！我們就以雙方互惠爲依歸，來結束這一切，然後回家吧。」

「說得對。」離家最遠的韓瑟頓說。「我們結束這一切吧，因爲要是我們在這裡磨磨蹭蹭，就會被這裡的冬天殺個措手不及！」

「需要各方妥協的還有一件事，」蜜薇提醒道。「以及一件我們幾次下來，幾乎都沒提及的事。也許是因爲恐懼吧，因爲那會反映出我們之間的不同。是時候克服這份恐懼了。這個問題之所以會一直沒有得到解決，純粹是因爲我們害怕。」

「沒錯。」佛特斯特說。「那麼，我們就開始吧。我們來弄清楚琴特拉現在的狀態，弄清楚王位繼承的這個問題，弄清楚誰是卡蘭特的繼承者。這是個棘手的問題，但我有信心，我們可以解決。對吧，閣下？」

「哦。」希拉德．費茲歐斯德蘭技巧性地露出一個神祕微笑。「琴特拉王位繼承這件事，我敢肯定，我們一定可以順利解決。這件事比各位先生和女士以爲的，要來得簡單多了。」

□

「以下，我要提出一個計畫案進行討論。」菲莉帕．愛哈特的語氣聽來似乎不容商量。「我們把琴特拉變成託管地，交給特馬利亞的佛特斯特來管。」

「這個佛特斯特的勢力也擴張太多了。」莎賓娜．葛雷維席格皺起眉頭。「他的胃口也太好了些。布魯格、索登、安葛拉……」

「我們在亞魯加河的河口，還有馬爾那達爾山梯，需要一個強大的國家。」菲莉帕打斷她。

「我不反對這個說法。」夕樂．德唐卡維勒說。「這確實是我們需要的，但我們不需要恩菲爾．法．恩瑞斯，且我們的目的是妥協，不是衝突。」

「幾天前，」法蘭西絲·芬妲芭兒提醒道。「希拉德曾提議要劃定分界線，把琴特拉用勢力範圍，劃分成北區和南區……」

「廢話連篇又幼稚無比。」馬格麗塔·老克斯安提列爲之動怒。「這種區分沒有半點意義，只會變成衝突的起源。」

「我想琴特拉的地位，應該要改成共管。」夕樂說。「由北方諸國與尼夫加爾德帝國的代表，共同治理。琴特拉的城市與港口，將擁有自由市的地位……親愛的阿西蕾小姐，您有什麼想說的嗎？請說。我在提出論述的時候，通常會將內容完整表達清楚，不過，請說吧，我們洗耳恭聽。」

所有的魔法師，包括臉色蒼白得像鬼一樣的芙琳吉拉·薇果，都將目光定在阿西蕾·法·阿娜西得身上，尼夫加爾德女巫的臉上，則沒有半絲急躁。

「我建議我們把注意力集中到其他的問題上，不要再去煩琴特拉了。」她用她那好聽而溫柔的聲音說。「有些事傳到了我這裡，不過我還沒來得及告知各位。各位夥伴，琴特拉的事情已經解套，都辦好了。」

「什麼？」菲莉帕瞇起雙眼。「可以請問這是什麼意思嗎？」

特瑞絲·梅莉戈德大聲嘆了口氣，她已經猜到、已經知道那是什麼意思了。

□

瓦鐵·德里多顯得哀傷而擔憂。他那又棒又有魅力的金髮情婦坎塔蕊拉拋棄了他，事前毫無預警，也沒有半點徵兆。沒有交代理由，也沒有任何解釋。這對瓦鐵來說是一記打擊，可怕的打擊。現在的他，走起路來死氣沉沉，整個人精神緊繃、不知所措、六神無主。他必須十分小心，打起十二萬分精神，才不會在面見大帝的時候，說出了什麼蠢話。現在這種大轉變的時代，可是不利於急躁又無能的人啊。

「對於商會提供的無價幫助，」恩菲爾·法·恩瑞斯皺起眉頭說。「我們已經酬謝過，給了夠多特權，比三代大帝所給的加起來還要多。至於貝倫加·雷伍瓦登，我們也一樣得酬謝他揭發密謀。他已經得到一個高階肥缺，倘若發現他是無能的傢伙，縱使之前立下功勞，那位子一樣坐不住。如果他能明白這一點是最好。」

「陛下，在這件事上，我會盡力的。那戴斯特拉呢？還有他的祕密線人？」

「戴斯特拉在把他的線人透露給我之前，就會先喪命了。當然，就這個天上掉下來的消息，是該答謝他這個人……不過要怎麼做呢？戴斯特拉不會接受我給的任何東西。」

「帝王陛下，如果可以……」

「說。」

「有一個消息戴斯特拉會接受，那是某件他還不知道，卻會希望知道的事。陛下可以用這個消息來答謝他。」

「很好，瓦鐵。」

瓦鐵·德里多鬆了一口氣。爲了要鬆這口氣，他把頭別了開來，也因此率先看見朝他們走來的兩位女士——里德塔爾伯爵夫人史黛拉·康格瑞夫，以及她受託照顧的淺髮女孩。

「她們來了。」他挑眉示意。「陛下，我大膽提醒一句……國家利益……帝國福祉……」

「夠了。」恩菲爾·法·恩瑞斯不情願地打斷他。「我說過了，我會考慮。那件事我會好好想一想，然後下決定。等我決定了，會告訴你結果是什麼。」

「是，陛下。」

「還有事嗎？」噴泉底座上有著海仙女的大理石雕像裝飾，尼夫加爾德的白色之焰不耐煩地用手套拍了拍仙女的腰際。「怎麼還不走？瓦鐵。」

「史帝芬·斯凱蘭的事……」

「我不會對他網開一面。叛國者就該處死，但過程必須透明而確實。」

「是，陛下。」

恩菲爾甚至沒有瞧他一眼，而是看著史黛拉·康格瑞夫，以及那淺色頭髮的女孩。

帝國福祉來了，他想道。這個冒牌的公主，冒牌的琴特拉女王，亞拉河河口的冒牌統治者，而我的帝國卻是如此地需要她。現在她來了，眼眸低斂，飽受驚嚇、穿著一件綠袖子的白色蠶絲連身裙，保守的領口上搭配一條翠綠橄欖石項鍊。當初在達倫羅旺堡，我讚賞過這件裙裝，誇獎過她配戴於身的首飾。史黛拉知道我的喜好，所以再度把她打扮成我喜歡的樣子。可是，我要一個娃娃做什麼？擺在壁爐上裝飾嗎？

「兩位高貴的女士好。」他率先行禮。除了在宮殿的王座廳，在尼夫加爾德裡，對女性必須表現尊敬與客氣，就連帝王也不例外。

兩人以深深的屈膝與低頭回禮。站在她們面前的這人雖然客氣，卻是這個國家的帝王。

恩菲爾受夠了這些禮節。

「史黛拉，妳留在這裡。」他硬聲命道。「而妳，小姑娘，陪我去走一走。我的手臂在這裡。把頭抬高。夠了、夠了，不要再行禮了，不過是散個步而已。」

他們沿著一條小道走，兩旁是剛剛添上幾抹新綠的樹叢與樹籬。帝王的護衛軍——禁衛軍「治」裡的菁英，也就是鼎鼎大名的火蛇軍，與他們保持距離，在一旁準備隨時應變各種狀況。他們知道什麼時候不該打擾帝王。

他們走過一座蕭條的廢池塘。當年托雷斯大帝放進去的那條長壽鯉魚，已經在兩日前去世。我會再放一條年輕、強壯、漂亮的大王鯉進去，恩菲爾．法．恩瑞斯在心裡想著，叫人給牠繫上一面金牌，上頭要有我的頭像與日期。法也謝代以拉得阿波耶干。有些事情已經結束，有些事情正要開始。這是一個新的世紀、新的時代、新的生活，所以也該死地要有條新的鯉魚。

他沉浸在自己的思緒中，幾乎忘了挽在他手臂上的那個女孩。然而讓他記起她存在的，是她身上的溫暖，她身上的鈴蘭香，還有帝國的福祉，而且是依照這樣的順序，而不是另有先後。

他們站在池塘前，池中央有座人工小島，上頭有座岩石花園、噴泉及大理石雕像。

「妳知道這座雕像雕的是什麼嗎？」

「知道，陛下。」這回答她隔了一會兒才說出。「是鵜鶘，牠用嘴撕開了自己的胸口，好用鮮血餵食幼鳥。這是一則寓言，講述高貴的奉獻和……」

「願聞其詳。」

「還有偉大的愛。」

「妳覺得，」他將她轉向自己，抿起嘴唇。「那被撕開的胸口，會因爲這樣就沒那麼痛嗎？」

「我不知道……」她結巴了起來。「陛下……我……」

他握住了她的手，感覺到她震了一下，而那股顫慄從他的手掌、手臂，一路傳到了肩膀。

「我的父親，」他說。「是一個偉大的統治者，卻從來就搞不懂傳說與神話，從來就沒有時間去了解，總是把它們混在一起。我到今天都還記得，他把我帶到這裡，在這座公園裡，和我說那雕像雕的是一隻從灰燼中化身的鵜鶘。嘿，小姑娘，大帝在說笑的時候，起碼也笑一下吧。謝謝。這樣好多了。如果和我散步不開心的話，會讓我難過的。看著我的眼睛。」

「我很開心……可以在這裡……和陛下一起。我知道，這對我來說是無比光榮……讓我十分開心。我很高興……」

「眞的？又或者這只是宮廷裡的阿諛奉承？是史黛拉．康格瑞夫調教出來的好禮教？是史黛拉要妳刻在腦子裡的台詞？承認吧，小姑娘。」

她斂下雙眼，沉默了起來。

「妳的大帝在問妳話。」恩菲爾．法．恩瑞斯重複道。「而大帝在問話的時候，沒有人敢默不作聲。當然，也沒有人斗膽撒謊。」

「是真的。」她用富有音韻的聲音說。「我是真的很開心，陛下。」

「我相信妳。雖然我覺得奇怪，不過我相信妳。」恩菲爾在隔了一會兒後，如是說道。

「我也……我也覺得奇怪。」她低語道。

「什麼？大膽說出來。」

「我想要可以更常……散步，還有說話。可是我理解……我理解這是不可能的。」

「妳的理解很正確。」他抿住嘴唇。「這個帝國歷代由帝王統治，不過有兩樣東西，卻是帝王統治不了的——自己的心與自己的時間。這兩個東西不管是哪一樣，都是屬於帝國的。」

「我清楚，而且是清楚得不能再清楚了。」她低語。

「我不會在這裡逗留太久。」他在一陣凝重的沉默後說。「我得去琴特拉，親身蒞臨，爲和平協議簽署典禮增添榮彩。妳會回去達倫羅旺……小姑娘，把頭抬起來。噢，不。這已經是妳第二次在我面前吸鼻子了。還有妳眼睛裡的是什麼？眼淚？噢，這可是嚴重違反禮儀了。我得向里德塔爾伯爵夫人，表達我的極度不滿。我說過了，請把頭抬起來。」

「請……放過史黛拉女士……尊貴的帝王陛下，這是我的錯，我一個人的錯。史黛拉女士教過我……把一切都和我說過。」

「我注意到了，也很看重這一點。別怕，我不會怪罪史黛拉·康格瑞夫。永遠都不會。我只是和妳開玩笑，故意鬧妳的。」

「我注意到了。」女孩在低語的同時，也因自己的大膽而刷白了臉，不過恩菲爾只是放聲大笑了起來。那笑聲，有些不自然。

「我比較希望妳是這個樣子。」他說。「相信我。膽子大，就像……」

他突然打住。就像我的女兒，他在心裡想道。罪惡感像隻惡犬，將他咬得遍體鱗傷。女孩沒有斂下眼，這不只是史黛拉的傑作。她的性子確實就是這樣。不同於外表所現，這是一顆難以刮傷的鑽石。不，我不允許瓦鐵謀殺這個孩子。琴特拉歸琴特拉，帝國福祉歸帝國福祉，可是這件事看來，只有一個有意義與榮譽感的解套方法。

「把手給我。」

這是一道以嚴厲聲調下達的命令，但他卻明顯感覺到她很樂意這麼做，沒有任何自我逼迫。她的手又小又涼，不過已經不再發抖了。

「妳叫什麼名字？拜託，可別和我說是奇莉拉．費歐娜。」

「奇莉拉．費歐娜。」

「小姑娘，我想給妳個懲罰，嚴厲的懲罰。」

「我知道，陛下。是我活該，可是我……我必須當奇莉拉．費歐娜。」

「這話可以當作是妳在懊悔，懊悔妳不是她。」他說，手裡還是握著她的手。

「我是懊悔。」她低聲說。「懊悔我不是她。」

「真的？」

「如果我是……真的奇莉拉……大帝看我的目光就會仁慈些。不過我只是個冒牌貨，一名頂替者。一個一文不值得替身，什麼都……」

他突然轉過身，抓住她的雙臂，但隨即又放開，往後退了一步。

「妳渴望王位？權力？」他質問的聲音雖輕，卻很快速，假裝沒瞧見她劇烈的搖頭反對。「還是名聲？榮耀？奢華？」

他突然打住，重重嘆了口氣，假裝沒瞧見女孩依舊不斷晃動低垂的腦袋，依舊不斷抗議他傷人的指控，又或者是他那更加傷人的未竟話語。

他大聲地嘆了一口大氣。

「小飛蛾，妳可知道自己眼前看到的是一道火焰？」

「我知道，陛下。」

他們沉默了許久。突然間，春天的氣息讓他們感到頭暈目眩。兩人都是。

最後，恩菲爾不帶感情地說：「要當一位帝后，可不像外表看來的那麼簡單。我不知道自己有沒有辦法愛上妳。」

她點了點頭，表示這一點她也明白。他看見她臉頰上的淚水，感覺自己內心深處的萬年寒冰又碎了一塊，就像那時在斯地加堡一樣。

他擁住了她，將她用力揉進懷裡，撫摸她那飄著鈴蘭香的髮絲。

「我的小可憐……」他用著不像他的聲音說。「我的國家利益小可憐……」

□

鐘聲響遍了整個琴特拉，聽來莊嚴、深遠而隆重，卻給人一種奇怪的送葬感。

這張美貌可不是每天都能見到的，漢梅法特主教如是想著。他和其他人一樣，都看著同一幅肖像畫，那畫的尺寸與旁邊那些的肖像畫一樣，至少有一嚀長、半嚀寬。眞是奇怪的長相。我敢打賭，這一定有混血。我敢拿我的人頭擔保，這血管裡流的，一定有那天殺的精靈血。

很漂亮，佛特斯特想道，比情報組織的人給我看的袖珍畫還漂亮，不過肖像通常都會畫得比較好看一點。

一點都不像卡蘭特，蜜薇心想。一點都不像雷恩格納。一點都不像芭維塔……嗯……有傳言說……可是不對，這不可能。這一定得是皇家血脈不可，得是正統的琴特拉統治者。一定得是這樣。這是國家利益所要求的，也是歷史所要求的。

這不是我在夢裡見到的那名女子，不久前才抵達琴特拉的科維爾王艾斯特拉德．迪森在心裡想道。這絕對不是她，不過我不會把這點告訴任何人。我要把這個祕密留給我自己，還有我的祖蕾卡。我要和我的祖蕾卡一起決定，怎麼利用夢境給我們的情報。

這個奇莉，差一點就成了我的妻子，維爾登的奇斯特林王子心想。那樣，我就會成爲琴特拉的王子，照慣例成爲王位繼承人……然後我一定會像卡蘭特一樣命喪黃泉。好險，喔，眞的好險她那時候逃走了。

我從來就不相信一見鍾情這種愛情故事，希拉德．費茲歐斯德蘭想道，完全沒有。然而恩菲爾卻要和這女孩結婚，捨棄與其他公爵聯合的可能，不在尼夫加爾德裡找個公主，反倒要找琴特拉的奇莉拉當妻子。爲什麼？好統治這個悲慘的蕞爾小國？橫豎透過談判，他也能取得這彈丸之地的一半，說不定還更多。難道是爲了要統治亞魯加河河口？不過尼夫加爾德、拿威格拉德與科維爾的海洋貿易商號，也都已經握在他手裡了呀。

從國家利益的角度來看，我是一點都看不明白，完全不明白啊。

我懷疑他們並沒有把一切都告訴我。

那群女巫，戴斯特拉心想，這是那群女巫做的事。不過，就當作是這樣吧。顯然一切早已註定，奇莉會成爲琴特拉的女王、恩菲爾的妻子，以及尼夫加爾德的帝后。顯然這就是命運想要的，這是她的宿命。

就這樣吧，特瑞絲．梅莉戈德心想。不要再改了。變成現在這樣，很好。奇莉現在安全了。他們會忘了她，讓她活命。

肖像終於被擺上所屬的位置，負責掛畫的侍從紛紛退開，帶走了梯子。

在一長排已有些黯淡積塵的琴特拉統治者行列裡，排在凱賓一族與寇朗姆一族之後，排在驕傲的卡蘭特之後，排在愁容滿面的芭維塔之後的，是那最後一幅的肖像，畫的是目前以仁慈之心治理國度的女王，那王位與王家血脈的繼承人。

肖像上的人物，是名身材纖細的女孩，有著灰色頭髮與哀傷眼神，身上穿了白色的綠袖禮服。奇莉拉．費歐娜．愛蓮．黎安弄。

琴特拉女王與尼夫加爾德帝后。

宿命。菲莉帕在心裡想著的同時，也感受到了戴斯特拉的目光。

可憐的孩子，戴斯特拉看著肖像，如是想著。她一定以為，自己的苦惱與不幸就此結束。可憐的孩子。

琴特拉的鐘聲響起，嚇走了一隻又一隻的海鷗。

□

「在各場談判結束，與簽訂琴特拉協議過後沒多久，」朝聖者開始講述自己的故事。「拿威格拉德裡，舉辦了一場為時好幾日的盛大慶典，盛大的嘉年華，而其中最盛大的，就是浩大而華麗的閱兵典禮。以一個新時代的首日來說，那的確是個很美麗的日子……」

「我們應該要這麼理解——閣下您在當日是神智清醒的嗎？在那場閱兵典禮上？」精靈諷刺地問。

「真要說，其實我那天遲到了一點點。」朝聖者顯然不是會在意諷刺語氣的那種人。「那一天，就像我說的，是個很美麗的日子。從一大清早的破曉，就可以感受得出來。」

□

不久前還是代理政務指揮官，如今是德拉根堡前線指揮的瓦斯科因，不耐煩地用鞭子敲著鞋筒，催促說：

「快一點，那邊的，快一點。下一批人已經在等了！自從琴特拉和平協議簽訂後，我們這裡的工作就多到要爆炸！」

劊子手爲受刑人套上絞索後，便紛紛後退。瓦斯科因用鞭子大力拍了下鞋筒，說：

「有話要說的就趁現在，這是你們最後的機會了。」

「自由萬歲。」卡布雷·阿波·迪亞瑞德說。

「司法審判不公。」歐瑞斯特·寇普斯說。他是名強盜、殺人凶手和刻意脫隊行搶的士兵。

「您去吃屎吧。」逃兵羅伯特·皮爾赫說。

「請您轉告戴斯特拉大人，說我很後悔。」因收賄與偷竊而被判刑的特務洋·冷內普說。

「我不是故意的……我眞的不是故意的。」站在樺樹樁上晃個不停的伊斯特凡·依加爾費抽泣了起來。他是名前線指揮官，因爲對待囚犯的方式而遭到革職，送上法庭。

太陽有如熔化的黃金般耀眼，在城堡的柵欄上方綻放，爲絞刑用的木樁投下一道道長影。德拉根堡的上空，迎來了嶄新而美麗的晴天。

這是新時代的首日。

瓦斯科因用鞭子打了下鞋筒，舉起單手，然後放下。

受刑人腳下的木樁，一個個讓人給踢倒。

□

拿威格拉德所有的鐘全都響起，深沉、哀怨的聲響，在屋頂與石樓商場的閣樓間，不斷迴盪，回音湧入了大街小巷。一朵朵煙花在高空綻放，人群不斷吶喊、歡呼，丟撒花朵與帽子，揮舞手帕、頭巾、旗幟，呵，甚至是褲子。

「自由軍萬歲！」

「萬歲——！」

「傭兵團萬歲！」

羅倫佐．莫拉向人群敬禮，並把飛吻送給美麗的女性市民。

「要是他們發的獎金和群眾歡呼的程度一樣，那我們就發了！」他在人聲吵雜中，大聲喊道。

「可惜……」尤莉雅．阿巴特馬可透過緊鎖的喉頭說。「可惜凸額頭等不到了……」

尤莉雅、「終結者」亞當與羅倫佐．莫拉，騎馬緩步走在城市的主道上。他們領在自由軍前頭，軍隊裡的成員個個穿了參加慶典用的服飾，四人一排，走得整整齊齊，就連洗得乾乾淨淨、渾身毛髮刷到發亮的坐騎，也沒有任何一匹把頭凸出隊伍一吋。傭兵團裡的馬匹就像牠們的騎士——沉著、驕傲，沒有被群眾的歡呼與吶喊驚嚇，僅是以幾乎察覺不了的細微擺頭，避開往牠們飛來的花圈與花朵。

「傭兵團萬歲！」

「『終結者』潘格拉特萬歲！可愛小迷糊萬歲！」

尤莉雅在抓住群眾丟來的康乃馨同時，悄悄抹去淚水。

「我作夢也沒想過……會有這樣的勝利……可惜凸額頭已經……」她說。

「妳眞是個浪漫的傢伙。」羅倫佐．莫拉笑了笑。「感動了喔，尤莉雅。」

「嗯，感動。通通有，立正！向左——看！」

他們在鞍上挺直了身子，並把頭轉向看台及上頭的王公貴族座椅。我看到佛特斯特。尤莉雅在心裡想著。那個大鬍子大概是喀艾德的韓瑟頓，而這個英俊的男人是亞丁的戴馬溫……那女的是坐在寶座上，那她一定是海德薇格女王……這麼說，她旁邊的小子就是拉多維達王子，那個被謀殺的國王兒子……可憐的小伙子……

□

「傭兵團萬歲！尤莉雅．阿巴特馬可萬歲！終結者潘格拉特萬歲！羅倫佐．莫拉萬歲！」

「宮廷禁衛首領納塔利斯萬歲！」

「諸王萬歲！佛特斯特、戴馬溫、韓瑟頓國王萬歲！」

「戴斯特拉大人萬歲！」一名馬屁精高喊。

「聖潔的大人萬歲！」幾名收了錢的傢伙在人群中大叫。拿威格拉德的主教奇路斯·恩德金·漢梅法特站了起來，向群眾和閱兵隊伍致意，不過他的動作不甚優雅，而且寬大長袍的兩隻袖子還擋住了年幼的拉多維達，以及海德薇格女王的視線。

沒有任何一個人喊出「拉多維達萬歲」。被主教肥滿後臀擋住的王子如是想著。甚至沒有人往我這邊看。沒有人為我的母后歡呼，也沒有半個人提到我的父王，或是歌頌他的名聲。而今天，這個勝利的日子，這個創造共識、締結盟約的日子，卻是我父王一手促成，也正是他遭到謀殺的原因。

他感覺背後有一道視線，很溫和，就像某種他所不知道的東西——又或者他知道，但只敢夢想，不敢指望成真的東西。那東西，就像被女性柔軟而燙人唇瓣刷過一樣。他轉過頭，看見一雙深不見底的黑色眼珠直盯著自己，那是菲莉帕·愛哈特。

你們等著吧，到時候你們就知道了。王子把視線拉回，心裡同時這麼想著。

當時沒有任何人預料到，沒有任何人猜想到，這個現在無足輕重的十三歲孩子，會在這個被攝政委員會與戴斯特拉管理的國家裡成為國王。他在讓曾經侮辱過他和他母親的人付出相當代價後，茁壯成一位國王，史稱鐵面拉多維達五世。

群眾不斷歡呼。參加閱兵的傭兵隊伍馬蹄下，滿是花瓣。

□

「尤莉雅。」

「終結者，怎麼了？」

「嫁給我吧，當我的妻子。」

可愛小迷糊久久沒有答話，因爲她在驚訝之餘，得花時間好好消化一下自己聽到的話。人群不斷歡呼。拿威格拉德的主教滿頭大汗，像條肥滋滋的大鯰魚地不斷吸取空氣，從看台上爲市民、閱兵隊伍、城市與世界賜福。

「亞當·潘格拉特，你明明已經是個有家室的人了！」

「我已經和我的妻子分居了，我會跟她離婚的。」

尤莉雅·阿巴特馬可沒有回應，只是把頭轉開。她覺得很訝異、很害怕，也很幸福。她自己也不知道爲什麼。

人群再度歡呼，灑出花瓣。好幾處屋頂的上方，炸出了炮花與煙火，留下巨響與煙硝。

拿威格拉德的鐘聲，嗚嗚咽咽地敲了起來。

□

她已經是個女人了。南娜卡在心裡道。她被我送到那戰場的時候，還是個小女孩，現在回來的卻已經是個女人。自信、有主見、冷靜、自制、充滿女人味。

她打贏了這場戰爭，沒讓戰爭毀了她。

「黛博拉在馬耶那附近的營區，死於斑疹傷寒。」艾伍兒奈德以輕微但穩定的聲音，繼續唸了下去：「普茹內在載了傷患的船翻覆時，溺死在亞魯加河裡。蜜兒哈在『松鼠』襲擊阿美利亞堡外的戰地醫院時，遭到精靈殺害……卡蒂耶……」

「說吧，孩子。」南娜卡用溫和的口氣要她說下去。

「卡蒂耶，」艾伍兒奈德清了清嗓子。「在醫院裡認識了一個尼夫加爾德人。當和平協議簽訂完，要交換戰俘的時候，隨著他一起去了尼夫加爾德。」

「我向來都認為，」祭司重重地嘆了口氣。「愛情沒有國界，也不分敵我。那優拉二世呢？」

「她還活著，在馬利堡。」艾伍兒奈德一臉篤定地快速答道。

「為什麼沒回來？」

學徒低下了頭。

「她不回來神殿了，媽媽。」她輕聲說。「她在米羅．萬德貝克先生，那個半身人外科醫生的醫院。她說想多學一點，說想把一生都奉獻在那裡。南娜卡媽媽，妳原諒她吧。」

「原諒她？」祭司哼了一聲。「我以她為傲啊。」

□

「你遲到了。」菲莉帕·愛哈特壓著聲音說。「有諸王出席的典禮，你竟然遲到了。下地獄去吧你，戴斯特拉，你對禮節的傲慢，是大家都知道的事，犯不著這麼光明正大地炫耀，尤其是在今天這樣的日子……」

「我是有原因的。」戴斯特拉以一鞠躬，回應了海德薇格王后的目光，與拿威格拉德主教挑起的眉毛，並用餘光捕捉到，祭司維勒邁對佛特斯特國王——那張值得拓印在錢幣上的面容——皺起眉頭、露出輕蔑的表情。

「菲，我得和妳談談。」

菲莉帕挑起一邊眉毛。

「想必是要四目相對談？」

「這樣最好。」戴斯特拉微微一笑。「不過，要是妳覺得再多幾雙眼睛比較好，我也可以同意，比如孟特卡佛那幾位小姐的漂亮眼睛。」

「小聲點。」女巫透過一彎微笑，噺聲道。

「晉見典禮是什麼時候？」

「我還在想，決定了會告訴你。現在，不要再煩我了。這是很莊重的典禮、很盛大的慶祝，要是你自己沒發現，那就讓我來提醒你。」

「盛大的慶祝？」

「我們是站在一個全新的時代門檻，戴斯特拉。」

間諜聳了聳肩。

群眾高聲歡呼。天空中的煙火一道接著一道。拿威格拉德的鐘聲不斷敲響，敲響他們的勝利，敲響他們的榮耀。不過那鐘聲聽來，卻不太對勁，給人一種哀傷的感覺。

□

「喂，亞瑞，韁繩給你拿一下。」露西安說。「我餓了，要吃點東西。來吧，我幫你把韁繩纏到手上。你一隻手不方便，我知道。」

亞瑞感到羞愧與恥辱，一股熱氣衝上了臉。他還不習慣這種情況，還是覺得整個世界都無所事事，只會一直盯著他的殘肢看，盯著他那隻摺起來縫住的袖子看。他覺得整個世界的人，腦子裡就只想著要看他這個殘廢，假意同情他這個殘廢，佯裝爲他遺憾，卻在內心深處藐視他，把他看作是在破壞世界美好的秩序，把他當作是醜陋而不要臉的存在，認爲他太過無恥，膽敢存在於這世間。

但他必須承認，從這個角度看，露西安跟這一整個世界比起來，有一點點不一樣。她沒有假裝自己沒注意到他的殘缺，也沒有惺惺作態地提供羞辱人的援助，與更加羞辱人的憐憫。亞瑞幾乎要覺得這名以駕車爲業的淺髮女子，對待他的態度是很中性、自然的。不過，他把這種想法從自己的腦中趕了出去，不願接受。

因爲，就連他自己，也一直無法把自己當作一個正常人看待。

載運傷殘軍人的馬車一路發出聲響。接在小雨後而來的，是炎炎酷日。往來的軍需車隊將路面壓得坑坑疤疤，而這些坑洞在乾涸後，變成各種形狀的突起與凹陷，讓他們這輛四頭馬車一路跑得很顛簸。每經軋過一個較大的坑洞，馬車就跳一下，發出極大聲響，整輛破舊的車身，也搖晃得像暴風雨中的船隻。在這種時候，傷殘的士兵——主要都是缺了腿的——總是罵得既難聽又有創意，而露西安，爲了避免掉下馬車，總會靠過來抱住亞瑞，大方將自己身上神奇的溫暖與十分怪異的柔軟，還有那股混合了馬匹、韁繩、乾草，以及年輕女孩稚嫩而強烈的汗水氣味，分享給他。

馬車又駛過一個坑洞，亞瑞將多餘的韁繩捲在手腕上。露西安一口麵包、一口香腸地吃著，靠到了亞瑞身側。

「咦？」她注意到他的銅墜子，並且狡詐地利用了他唯一的手正捲著韁繩的這個事實。「你也被騙了？勿忘我護身符？噢，這人的腦袋眞的很精明，想出了這麼一個伎倆。在打仗的時候，這種東西總是有很多人要，可能比伏特加還搶手。這裡頭寫了哪個女孩的名字啊？咱們來看看……」

「露西安。」亞瑞整個人著了火，活脫脫像顆熟透的番茄，覺得等等血液就會像番茄汁一樣，從果實裡噴發出來。「我必須請妳……不要打開……抱歉，不過這是我私人的物品。我不想對妳無禮，不過……」

馬車跳了一下，露西安抱住亞瑞，後者則閉上了嘴。

「奇……莉……拉。」女車夫將音節分段，困難地念了出來，但還是讓亞瑞吃了一驚。他沒料到一個鄉下女孩會有這樣的能耐。

「她不會忘了你的。」她大力搖了搖墜子，放開項鍊，看著男孩。「我是說那個奇莉拉，要是她眞愛你的話。魔法跟護身符都是沒用的東西，要是她眞愛著你，就不會忘記你，不會背叛你，會一直等你。」

「等這個？」亞瑞舉起他的殘肢。

女孩微微瞇起藍得像矢車菊的眼睛。

「要是她眞的愛你，」她堅定地說。「就會等你，其他的都是空話。這我很清楚。」

「妳在這種事上，經驗這麼豐富嗎？」

「我和誰發生過什麼，不關你的事。」這回，換露西安微微紅了臉。「不過你也別以爲我是那種女孩，只要對方點個頭，就可以和人家到乾草堆上練經驗。不過我知道的事，就是知道。一個女孩子家要是喜歡上一個漢子，就會喜歡他的全部，不會東愛一點、西愛一點。就算少了什麼，也沒有關係。」

馬車跳了一下。

「妳把事情看得太過簡單了。」亞瑞一邊咬牙說，一邊貪婪地吸取女孩的氣息。「露西安，妳把事情看得太過簡單了、太過理想了。就連一些小細節，妳都傾向忽略，比如這男人是不是一個完整的人，有沒有太高估自己養活一家妻小的能力。殘廢的人沒有能力……」

「好了、好了、好了。」她粗魯地打斷他。「你可別把我這裙子給哭濕了。你的腦袋又沒被那些黑衣軍給拔了，而你可是個金頭腦，靠腦袋幹活的。你看什麼看？我雖然是鄉下出身，可是我有眼睛看、有耳朵聽。而且我的眼睛夠明、耳朵夠靈，能注意到某人說話的方式，就是一派高貴大人樣、一派高深學者樣的這種小細節。再說……」

她低下頭，清了清嗓子。亞瑞同樣也清了清嗓子。馬車又跳了一下。

「再說，」女孩繼續未竟的話語。「我有聽到別人怎麼說。他們說你是個作家，也是神殿裡的祭司。既然是這樣，那你也知道，這隻手……呸，沒用，就這樣。」

馬車已經有一段時間不再跳動，不過這一點，亞瑞與露西安似乎根本沒發覺，仍一直抱在一起。過了好一段時間，女孩說：

「我還眞是走運，老是碰到讀書人。以前……就有這麼一個……他是個讀書人，在學院裡念書。光看名字就知道。」

「他叫什麼名字？」

「學期。」

「喂，小姑娘。」坐在他們後頭的二等兵德卡曲叫道。這人老是不懷好意，又很陰沉，身子是在馬耶那之戰時殘的。「用妳的韁繩給那些馬抽幾下屁股，妳這車拖拖拉拉的，就像從在牆上慢慢流下來的鼻涕一樣！」

另一名跛子一邊的褲管捲著，看得見裡頭的斷肢，上頭布滿發亮的疤痕組織，他也附和道：「就是啊，快一點。我已經受夠這荒郊野外了！我可想酒館了，因爲，和你們說實話，我眞想灌杯啤酒呢。這車不能跑快點嗎？」

「能。」露西安從車夫座上回頭。「不過要是輪軸或輪轂斷了，那就是一週又或者兩週你們沒啤酒喝，只能喝雨水和樺樹汁，等便車搭。你們自己走不動，而我可是揹不動你們呀。」

「眞的是太可惜了，因爲我在夜裡連作夢都夢到妳揹著我。揹在背後，我是說，從後面來。我喜歡這樣。那妳呢？小姑娘。」德卡曲奸笑道。

「你這個不要臉的瘸子！」露西安大叫。「你這個臭不拉嘰的傢伙！你這個……」

她話說到一半，看見車上的殘兵臉上，突然都罩了一層屍體般的死白。

「我的媽呀。」某人哭喪道。「我們明明再過一會兒就到家了……」

「我們完了。」德卡曲小聲說道，不帶任何感情，只是單純陳述事實。

他們還說已經沒有「松鼠」了，說他們全都被殺光了，亞瑞腦中閃過這樣的聲音。他們的說法是，精靈的問題已經解決。

來人一共有六名騎士，不過如果再看仔細，會發現其實是六匹馬上坐了八名騎士。有兩匹馬各載了一對騎士。那些馬匹踏著僵直而紊亂的步伐，頭垂得很低，看起來幾乎要撐不下去。

露西安大聲嘆了口氣。

那群精靈逐漸靠近，看起來比他們身下的坐騎還要悽慘。

他們的驕傲，那不可一世的優越感、迷人魅力的獨特之處，已不見半分。就算只是突擊隊的成員，他們身上的衣著通常也格外高雅而美麗，如今卻是又髒又破、污漬斑斑。引以為傲而自滿的髮絲已失去光澤，沾滿黏稠的髒污與乾涸的血漬。那一雙雙通常平靜無波的漂亮大眼，成了一道道慌張而絕望的深淵。

他們的獨特之處已不見半分。死亡、驚恐、飢餓與流離失所，讓他們變得平凡——非常平凡。

甚至已不再讓人覺得害怕。

有那麼一會兒，亞瑞以為他們會就這樣經過，會直接穿過道路進入對面的樹林，甚至不會賞他的馬車與乘客一眼，只會留下那股一點也不像精靈、難聞又噁心的味道。那味道對待過各個戰地醫所的亞瑞而言，是再熟悉不過了——那是困苦、尿液、骯髒與潰爛傷口的氣味。

那群精靈就這麼經過他們，沒有看他們一眼。

但有一個精靈例外。

那是一名沾了滿頭乾涸血漬的黑髮精靈女子。她將馬停在了馬車邊。坐在鞍上的她，身子笨拙地傾著，以保護吊著的傷手。那吊帶已被滲出的血液浸濕，成群的蒼蠅不斷在旁飛繞。

「朵魯薇。」其中一名精靈男子轉頭說。「恩卡迪內，路內得。」

露西安馬上便有所聯想，明白是怎麼回事。她知道精靈女子在看的是什麼。這個年輕的村姑從小便看慣了，那些躲在屋角窺視的幽靈、鐵青發腫的餓死鬼。於是，她直覺地有了反應，而且正確無誤。她往精靈女子的方向拿出一個麵包。

「恩卡迪內，朵魯薇。」那精靈男子又說了一次。他的外套沾滿風塵，而整個突擊隊裡，就只有他的襤褸外套袖子上，有屬於佛利荷德旅的銀色閃電。

車上原本全都凝結不動、僵硬如石的傷殘士兵，好似被魔咒喚醒，突然抖了一下。而他們朝那群精靈伸出的手掌中，都像變魔術一般，擺了一塊麵包、一小角起士、一小塊燻豬油與香腸。

而精靈自千年以來，頭一遭朝人類伸了手。

露西安與亞瑞成了史上第一人，看見精靈女子是如何落淚、抽泣、哽咽，甚至沒有想去抹掉沿骯髒臉孔留下的淚水。而這恰恰駁斥了精靈根本沒有淚腺的說法。

「恩卡……迪內。」袖子上有閃電的精靈男子，用破碎的聲音又重複了一次。

在那之後，他伸手接過德卡曲的麵包，吃力地將舌頭與嘴型，擺到使用這陌生語言該有的位置，粗啞地說：

「謝謝你。謝謝你，人類。」

過了若干時間，注意到事情已經結束，露西彈著舌頭、甩動韁繩，要馬兒起步。馬車一路轆轆，所有的人皆沉默不語。

時近晚晌，商道上被一群武裝騎士捲起塵煙。領頭的是一名女子，髮色全白，修剪得極短，一臉凶惡，有著好幾道疤痕，其中一道更是從太陽穴劃過整個臉頰到嘴角，另一道則是成馬蹄狀框住一邊眼窩。那女子的右邊耳廓也只剩下一小部分，左手的手肘以下是皮筒與銅鉤，而韁繩便是鉤在那銅鉤之上。

女人用惡狠狠又充滿憤恨的目光掃視他們，向他們打探精靈的去向，打探斯寇亞塔也，打探恐怖分子，打探兩日前，突擊隊被攻破時逃走的僥倖者。

亞瑞、露西安與其他傷殘，避開了白髮獨臂女子的目光，含糊不清地說著他們誰也沒有碰到，誰也沒有看到。

你們在說謊，白髮萊拉在心裡想道。她曾是黑髮萊拉。你們在說謊，我知道，你們是出於憐憫而說謊。

不過這反正也幫不了他們。

因爲我白髮萊拉，不知憐憫是何物。

□

「萬——歲——！矮人最棒！巴克禮．艾爾斯萬歲！」

「矮人萬歲——！」

拿威格拉德的鋪石路，讓馬哈喀姆志願軍的馬蹄震得隆隆響。矮人以他們慣有的隊形，五人一排前進，而那面雙槌旗則飄揚在隊伍上方。

「馬哈喀姆萬歲！矮人萬歲！」

「願他們永世榮耀！千古流芳！」

突然，群眾中有某人發出了訕笑。然後，有幾個人也跟著附和。再過一會兒，所有人都大笑出聲。

「這是公然侮辱啊……」主教漢梅法特不斷吸取空氣。「這是醜聞啊……這是不可原諒的啊……」

「骯髒的非人類。」祭司維勒邁咬牙切齒地說。

「你們就裝作沒看見吧。」佛特斯特心平氣和地建議他們。

「當初不該吝於把存糧分給他們。」蜜薇說得很酸。「也不該拒絕提供軍餉給他們。」

矮人軍官個個表現得莊嚴而體面，打直了腰桿朝看台行禮。馬哈喀姆志願軍的下士與士兵，則是把他們對預算被諸王與主教刪減的不滿表現出來。有些在經過看台時，朝諸王彎起手肘。其他人則把他們第二喜歡的手勢比了出來——四根緊握的指頭，與一根筆直朝上的中指。這種手勢在學者圈裡叫作「無禮的手指」，平民的叫法則更粗俗。

從諸王與主教紅透了的臉龐看來，他們對這兩種叫法都很清楚。

「不該對他們小氣而侮辱了他們。」蜜薇重複道。「這可是支很有野心的民族啊。」

□

在阿斯卡德隘口嚎叫的生物又發出了哀嚎。隨後，那嚎聲變成了可怕的歌聲，但坐在營火前的人沒有一個轉頭查看。

在經過一段頗長的沉默後，包雷阿斯．蒙率先打破了沉默。

「這世界已經改變。正義得到了伸張。」

「呃，關於正義的說法或許誇張了。」朝聖者微微一笑。「不過，我想我還是同意，這個世界似是爲了符合物理的基本法則而做了改變的說法。」

「不知道，」精靈拖長了聲音說。「我們想的是不是同一件事。」

「每一個動作，都會造成一個反應。」朝聖者說。

精靈發出一聲不屑，不過這一聲不屑，卻不屑得頗爲友善。

「算你得一分，人類。」

□

「你，史帝芬．斯凱蘭——伯特藍．斯凱蘭之子、前帝國驗屍官，起立。受偉大太陽恩澤之永恆帝國最高法院，判定你以下被指控之所有犯罪行爲與非法行動，均爲屬實——叛國；參與以武裝衝突，企圖變更帝國律法秩序；密謀刺殺尊貴的帝王陛下。史帝芬．斯凱蘭，你的罪行已經遭到確認與證實，然本席並未看見任何可以減輕刑責之情事，而尊貴的帝王陛下亦未使用其特赦之權。」

「史帝芬．斯凱蘭，伯特藍．斯凱蘭之子。你將從法庭直接被送往城塞，就從這裡去。等時候到了，會有人來帶你。作爲叛國賊，你不配踏在帝國土地上，你會被綁到木耙上，讓馬在千年廣場上拖著跑。作爲叛國賊，你不配呼吸帝國的空氣，你會被劊子手套住脖子，吊在千年廣場的絞刑架上，掛在天與地之間。只要你一天沒斷氣，就會一直這麼被吊著。你的屍體會被燒掉，骨灰會被灑向風中飄零。」

「史帝芬．斯凱蘭，伯特藍．斯凱蘭之子，叛徒。我——帝國最高法院審判長——在宣判你罪名的同時，也是最後一次稱呼你的名字。在這之後，就讓這個名字被世人遺忘吧。」

□

「成功了！成功了！」歐本豪瑟教授大叫著衝進系辦公室。「各位先生，我成功了！我終於成功了！這個果然還是可以動！還是會轉！這眞的能動！眞的能動！」

「眞的？」被學生戲稱爲「臭黑炭」的化學教授尙．拉法錫粗率問道。「這不可能！不過我好奇問一下，什麼能動？」

「魔輪！」

「永動機？」白髮蒼蒼的動物學講師艾德蒙．邦伯樂被引起了興趣。「貨眞價實？同僚的先生，您不是誇大其詞吧？」

「完全沒有！」歐本豪瑟大叫著，而且像隻剛出生的小羊般跳了起來。「一點都沒有！它真的能動！魔輪真的能動！我把它啓動後，它就沒有停下來。完全沒有停下來！永遠都不會停！會世世代代一直轉下去！各位同僚，這個沒辦法用說的，要親眼看見才行！你們來我的工作室吧，快啊！」

「我在吃早餐。」尚．拉法錫反對，不過他的反對卻被淹沒在鼎沸的人聲與四周興奮的騷動中。不論是教授、碩士或學士，都急著把大衣與外袍披到長袍上，隨著一路高談闊論、比手畫腳的歐本豪瑟往出口跑。臭黑炭在他們的身後比出「無禮的手指」，然後繼續回到他的圓麵包抹肉醬。

這群學者快步走著，情緒也愈發高昂，等不及要看歐本豪瑟三十年來的努力成果，充滿活力地克服他們與知名物理學家工作室間的距離。就在他們要把門打開的時候，地面震動了一下。那震動頗明顯。呃，很強。呃，非常強。

那是地震引起的晃動，是那些女巫在毀掉斯地加碉堡——維列佛茲的藏身處時，所引發的一系列震動之一。震波從遙遠的艾冰格，一路傳到了奧克森福特這裡。

藝術系大門的彩繪玻璃，在清脆響聲中，碎成十幾片飛了出去。首任校長尼可戴牧斯．德布特的半身雕像，從被寫了各種新舊髒話的底座掉了下去。臭黑炭用來配圓麵包抹肉醬的那杯草本茶，從桌上掉了下去。爬到公園梧桐樹上，想給醫學院的女學生們留下深刻印象的物理系一年級生亞伯特．索爾培特拉，從樹上摔了下來。

而歐本豪瑟教授的永動機，那傳奇的魔輪，在最後一次轉動之後，就停了下來，完全沒了動靜。

在那之後，他就再也沒有成功發動過它了。

□

「矮人萬歲！馬哈喀姆萬歲！」

這是哪裡來的一票人？聚在這裡的都是些個什麼人？漢梅法特抖著手爲閱兵隊伍賜福，心裡如是想著。他們是在爲誰歡呼？見錢眼開的傭兵，上不了檯面的矮人，哪來這麼一支詭異的軍隊？最後到底是誰贏了戰爭？他們還是我們？眾神啊，我得和諸王說說這點才行。一旦歷史學家與作家開始拿起筆，得好好審查他們寫的那些鬼畫符才行。傭兵、獵魔士、收錢辦事的打手、非人類，以及其他所有可疑分子，都必須從人類的編年史裡消失。這些都要刪掉、塗掉。不能寫到任何關於他們的事，一個字都不行。

這個人也不行。他緊抿著唇，看著戴斯特拉，在心裡想著。而戴斯特拉正觀察著閱兵隊伍，臉上的表情明顯感到枯燥。

關於戴斯特拉這傢伙，也得向諸王建議、建議。他想著。他的存在對正經人來說，是侮辱。這是個不信神的傢伙，一個惡棍。就讓他無聲無息地消失吧，就讓他被世人遺忘吧。

□

慢慢等吧，你這個道貌岸然、穿了一身紫色的豬。菲莉帕·愛哈特在心裡想著。她不費吹灰之力，就探得主教腦中不斷轉動的思緒。你想當家作主，想指手畫腳，展現自己的影響力？想裁決定奪？慢慢等吧。你能定奪的，就只有你屁眼裡的那些痔瘡而已，而就算是在你那屁眼裡，你的定奪也不會有多大意義。

至於戴斯特拉，他會活得好好的，一直到我不需要他爲止。

□

總有一天，妳會犯下錯誤。祭司維勒邁看著菲莉帕閃亮的嫣紅嘴唇，心裡如是想著。總有一天，妳們當中的某個人會犯下錯誤。到那時候，妳們會失去妳們的傲慢、自大與驕傲。一旦妳們犯下錯誤，妳們祕密策劃的陰謀，妳們的不道德，妳們致力奉獻，並活在其中的噁心與變態行徑，都會被攤在陽光下。妳們的罪孽將會惡臭瀰漫。這一刻，一定會到來。

而就算妳們不會犯錯，也一定會有什麼事情，可以拿來指控妳們。人類的世界將會發生某種不幸的大事，某種詛咒，某種瘟疫，也許是傳染病或流行病……到那時候，所有的罪都會降在妳們身上。妳們會被指控無法有效避免瘟疫發生，無法有效解除瘟疫所帶來的後果。

所有的罪過，都會歸到妳們頭上。
而到那時候，就是火燒木樁的時候了。

□

一隻身上有條紋的老公貓死了，牠因爲身上毛色，被人叫作紅毛仔。牠死得很淒慘，先是翻來覆去，後又挺直身體，接著開始耙地，吐出血液與黏液，不斷抽搐。除此之外，還瀉出血便。雖然有損尊嚴，牠還是叫了出來，叫得小聲而哀戚，沒兩下便不支倒地。

紅毛仔知道自己爲什麼會死，至少牠能猜想到發生什麼事。

幾天前，有艘貨輪靠到琴特拉港口。那是艘很老舊，而且髒得不得了的帆船。一艘疏於照顧的破船，幾乎可以說是艘殘骸。帆船的船首上隱約還可辨識出「卡緹歐娜號」的字樣。這幾個字，紅毛仔當然看不明白。一隻老鼠藉著繫纜，從這奇怪的殘骸爬到了碼頭上。只有一隻。這隻老鼠身上的毛參差不齊，滿是結痂，不太有活力，而且還缺了一邊耳朵。

紅毛仔咬死了這隻老鼠。牠的肚子正在鬧空城，但直覺告訴牠，不該把這噁心的東西吃了。而幾隻跳蚤，巨大而閃亮的跳蚤，在這囓齒動物的毛皮中鑽動的跳蚤，卻成功跳到紅毛仔身上，在牠的毛皮裡住了下來。

「這隻莫名其妙的貓是怎麼了？」

「一定是有人給牠下藥了，不然就是中邪了！」

「呸，太噁心了！喔，臭死了，這隻死貓！喂，女人，把牠抓走，趕下樓梯！」

紅毛仔身體一個僵直，張開了血紅的嘴巴。十一年來的捕鼠功勞，換來了女主人的一腳踹開與掃地出門，但不管是女主人的腳，還是那根掃帚，牠都已經感覺不到了。牠被踹出庭院，在充滿肥皀泡沫與尿液的水溝裡，緩緩邁向死亡。牠在慢慢吐出最後幾口氣的同時，希望人類也和牠一樣得病，受盡折磨。

牠的希望不久後即將實現，而且是以大規模，非常大規模的方式。

把紅毛仔踹走又掃出庭院的女人，停了下動作，撩起裙襬，抓了抓膝蓋底下的小腿肚。那裡很癢。

她被跳蚤咬了。

□

阿斯卡德上空的繁星極爲明亮，從火堆裡噴出的火星，在這樣的星空下漸漸熄滅。

「不管是琴特拉和平協議，還是更爲自大的拿威格拉德閱兵典禮，都不能視爲是轉捩點和里程碑。」精靈說。「因爲，這兩件事算什麼？政權不能靠法案或政令來創造歷史。政權也不能評斷歷史，不能頒布或封存節略。不過，基於自身驕傲，沒有一個政權會拉下臉承認這個事實就是了。你們人類的自大其中一個比較明顯的表現方式，是所謂的史學史，也就是試著對——按你們的說法——『過去的事件』，發表評論與宣布判決。這對你們人類來說很平常，而且是出自一個事實——自然賦予你們短暫的螻蟻人生，平均不到百歲的可笑壽命，而你們則努力想讓這個世界配合你們那昆蟲般的存在。於此同時，歷史卻是個進程，持續不斷，永遠不會結束。歷史無法分段，無法從某個時間點切到另一個時間點，無法從某個日期切到另一個日期。歷史無法用皇家告示來定義，更遑論改變，就算贏得戰爭也一樣。」

「這場哲學討論，我不加入。」朝聖者說。「就像我之前說的，我是簡單的人，不太會滔滔雄辯。不過，我還是要大膽點出兩件事。第一，因為生命短暫如昆蟲，讓我們不會過得頹廢，而會在珍惜生命的同時，傾向活得精彩而有意義，善用生命中的每個時刻，並且好好享受那些時刻。必要的時候，更會毫不遺憾地捨棄生命。我說話和思考的方式像個人類，可是去參加斯寇亞塔也突擊隊，殺戮、喪命的長壽精靈，也是這麼想的呀。如果我有說錯，還請不吝指正。」

朝聖者適時等了一會，但沒有人糾正他的說法。

「第二，」他接著說。「我想政權雖然沒有辦法改變歷史，卻可以靠自身的運作，創造出頗為逼真的錯覺與表象，來顯示自己有這樣的能力。政權有其方法與手段，能做到這樣的事。」

「對，沒錯。」精靈別過頭說。「您這話可是說得一針見血啊，朝聖者先生。政權自有其方法與手段，而且沒得商量。」

□

排櫓船的船舷碰上一根根長滿藻類與貝類的木樁。船上的人將繫纜拋到纜樁上，一聲聲喊叫、咒罵與命令也跟著傳出。

在港口綠色的髒水裡，捕食垃圾的海鷗高聲叫著。岸邊擠滿了人——主要是穿了制服的人。

「各位精靈先生，航程結束了。我們到第林根了。下船！他們已經在等你們了。」負責指揮護送船隊的尼夫加爾德指揮官說。

的確，碼頭上已經有人在等著他們。

那群精靈裡，沒有任何一個——法伊提亞納就更不用說——會對公平的審判與大赦有半點期待。斯寇亞塔也與佛利荷德旅的軍官，對於在亞魯加河對岸等待著他們的命運，沒有懷抱任何自欺欺人的希望。這一點，他們大多數都能接受，可以坦然面對，甚至是抱著放棄的心態。在他們看來，已經沒有什麼能讓他們感到意外了。

然而，他們錯了。

被鐵鍊銬住的他們，鏗鏗鏘鏘地讓人趕了下船，被催著往棧橋去，然後又沿著岸邊，往兩排穿著武裝的軍人間走去。在那當中也有平民百姓，用銳利的眼睛不停掃視，一張一張臉掃，一個一個人看。

他們在找人。法伊提亞納心想。而他想得沒錯。

他這張帶了疤的臉，想不引起注意肯定是沒指望的，而他也沒想要這麼指望。

「伊森格林．法伊提亞納先生？鐵狼？這還眞是個教人開心的驚喜啊！請、請！」

軍人把他從押送隊伍裡拖了出來。

「瓦法爾！」寇伊納．大雷歐朝他大叫。前者遭人認出，並被其他護喉有雷達尼亞之鷹的人拖出了隊伍。「塞維得，塞卡而梅的阿！」

「你們會碰面的，不過大概是在地獄。」認出法伊提亞納的平民，說得咬牙切齒。「他已經有人在等了，在德拉根堡那裡。好了，起來！這該不會是里歐登先生吧？把他帶走！」

被拖出來的總共是他們三個，也只有他們三個。法伊提亞納心裡有了底，然後，一時間——他自己也感到訝異——他開始害怕了。

「瓦法爾！」被拖出隊伍的安格斯．布力克力，對著同伴大叫。「瓦法爾，夫拉也輪！」

一名士兵粗魯地推了他一把。

他們沒有被帶得很遠，只走到靠近埠頭的其中一間小倉庫，就在船桅搖曳的港區邊。

那平民給了暗示，法伊提亞納被推到一根木樁下，而木樁又被人套了粗麻繩上去。他們開始把一個鐵勾綁到那根粗麻繩上。安格斯與里歐登，被按到兩張擺在黃土地的凳子上。

「里歐登先生、布力克力先生，兩位得到了大赦。法院決定要對你們展現仁慈。」那平民冷冷地說。

沒有等到回應，他又接著說：「不過，正義必須得到伸張。爲了確保這一點，兩位先生，親人被你們謀殺的家庭付了錢，所以判決已經下了。」

里歐登與布力克力甚至來不及叫，後方拋來的繩圈便套著他們的脖子，勒住他們，把他們從凳子拉下來，拖在黃土地上。而當他們試著用上了銬的手，扯掉勒進肉體的套索時，對他們動刑的人跪到了他們的胸口上。白刃閃了一下，鮮血頓時噴濺。現在就算是繩圈，也無法抑住他們的叫喊聲，壓不住那令人毛骨悚然的尖叫聲。

這種事向來拖得很久。

「您的判決呢，法伊提亞納先生，」那平民緩緩把頭轉向他。「有一個附帶條款，一個特別的東西……」

法伊提亞納並不打算等他們用上那特別的東西。他已經研究了兩個晝夜的手銬釦環，這會兒像被魔法棒點到一樣，從他的手腕上掉了下去。接著，他用手銬的鏈條，狠狠撂倒看著他的兩名士兵。法伊提亞納朝接下來的一人臉上飛踢，再把那雙手往平民甩，然後直接撞破倉庫裡結滿蜘蛛網的小窗子，連人帶框一起飛了出去，只留下釘子上的血跡與割破的衣料。他重重摔在棧橋的木板上，翻了好幾下，又滾了好幾圈，最後落水，落在捕魚用的獨木舟與運輸艇間。依舊鎖在他右手腕上的鏈條，把他往底下拉，法伊提亞納奮力游水，用盡全身的力量，爲自己那不久前還覺得無所謂的生命搏鬥。

「抓住他！抓住他！把他給殺了！」從小倉庫衝出來的士兵一個個大嚷著。

「那邊！」沿著棧橋跑來的其他人大叫著。「在那邊，他從那邊游走了！」

泡。

「上船！」

「放箭！」平民大聲叫道，並試著用雙掌，堵住從眼窩裡大量流出的鮮血。「殺了他！」

弩弓的弓弦不斷發出清脆響聲。海鷗紛紛大叫飛走。運輸船間的骯髒綠水被弩箭射得不停冒泡。

□

「萬歲！」閱兵隊伍緩緩行進，拿威格拉德的民眾已露出無聊的表情，歡呼聲也開始沙啞。

「萬歲！萬歲！」

「萬歲！」

「願諸王萬世千秋！萬世千秋！」

菲莉帕．愛哈特左右張望了下，確認身旁沒有人竊聽後，把身子探往戴斯特拉那邊。

「你想和我說什麼？」

間諜也朝左右看了下。

「說去年七月維吉米爾國王遭到刺殺的事。」

「什麼？」

「進行那次行刺的半精靈，」戴斯特拉把聲音壓得更低。「根本就不是個瘋狂分子，菲，而且不是單獨行動。」

「你在說什麼?」

「小聲點。」戴斯特拉笑了笑。「小聲點，菲。」

「不要叫我菲。你有證據嗎?什麼證據?從哪來的?」

「要是我向妳說是從哪拿到的，妳聽了可會吃驚呢，菲。晉見典禮是什麼時候呢，尊貴的閣下?」

菲莉帕·愛哈特的眼睛就像兩潭深不見底的黑色湖水。

「很快，戴斯特拉。」

鐘聲紛紛響起，群眾扯著沙啞的喉嚨歡呼。閱兵隊伍緩緩行進，有如雪片一般的花瓣，灑滿了拿威格拉德的鋪石路。

□

「你還在寫啊?」

歐瑞·羅伊文抖了一下，滴下墨漬。爲戴斯特拉辦事的這十二年來，他一直都無法習慣長官無聲無息的走路方式，也無法習慣他神出鬼沒的身影。

「晚安，咳、咳，大人……」

「闇影使者。」戴斯特拉隨性拿起桌上的手稿，唸出封面上的文字。「皇家特勤組織的歷史，作者歐瑞巴修斯．吉亞弗蘭科．保羅．羅伊文，法學……哎，歐瑞啊，歐瑞。都已經一把年紀了，這種蠢東西……」

「咳、咳……」

「歐瑞，我是來向你道別的。」

羅伊文聞言，訝異地看著他。間諜沒有等祕書又咳出半個字，繼續說下去：

「你瞧，我忠誠的夥伴，我也老了，而現在看起來，還是個蠢蛋。我只和一個人說了一個字。只和一個人說，而且只有說一個字。不過這一個字，太多了；這一個人，也太多了。把耳朵豎直了，歐瑞。你聽見了嗎？」

歐瑞．羅伊文瞪大了驚訝的眼睛，以搖頭代替回答。戴斯特拉沉默了一段時間後，說：

「你沒聽見，不過我聽得見他們。他們在所有的走道上。歐瑞，這些老鼠在特雷托格城裡到處亂跑。他們往這來了，踩著那軟趴趴的老鼠腳掌來了。」

□

他們從陰影中、從黑暗中現身，一身黑，蒙著臉，動作迅速得像群老鼠。在窄細又帶角的匕首快速割劃下，前廳的警備與護衛全數無聲倒地。鮮血流進了特雷托格城堡的木板地，灑滿了地磚，玷污了拼裝木地板，滲進了昂貴的凡格爾堡地毯。

他們從各個走道逼近，在身後留下成堆的屍體。

「在那裡。」一個人指著某個方向說，他的整張臉都用黑布包住，只露出眼睛。「他進去那邊了。從這個一直咳不停的老頭——羅伊文辦公的辦公室進去了。」

「從這邊沒有路出去。」第二個人，同時也是他們領袖的男子，從黑絲絨面罩中露出的雙眼，冒著火焰。「辦公室後頭的房間沒有出路，甚至連窗戶都沒有。」

「其他走道都派人去守著，把所有門窗都看好，不能讓他給跑了。現在，他已經被我們給困住，跑不了了。」

「衝！」

門被踹開了。一支支匕首都發出了寒光。

「殺——！殺了那個沾滿鮮血的劊子手！」

「咳、咳？」歐瑞．羅伊文從紙堆裡抬起一雙流了眼油的近視眼。「什麼？我可以，咳、咳，爲各位先生做什麼呢？」

那群殺手大力撞破通往戴斯特拉私人寢室的門，像鼠群一樣跑遍整個房間，搜遍所有角落。織錦、圖畫與飾板全被撕破、折裂，扔到了地板上。窗簾與掛毯也讓一支支匕首給劃破。

「他不在這裡！」其中一人大吼著衝進辦公室裡。「他不在這裡！」

「他在哪裡？」殺手領袖俯身探向歐瑞，一雙眼透過黑色的面罩開口，像要把他刺穿似地死盯著他。「那條狗娘養的畜牲在哪裡？」

「你們自己也看到了，他不在這裡。」歐瑞．羅伊文平靜地回答。

「他在哪裡？說！戴斯特拉在哪裡？」

「難道，」歐瑞咳了一下。「我是我兄弟的保姆嗎？」

「你找死啊，老頭！」

「我老了，混身是病，而且非常地累。咳、咳。我不怕你們，也不怕你們的刀子。」

那群殺手跑出房間，消失得和來時一樣快。

他們沒有殺了歐瑞．羅伊文。這些人是只聽命令行事的殺手，而他們收到的命令裡，根本沒有半點提及歐瑞．羅伊文。

六年來，法學碩士歐瑞巴修斯．吉亞弗蘭科．保羅．羅伊文，待過了好幾所不同的監獄，不停地被不同人審訊，詢問各式各樣的問題，而且常常都是些看起來毫無意義的事。

六年後，他被放了出來。當時的他病得很重。壞血病讓他失去了所有牙齒，髮量也因貧血而稀疏，還有青光眼和氣喘。他兩手的指頭也在審問的時候，全讓人給折斷了。

重獲自由後，他只活了不到一年的時間，便在貧窮與被世人遺忘中，死在神殿的休養院裡。

《闇影使者——皇家特勤組織》的手稿，就此消失無蹤。

□

東方天色漸明，山稜上綻放出蒼白光暈，預告黎明的到來。

營火旁安靜了頗長一段時間。朝聖者、精靈與追獵人，沉默地看著垂死的火焰。

阿斯卡德一片寂靜，哀嚎不斷的幽靈，對於一點作用也沒有的哀嚎，已經感到乏味，逕自離開。那哀嚎不斷的幽靈想必終於明白，坐在營火旁的三名男子，近來已看過各種可怕糟糕之事，不會在意區區一個幽靈。

「如果我們要一起上路的話，」看著紅寶石般的營火，包雷阿斯．蒙突然說道。「那就讓我們拋開對彼此的不信任吧。我們把過去的一切都拋下，世界已經變了，前方是嶄新的人生。有些事情已經結束，有些事情正要開始。我們的前面是……」

他突然停下，咳了一聲，不習慣這樣的說話方式，怕讓人笑話。不過，這兩個路上尋來的夥伴並沒有取笑他，友善的態度讓他覺得勇氣倍增。

「我們的前面是阿斯卡德隘口，而後面是澤林堪尼亞與哈克蘭。」他把話接完，聲音已踏實許多。「前方的路途遙遠且危機四伏，如果我們真的要一起上路……那我們就拋開對彼此的不信任吧。我是包雷阿斯．蒙。」

戴著寬沿帽的朝聖者站了起來，挺直他龐大的身軀，握了握朝他伸來的手。精靈同樣也站了起來，一張不成形的可怕臉龐奇怪地皺著。

在握過追獵人的手後，朝聖者與精靈也朝彼此伸出了右手。

「世界變了。」朝聖者說。「看來，有些事情已結束了。我是……希格．羅伊文。」

「看來，有些事情正要開始。」精靈皺起帶疤的臉，按之前的經驗看來，那應該是個微笑。「我是……沃夫．伊森格林。」

他們與彼此握了手，又快又猛，甚至可以說是粗魯，有一會兒，看起來比較像是打鬥的前奏，而不是講和的手勢。不過，也只有那麼一會兒。

火堆裡的木塊噴出火星，用開心的火花慶祝當前的情況。

「如果這不是一段美好友誼的開端，」包雷阿斯眞摯地笑了笑。「那就讓我被魔鬼給抓了吧。」

司之邪教異端維勒邁利伍什，命人捉走聖菲莉帕，關入惡劣暗牢，以其冷臭之所，迫其承認自身罪過，坦承自身罪行。維勒邁利伍什亦對聖菲莉帕展示各種刑具，極盡恐嚇之能事，然聖菲莉帕僅啐其臉面，直指其雞姦惡行。

此異教徒要人褪其衣裳，以整束牛筋辣手鞭其裸身，以細碎木屑打入其指縫。爾後，彼復向其問話，要其屏棄信仰與女神。然聖菲莉帕僅縱聲大笑，建議其離去。

彼遂將聖菲莉帕拖於刑求之室，以鐵製鉤鐮槍燙遍其身，以勾尖刮遍其身，並以蠟燭燒烤其身側。即便受虐如此，聖菲莉帕仍盡展凡軀當中之超凡耐力，而施虐之輩心衰力竭，滿心懼意而退。然維勒邁利伍什惡誡各人，命其復加用刑，痛下重手，斷其四肢關節，以鉗夾扯胸乳。聖菲莉帕熬過一切酷刑，未供認任何情事。

下流異教徒維勒邁利伍什之下場，吾人可於眾家神父之處，悉讀其日後所受之懲罰。此人活遭蝨蟲慢啃細嚼，終全身潰爛而亡，死後臭如糞土，無人願理其後事，遂投河作罷。

而聖菲莉帕爲此獲讚，頂戴殉教之冠。偉哉聖母女神，千古流芳，永世警惕教誨吾人，阿門。

根據古代刑求紀錄者所記，總結於《特雷托格祈禱書》，並取自多位神父於書信中所讚頌之殉道者——來自孟斯卡佛斯之聖菲莉帕生平

# 第十一章

他們騎著馬，像瘋子一樣拚了命地不斷奔躍，馳騁過好幾個春意盎然的白日。馬兒急馳如梭，人們一邊挺起彎於田中的身子，一邊窺視，不太確定自己看到的是什麼——那是一群騎士，還是一票幽靈？

他們馳騁過好幾個下著暖雨的潮濕黑夜，被他們吵醒的人們在床上坐起，四處張望，飽受驚嚇，與塞滿胸喉的恐懼搏鬥。聽著窗扉的震動、被驚醒的孩童哭聲、狗群的哀嚎，人們跳下床，把臉貼到窗膜上，不太確定自己看到的是什麼——那是一群騎士，還是一票幽靈？

於是艾冰格裡，開始流出關於三個魔鬼的傳說。

□

那三匹馬不知道是什麼時候，也不知道是從什麼地方出現，更不知道是使了什麼法術，把跛子德徹底嚇了一跳，沒給他任何逃跑機會。在這種情況下，就算高喊救命也於事無補。小鎮邊際與他這跛子相隔了五百多步，就算讓這距離再縮短些，能讓妒火村的居民看見，遂而替他喊救命的機會也是微乎其微。現在是妒火村的午睡時間，而這午睡通常會從近午持續到傍晚。亞力士多德·波貝克，綽號跛子德，是當地的乞丐兼哲學家，他心裡清楚得很，在午睡時間裡，妒火村人對所有的事物都一概不理會。

那群突然出現的騎士總共三人，二女一男。男子一頭白髮，背上揹了把劍。女子當中，一個年紀比較成熟，穿著黑白兩色的衣著，髮色黑如烏鴉，捲曲如波。年紀較輕的那名女子，頂著一頭灰色直髮，左邊臉頰有道醜陋疤痕，坐在一匹十分美麗的黑色母馬上。瘸子德覺得自己好像曾經看過這樣的馬。

首先開口的，是那名年紀較輕的女子。

「你是本地人嗎？」

「咱是無辜的！」跛子德的牙關打起顫來。「咱是來這裡採鹿花蕈的！求求你們行行好，不要傷害瘸了腳的人……」

「你是本地人嗎？」她又問了一次，綠眼裡閃過了危險警告的光芒。跛子德整個人縮了起來，悶著頭說：

「是哩，尊貴的小姐。咱是本地人，貨真價實。在比爾卡，咱是說在妒火村這裡出生，而且將來老了，肯定也是死在這裡……」

「去年的夏天和秋天，你在這裡嗎？」

「不然咱要去哪啊？」

「我問你話的時候，直接回答我。」

「我在這裡，尊貴的小姐。」

黑色的母馬晃晃腦袋，豎直了耳朵。跛子德感覺餘下兩人的目光——黑髮女子與白髮男子——就像刺蝟背上的刺一樣扎在他身上，而那白髮男子最讓他感到害怕。

「一年前，」臉上有疤的女孩說。「九月的時候，更準確地說，是九月九日，上弦月那晚，這裡有六個年輕人被殺，四個男孩……和兩個女孩。你記得嗎？」

跛子德嚥了口唾沫。他已經懷疑有一會兒，不過現在他知道了，現在他確定了。

這女孩變了，而且不是只有臉上多了道疤。現在，她與當初被綁在繫馬橫木上慘叫兮兮，看著邦哈特把被他殺掉的老鼠幫成員，一個個割下腦袋時，完全不一樣。與在「奇美拉頭下」酒館裡被扒了衣服打的她，簡直八竿子打不著。只有那雙眼睛……只有那雙眼睛沒變。

「答話啊，她在問你問題。」第二名女子，黑頭髮的那名，厲聲催促。

「我記得，各位尊貴的大人。」跛子德給了肯定的答案。「咱哪能不記得，六個年紀輕輕的孩子給殺了。是啊，那是去年的事，九月的時候。」

女孩沉默了許久，目光不是看著他，而是越過他的肩膀看著遠方某處。最後，她總算吃力地說：

「所以，你一定知道……你一定知道那些男孩和女孩被埋在哪裡。在哪個籬笆下……哪個垃圾堆或糞水坑裡……要是他們的屍體被燒了……被運去森林裡，丟給狼和狐狸……那你就把位置指給我，帶我去那裡，你明白了嗎？」

「明白，尊貴的小姐。請跟我來，因為那裡可有一段路好走。」

他一跛一跛地走著，感覺馬匹的灼熱鼻息就在背後。他沒有回頭看。有個聲音告訴他，不要這麼做。終於，他指著一處說：

「哦，這裡。這裡就是我們妒火村的墳場，就在這林子裡。至於您問的那些人，尊貴的法兒卡小姐，就在……哦，就埋在那邊。」

女孩大聲嘆了口氣。跛子德偷偷瞄了一下，看見她臉上的表情是如何變化。白髮男子與黑髮女子默不作聲，面若石像。

女孩盯著那一小座墳塚看了許久。墳塚很乾淨整齊，顯然有人照顧，黃土的周圍用沙岩磚、晶石片與板岩片框了一圈。以前被人裝飾在墳上的冷杉枝，現在已經轉為鏽紅；以前被人擺在墳前的花朵，現在已經乾燥枯黃。

女孩跳下馬。

「是誰？」她悶聲問道，目光依舊停在墳塚上，沒有回頭。

「喔，妒火村裡很多人都幫了忙。」跛子德答道。「不過最大的功勞還是要算在寡婦勾蕾身上。還有尼次克拉那小子。那寡婦向來就是個心地好的好女人……至於尼次克拉嘛……他老是做惡夢，沒得安寧，一直到那幾個被殺的人好好下葬了才放心……」

「我在哪裡找得到他們？寡婦和那個尼次克拉？」

跛子德沉默了很久。最後，他毫無畏懼地看向那雙綠眼，說：

「寡婦就埋在那裡，在那棵歪掉的樺樹後頭。她在冬天得肺炎死了。尼次克拉走了，去了不曉得外地哪裡……有人說他死在戰爭裡了。」

「我忘了。」她喃喃自語。「我忘了他們兩個人的人生都和我碰在了一起啊。」

她走向墳塚，跪了下來，或者該說是跌跪地面。她的身子彎得很低，非常低，額頭幾乎要碰到墓碑的底座。跛子德看見白髮男子動了一下，像是要下馬一樣，但黑髮女子拉著他的手，用手勢和眼神攔住了他。

馬兒紛紛噴氣，甩動腦袋，搖響了口中的嘴銜。

女孩在墓前跪了很久，非常久。她的身子壓得很低，嘴唇裡不斷吐出某種無聲的禱告詞。

在她起身的時候，身子晃了一下，跛子德下意識地扶住她。她重重抖了一下，扯回自己的手肘，用充滿憤怒的目光透過淚水看著他。不過，她沒有說出半句話，就連他替她扶住馬鐙的時候，也是用點頭代替道謝。

「呃，尊貴的法兒卡小姐。」他壯起膽子。「命運轉動的順序可眞怪哩。您在那時候受到凶殘的壓迫，在困難的時候……咱們妒火村這裡，沒有多少人覺得您可以撐過這一切……結果您今天好好站在這，那勾蕾和尼次克拉倒去了那頭的世界……您現在甚至沒有可以道謝的對象，嗯？如果是要答謝那座墳的話……」

「我不叫法兒卡。」她厲聲說。「我叫奇莉。你說的答謝是什麼意思……」

「你們覺得這是你們應得的。」黑髮女子冷冷插話，而她的聲音裡有某種東西讓跛子德的身子抖了起來。

「憑這座墳塚，憑你們的人性，憑你們身為人該有的尊嚴與通情達理，」黑髮女子緩緩吐出每個字句。「你們這一整座村子將會獲得赦免、答謝與獎勵。你們甚至不明白那會是一份多大的禮。」

□

四月九日，午夜剛過不久，克拉蒙特鎮的有些居民在晃動的光線、火紅的亮光中醒來，那亮光筆直打了下來，透過窗戶，穿進所有屋內。一聲聲的尖叫、慌亂的人聲，以及警鐘瘋狂的響聲，把其他的鎮民從床上挖了起來。

只有一幢建築著火。那是幢大型木造建築，曾是座神殿，用來為神奉獻的地方，而那神祇的名字，除了最為年邁的婆婆們，已無人記得。目前當作圓形競技場用的神殿，裡頭有時會舉行馬戲表演、格鬥賽或其他娛樂節目，把整個小鎮從枯燥、陰鬱、讓人提不起勁的麻木中拯救出來。

而現在站在咆哮火海中，被爆炸震得不斷抖動的，就是這座圓形競技場。數噚長的火舌張牙舞爪，從所有的窗戶射了出來。

「快救火——！」圓形競技場的所有人——商人侯文納赫一邊大吼，一邊捲著袖子跑，巨大的肚腩也跟著晃個不停。

他穿著睡衣、罩著睡袍，最外層還加了件厚重的寬袖外袍，光腳在巷道的糞水與爛泥裡攪和。

「快救火——！來人啊——！快拿水來——！」

「這是上天的懲罰。」鎮上最年邁的婆婆之一，用權威的口吻說。「懲罰這座禮拜堂裡上演的鬧劇……」

「對、對，婆婆。肯定是爲了這個！」

熱氣從被怒火吞噬的劇場裡衝出，把地上的水坑都蒸發乾了，空氣中傳出馬尿的惡臭，火星不住噴濺。

一陣風不知從哪颳來。

「快救火——！」侯文納赫厲聲哀嚎，眼睜睜看著惡火撲向啤酒廠與糧倉。「大家——！快拿水桶！快拿水桶——！」

許多人自願加入救援行動。克拉蒙特鎮甚至有自己的救火隊，配備齊全，經費全來自侯文納赫的口袋。眾人全力以赴不斷滅火，但這一切都是枉然。

「我們沒辦法控制火勢……」救火指揮官一邊擦著滿臉豆大的汗珠，一邊喘著氣說。「這不是普通的火……這是惡魔之火！」

「這是黑魔法……」第二名救火員被煙嗆得咳不停。

圓形競技場裡的椽木、梁脊與支柱紛紛斷裂，傳出極爲嚇人的聲響。隨著一聲轟隆巨響，建築結構倒塌斷裂，分崩離析，然後一條粗壯的火龍，噴著火星竄向天際。屋頂塌了下去，砸落競技場上，接著整幢建築開始歪斜——可以說，像是在爲自己這最後一次，以效果十足、火熱無比的告別秀來娛樂、取悅觀眾，做最後的謝幕。

隨後，牆面紛紛倒塌。

在救火員與救難員的努力之下，保存了一半的存糧與四分之一的啤酒產量。

惡臭瀰漫的黎明升起。

侯文納赫坐在爛泥與煙灰裡，身上的睡袍與獸皮外袍全被燻黑。他坐在那裡，哭得很是悲痛，像個孩子一樣嗚咽。

這些屬於他的劇場、啤酒廠與糧倉，當然都保了險。問題在於，提供保險的也是侯文納赫自己名下的事業。什麼都沒了，就算是作假帳逃稅，也補不回一丁點損失。

□

「現在要去哪裡？」傑洛特看著那道煙柱問。讓黎明染上粉紅色彩的天空，被這道煙柱畫了一抹黑。「妳還想要找誰？奇莉。」

她看著他，而他馬上便後悔自己提了這個問題。一時間，他很想抱住她，希望能將她擁在雙臂中，緊緊抱住，撫摸她的頭髮。他想保護她，再也不要、永遠不要讓她一個人，不要讓她遇見不幸，不要讓她碰上會讓她想報復的事。

葉妮芙一句話也沒說。近來，她時常沉默。

「現在，我們去一個叫獨角村的村子。」奇莉十分平靜地說。「那個村的名字，是以一隻保護當地的獨角獸來命名。那隻獨角獸是用乾草紮的，只是個簡單、可憐又可笑的娃娃。我想要爲之前發生過的事，給那邊的居民一點紀念……嗯，就算不是比較貴重的，至少也要是品味好一點的圖騰。我希望妳能幫我，葉妮芙，因爲少了魔法……」

「我明白，奇莉。然後呢？」

「培雷普魯特沼澤。我希望可以在那裡找到……在那片沼澤裡找到一間小屋。在那間小屋裡，我們會找到一副屍骨，我想要這副屍骨能在莊嚴的墳墓裡好好長眠。」

傑洛特依舊沒有出聲，眼睛也還是盯在奇莉身上。奇莉毫不費力地接受他的眼光，接著說：

「然後，我們再去一個叫墩達瑞的村子。那邊的旅店大概已經被人燒了，我想店主人可能也已經被殺了。那都是我的錯。仇恨與復仇的慾望蒙蔽了我的雙眼，我想試著補償他的家人。」

「這種事，沒有辦法補償。」他說，眼睛依舊看著她。

「我知道。」她馬上回答，口氣很生硬，甚至有點微怒。「可是我會很謙卑地站在他們面前，我會把他們的目光好好記住。我希望，記下那些目光，可以讓我有所警惕，未來不再犯下類似的錯。你明白嗎？傑洛特。」

「他明白，奇莉。」葉妮芙說。「相信我們，女兒，我們兩個都非常明白妳。我們上路吧。」

□

馬群快速馳騁，好似具有魔力的狂風。一名路上的浪人驚覺三名騎士掠過，把頭抬了起來。貨車上的商人、逃避法律制裁的罪犯，都把頭抬了起來。因爲支持不同政客，被另一群政客驅離自己土地，不得不移居他地的村民，抬起了頭。喜好觀光的旅人、逃兵、拿著拐杖的朝聖者，也一個個抬起頭。他們又驚又怕地抬起頭，不確定自己看見了什麼。

艾冰格與蓋索裡，開始流出一個傳說。關於「狂暴幽狩」的傳說，關於三名幽靈騎士的傳說。入夜後，在飄著融化豬油與炒洋蔥香氣的屋室裡，在托兒所裡，在煙霧繚繞的旅店、酒館裡，在人丁稀少的小村落、焦油廠、森林聚落及邊界的守衛間，人們編織出一個又一個傳說。他們講述、流傳、虛構著一個又一個的故事。關於戰爭，關於英雄與騎士，關於友情與義理，關於邪惡與背叛，關於永恆而眞摯的關愛，關於永遠戰勝一切的眞愛，關於犯罪與疏而不漏的懲罰，關於越來越顯公正的正義。

眞相一如橄欖油，永遠會浮出水面。

他們一邊說著故事，一邊以故事爲樂。故事的虛幻令他們開心。因爲在他們四周、在他們生活裡發生的一切，都全然相反。

傳說不斷滋長。說書人說關於獵魔士和女巫的故事，關於燕之塔的故事，關於奇莉——臉上有道傷疤的獵魔士故事，關於凱爾佩——被施了魔法的黑母馬故事。

關於湖之主的故事。

這是多年之後，過了許多、許多年之後才出現的故事。

不過現在這個時刻，傳說的種子似乎已在溫暖的雨後發芽，在人類心中慢慢滋長。

□

不知何時，五月已經來到。一開始是夜裡，當遠方亮起火星飛散、屬於五朔節的火光時，奇莉的情緒就變得詭異地亢奮。她跳上凱爾佩，往一座座的火堆奔馳而去。傑洛特與葉妮芙利用機會享受了片刻的獨處。他們身上的衣服只脫掉必要的部分，把襯有獸毛的皮大衣鋪在地上，享受魚水之歡。他們歡愛得十分急促，按著記憶中的方式，沒有交談，沒有半句話語。他們歡愛得十分迅速而粗糙，只想從對方身上汲取更多。

獲得滿足後，他們雙雙抖著身子，吻去彼此的淚水，訝異這種粗糙的歡愛過程能帶來如此大的幸福，感到訝異。

□

「傑洛特？」

「怎麼了，葉？」

「之前我……之前我們沒在一起的時候，你有過其他的女人嗎？」

「沒有。」

「一次都沒有？」

「一次都沒有。」

「你的聲音根本沒有一絲抖動，我不知道爲什麼自己不相信你。」

「葉，我心裡想的，一直都只有妳。」

「現在我相信了。」

□

不知何時，五月已經來到。就連白天也散發著濃濃的五月氣息。蒲公英著起鮮黃衣裳，爲草原妝點新色。果園裡，開了花的樹木變得又蓬又重。橡樹向來頗爲穩重，不會急躁，依舊頂著又暗又禿的枝枒，但已經穿上一層薄薄的綠霧。而樺樹則在這枝枒間的空白，用新葉塡上了一塊又一塊的嫩綠。

□

某一回，他們在長滿柳樹的盆地裡過夜時，一個夢境將獵魔士喚了起來。那是個惡夢，夢裡他全身麻痹、毫無防備之力，而一隻巨大的灰色貓頭鷹，張開腳爪犁過他的臉，用銳利的尖喙尋找他的眼珠。他醒了過來，不太確定自己是不是從一個惡夢，到了另一個惡夢。

他們營地上方有道亮光盤旋，馬兒見了那亮光，紛紛噴著鼻息走避。在那道亮光裡，可以看見某種像是室內的景象，某間以成排黑柱撐起的城堡大廳。傑洛特看見一張巨大的桌子，桌邊圍坐了十道身影。那是十個女人。他聽見她們的對話，零碎的片段。

……把她帶來我們這裡，葉妮芙。這是我們對妳下的命令。

妳們不能對我下命令。你們不能對她下命令！妳們沒有半點權力可以干涉她！

媽媽，我不怕她們。她們沒辦法對我怎麼樣。如果她們這麼希望的話，那我就站到她們面前。

……六月一日，在朔月那天集會。我們命令妳們兩個到場。我們要警告妳們，如果不照我們的意思做，妳們將會受到懲罰。

我馬上就到，菲莉帕。讓她再和他相處幾天吧。不要讓他一個人，只要幾天就好。我即刻就到，以一個自願的人質身分。

菲莉帕，實現我的請求吧。拜託。

亮光開始脈動。馬群瘋狂噴起鼻息，踏動腳蹄。

獵魔士醒了過來。這一回，他是真的醒了。

□

隔天，葉妮芙證實了他的擔憂。那是在她與奇莉單獨聊了許久之後。

「我要走了。」她用冷淡的口吻直接道出重點。「我必須這麼做。奇莉會留下來和你一起，她會再待一些時候。之後，我會召喚她，所以她也會離開。再之後，我們三個會再相會。」

他點了點頭，心裡並不情願。他已經受夠老是沉默地點頭，受夠自己同意她說的一切、她決定的一切。不過，他還是點頭了。無論如何，他愛她。

「這件事，勢在必行。」她的聲音轉柔了些。「沒有辦法抗拒，也沒有辦法推延。這件事就是得解決。話說回來，我這麼做也是爲了你，爲了你好，尤其是爲了奇莉好。」

他點了點頭。

「等我們再度相會，」她的聲音變得更爲柔和。「我會爲這所有一切獎勵你，傑洛特。包括你的沉默。我們之間，已經有太多沉默、太多無聲了。至於現在，抱我、吻我，不要再點頭了。」

他順了她的意思。無論如何，他愛她。

□

「現在要去哪?」葉妮芙消失在發光的橢圓傳送點裡後沒多久，奇莉冷淡地問道。

「去一條河……」傑洛特壓著從胸骨傳來，讓他無法呼吸的痛處回答。「去一條河的上游，那條河叫三斯雷托爾。那條河會流到一個國家，而我一定要讓妳看看那個國家，因爲那是個像童話一樣的國家。」

奇莉的臉色轉陰。他看見她把兩隻拳頭都握了個死緊。

「所有的童話故事，結局都不好。至於童話裡的國度，根本就都不存在。」她咬牙切齒地說。

「存在。妳等著看吧。」

□

滿月後的隔天，他們看見了沐浴在綠意與陽光中的投散特；看見了一座座丘陵、山坡與葡萄園；看見了一座座在晨間細雨之後，閃閃發光的教堂塔頂。

這景色沒教人失望，而是讓人印象深刻。一直以來都是如此。

「哇，好漂亮啊!」奇莉驚艷地說。「天啊!那些城堡好像玩具喔……好像蛋糕上添了糖霜的裝飾……讓人好想舔一舔喔!」

「這裡的建築由法拉蒙德一手設計。」傑洛特導覽道。「等妳從近距離看博克勒的宮殿與花園，會有更深的感受。」

「宮殿？我們要去宮殿？你認識這裡的國王？」

「是公爵夫人。」

「那個公爵夫人是不是有綠色的眼睛？又黑又短的頭髮？」她尖酸地問，並透過額前的瀏海，仔細觀察他的表情。

「不是。」他簡潔回掉這個話題，並轉開了視線。「她的樣子和妳說的完全不一樣。我不知道妳腦子裡怎麼會有……」

「別管了，傑洛特，好嗎？所以那個公爵夫人到底是怎麼回事？」

「就像我剛才說的，我認識她。只見過幾次面。我和她不是很熟，也不是很……親近，如果這是妳想知道的事。不過，我和這裡的公爵，或者該說公爵候選人很熟。妳也認識他，奇莉。」

奇莉用馬刺撞了下凱爾佩，要牠在商道上原地踏步。

「不要吊我胃口了！」

「亞斯克爾。」

「亞斯克爾？和這裡的公爵夫人？怎麼可能？」

「這事說來話長。我們把他留在了這裡，留在情人身邊。我們答應過他會回來，等我們……」

他沉默了下來，情緒也跟著染上陰霾。

「你也沒辦法啊。」奇莉輕聲說。「傑洛特，不要折磨自己了。這不是你的錯。」

是我的錯，他心想。我的錯。亞斯克爾一定會問，而我必須回答他。

米爾娃、卡希、雷吉思、安古蘭。

命運之劍是雙面刃。

噢，天啊，這一切已經夠了。夠了。可以結束了吧！

「我們出發吧，奇莉。」

「就這身衣服？」她清了清嗓子。「去宮殿？」

「我不覺得我們身上的衣服有什麼不好。」他快速地說。「我們不是要去那邊呈遞國書，也不是要去參加舞會。和亞斯克爾見面，地點就算是馬廄也無所謂。」

傑洛特見她嘟起嘴巴，遂補充說：「我要先到鎮裡去，去銀行。我去領一些現款，而市集裡、布莊裡，有的是裁縫和禮帽師傅。妳可以在那邊買妳想要的東西，按自己的意思打扮。」

「你有，」她打趣地把頭一歪。「那麼多錢嗎？」

「妳想買什麼就買什麼。」他又說了一次。「就算要買白鼬也行，還有翼蜥做的鞋子。我認識一個鞋匠，他應該還有這種庫存。」

「你靠什麼賺了這麼多錢？」

「靠殺戮。我們動身吧，奇莉。時間寶貴。」

□

傑洛特在奇安法內利的銀行分行裡匯了錢，開了信用狀，領了支票，還有一些現款。他寫了幾封信，要跟著往亞魯加河對岸的快速信差遞送服務一起送出去。殷勤好客的分行主管想請他吃午飯，但他禮貌地回絕了。

奇莉在街上等他，順便顧馬，而前一刻還空蕩蕩的街道，卻在下一刻擠滿了人。

「我們大概碰上什麼慶典了。」奇莉把頭撇向往市場那邊去的群眾。「可能是市集……」

傑洛特快速看了一下。

「那不是市集。」

「哎……」奇莉站在馬鐙上觀望。「難道又是……」

「處決。」他說。「戰後最受歡迎的娛樂。奇莉，我們已經看過哪些處決罪犯了？」

「逃兵、叛國、臨陣脫逃等罪犯。」奇莉快速唸出一串。「還有經濟罪犯。」

「把發霉的乾糧提供給軍隊。」獵魔士點了點頭。「戰爭時期對商人來說，很容易惹上麻煩。」

「他們不是要處決商人。」奇莉用韁繩拉住凱爾佩，因爲這馬兒已經開始往如麥浪般擺動的人群裡鑽。「你看，水溝上蓋了絨面呢，劊子手的頭套也又新又乾淨。他們要處決的可能是重要人物，身分至少是個男爵，所以應該還是和臨陣脫逃有關。」

「投散特沒有軍隊與敵軍作戰。不，奇莉，我想還是和經濟有關。他們要處決的，可能是某個在他們的葡萄酒交易裡動手腳的人，而那可是這裡的經濟支柱。我們走吧，奇莉。不要看這個。」

「走？要怎麼走？」

的確，繼續往前走是不可能了。他們甚至沒注意到，自己是怎麼被卡在往廣場聚集的群眾裡。他們已經深陷人群之中，不可能到得了廣場的另一邊。傑洛特喃喃咒罵了聲，然後看了下四周。不幸的是，現在掉頭已經是不可能的事，不斷湧進廣場的人浪，已經把他們身後的巷子塞得水洩不通。人群像流水般推著他們移動了一會，不過當一票戟兵將斷頭台圍住後，成堆的人們便紛紛往後退，停住了騷動的人浪。

「他們來了。」有人大聲嚷著，然後群眾間湧起了一波波的喊叫聲。「他們來了！」

馬蹄與囚車的聲音，被群眾熊蜂似的低鳴聲給蓋過。他們完全沒有預料到，會看見一輛雙頭馬車從窄巷出來，而站在馬車上吃力地維持平衡的是……

「亞斯克爾……」奇莉哀聲道。

傑洛特突然覺得很糟糕，非常糟糕。

「那是亞斯克爾。」奇莉又說了一次，聲音聽來不甚自然。「對，是他。」

這不公平，獵魔士在心裡想著。這非常、該死地不公平。不可以是這樣，不應該是這樣。我知道我的想法既蠢又天真，以爲自己在哪件事或哪個時間點上，扮演了關鍵角色；以爲自己影響了這個世界的命運；以爲這個世界會報答我。我知道這樣的想法很天真，好吧，很自大……這我都知道！不用一直說服我去相信這一點！不用把這點證明給我看！尤其是用這種方式……

這不公平！

「那不可能是亞斯克爾。」他看著小魚兒的鬃毛，悶聲說。

「那是亞斯克爾。」奇莉又重複了一次。「傑洛特，我們得做點什麼才行。」

「要做什麼？」他苦澀地問。「告訴我，要做什麼？」

幾名步兵將亞斯克爾拉下車，但態度卻意外地客氣，一點都不粗魯，反倒很是尊敬，而且是他們能力所及，最為尊敬的態度。他們在登往斷頭台的階梯前，為他解開了雙手。詩人態度輕率地抓了抓後臀，不疾不徐地踏上階梯。

其中一階突然發出聲音，用去了皮的木棍搭成的扶把變了形。亞斯克爾好不容易才維持住平衡。

「該死！」他大叫。「這應該要修一修吧！你們等著瞧吧，總有一天會有人在這階梯上摔死！到時候你們就慘了！」

兩名身穿無袖皮衣的劊子手助手，在斷頭台上接過亞斯克爾。劊子手是一名肩膀寬得像城堡堡壘的男子，他透過頭罩上的開口，看著即將受刑的對象。他的身旁站了一個人，衣著華貴卻一身喪黑，臉上的表情也哀悼。

「博克勒這一帶的仕紳與居民啊！」那人把羊皮卷攤開，用哀悼的口氣唸出上頭的文字。「我在此宣布，德萊騰霍子爵尤里安．阿弗雷德．潘克拉茲，別號亞斯克爾……」

「潘克拉茲什麼？」奇莉小聲問道。

「根據公國最高法院的判決，認定其所有被指控之重大犯罪：侵害、妨礙風化、冒犯君主與叛國等罪行，皆爲屬實。更甚者，其以作僞證、寫諷刺文、誹謗與造謠等方式玷污貴族尊嚴，以及行爲放蕩、不符本地風情之尋歡作爲——亦即狎玩娼妓，皆有憑有據。因此，本庭判定尤里安什麼、什麼子爵須受懲罰。一者，刪除紋章——將其徽紋以一道黑線斜畫。二者，徵收其所有物、土地、財產、樹林、森林、城堡、宮殿……」

「城堡、宮殿？不會吧？」獵魔士驚訝問道。

亞斯克爾毫無所謂地哼了一聲。他臉上的表情清楚寫著，法庭徵收他財物這事，把他逗得很開心。

「三者，亦即主要刑罰，依前述罪行處以馬拖行、車輪刑與分屍。治理我們的安娜·痕莉夜塔殿下，投散特開明的公爵夫人殿下與博克勒城的主人，決定將刑罰減輕爲斬首。就讓正義得到伸張吧！」

人群間出現零星的叫喊。站在第一排的女人開始惺惺作態假意哀號。人們將孩子抱到手上或舉到肩上，免得他們錯過這場好戲的任何細節。劊子手的助手們把一塊樹幹滾到斷頭台的中央，然後在上頭蓋了塊餐巾布。現場有點小混亂，因爲他們發現接首級用的柳籃，不知被誰給偷了，不過他們很快便找到了另一個籃子。

斷頭台下，四名街頭混混各自攤開了一塊布要接血。這樣的布在當時是很搶手的紀念品，可以賣得不少錢。

「傑洛特。」奇莉沒有把頭抬起。「我們得做點什麼……」

他沒有回應。

「我想向群眾說些話。」亞斯克爾驕傲地宣告著。

「請盡量簡短，子爵。」

詩人站在斷頭台邊，舉起雙手。群眾開始竊竊私語，然後安靜了下來。

「喂，各位！」亞斯克爾喊道。「你們怎樣啊？過得好嗎？」

群眾啞然無聲，一直到過了一會，較遠處的某人才答道：「唔，還可以啦。」

「這樣就好。」詩人點了點頭。「這樣我就很高興了。好，現在我們可以開始了。」

「劊子手先生，做你該做的事吧！」一身喪黑的那人用著做作的語氣說。

劊子手往亞斯克爾走去，並根據古老的傳統，單膝跪在受刑人面前，然後低下了戴面罩的頭。

「好心人，原諒我吧。」他弔喪般地請求道。

「我？」亞斯克爾感到奇怪。「原諒你？」

「嗯。」

「不可能。」

「啊？」

「我這輩子都不可能原諒你。不然，你說我為什麼要這麼做？你們都看見了，這個丑角！等一會就要砍我的頭，而我卻要饒恕他？你們這是在取笑我還怎樣？在這種時候？」

「先生，您怎麼可以這樣？」劊子手感到困擾了。「這明明就是法律定的啊……而且通常……

受刑人都應該要原諒劊子手啊。好心的先生！不要懲罰我，寬恕我的罪過吧……」

「不要。」

「不要？」

「不要！」

「我不要砍他的頭。」跪在地上的劊子手，一邊起身，一邊陰鬱地說：「叫他原諒我吧，這人眞是的，不然事情進行不下去。」

「子爵大人。」那一身喪黑的監斬官，抓住亞斯克爾的手肘。「請不要讓我們難做事，人們都聚集在這裡了，大家都在等。您就原諒他吧，他都已經這麼有禮貌地請求了……」

「我不原諒他，就這樣！」

「劊子手先生。」官員靠近劊子手，說：「您就直接砍了他的頭，不要求他原諒呢吧？我會好好酬謝您的……」

劊子手二話不說，攤出了一隻煎鍋大的手。官員嘆了口氣，從錢囊裡抓了一把錢幣出來放在他手上。劊子手看了看那堆錢幣，然後收緊拳頭，眼底亮起一道不祥光芒。

「好吧。」他一邊把錢收好，一邊朝詩人說：「固執的先生，您跪下吧。壞心的先生，您把腦袋擱在那塊樹幹上吧。如果想要，我也可以挺壞心的。您呢，我本來可以砍一下的，現在我就砍個兩下吧。或者砍三下。」

「我原諒你！」亞斯克爾哀叫著。「我寬恕你！」

「謝謝。」

「既然他原諒了，那您就把錢還我吧。」監斬官鬱鬱說。

劊子手轉過身，舉起斧頭。

「尊貴的大人，您別和刑具靠這麼近。」他用不祥而冷漠的聲音說。「畢竟您也知道，刀劍可是不長眼的。」

官員聞言，趕忙往後退了好幾步，差點沒掉下斷頭台去。

「這樣可以嗎？」亞斯克爾跪下來，把脖子伸到樹幹上。「劊子手先生？喂，劊子手先生？」

「幹嘛？」

「您剛剛是開玩笑的，對吧？您會一次就砍好吧？一刀斃命？嗯？」

劊子手的眼睛一亮，不懷好意地粗聲說：「您到時候就知道了。」

人潮突然波動，讓出了一條路。一匹嘴冒白沫的馬兒，載著一個人跑進廣場。

「刀下留人！」那騎士大喊著，手裡不停揮動一只蓋滿紅章的巨大羊皮卷。「停止行刑！我給受刑人帶特赦來了！」

「又來了？」劊子手放下舉起的斧頭，低吼道：「又是特赦？煩不煩啊？」

「特赦！特赦！」群眾大喊。第一排的女人開始更大聲地假哭。有不少人——主要是年輕人——吹起口哨、喝倒彩，表示反對。

「各位尊貴的仕紳與居民，請靜一靜！」一身喪黑的官員一邊吼著，一邊打開了羊皮卷。「這是親愛的安娜．痕莉夜塔殿下的心願！以其無可斗量的寬宏之心，也為了響應據說已在琴特拉簽訂的和平協議，我們親愛的殿下決定饒恕德萊騰霍子爵尤里安．阿弗雷德．潘克拉茲，別號亞斯克爾的罪過，並赦免他的刑罰……」

「我的俗鼬小心肝。」亞斯克爾勾起一彎大大的微笑說。

「……同時命令該德萊騰霍子爵尤里安．潘克拉茲什麼、什麼，即刻離開投散特公國的首都與國界，永世不得返回，因為親愛的殿下已不樂見其出現，並且連看都不願意看！您可以走了，子爵。」

「那我的財產呢？」亞斯克爾嚷著。「嗯？我的所有物、樹林、森林和城堡，你們都可以留下，不過你們這些殺千刀的，把我的魯特琴還來，還有我的飛馬、一百四十塔拉又八十赫勒、那件襯浣熊毛的披風、戒指……」

「閉嘴啦！」傑洛特一邊吼道，一邊用馬開路。人群罵聲連連、不情不願地讓出空間。「閉嘴，快下來這裡，你這個蠢蛋！奇莉，開路！亞斯克爾！你聽見我說的話沒？」

「傑洛特？是你嗎？」

「不要問，快下來就對了！過來我這裡！上馬！」

他們穿出人群，沿著窄巷狂奔，由奇莉打頭陣，傑洛特與亞斯克爾騎小魚兒跟在後面。

「幹嘛這麼急？」吟遊詩人從獵魔士的背後出了聲。「又沒有人在追我們。」

「現在沒有，不過你的公爵夫人喜歡改變主意，馬上就會撤回剛才決定的事。你老實說，是不是早就知道會有特赦了？」

「不，我不知道。」亞斯克爾含糊地說。「不過我承認自己的確在指望特赦。小伶鼬是個可愛的小心肝，而且心腸很好。」

「你該死地別在那邊小伶鼬來、小伶鼬去了。你才剛僥倖逃過冒犯君主罪，現在又想當累犯嗎？」

吟遊詩人閉上了嘴。奇莉停下凱爾佩等他們，等他們追上來後，她看見亞斯克爾正在擦眼淚。

「呃，你……」她說。「你……潘克拉茲……」

「上路。」獵魔士催促著。「我們離開這個城市和這個美麗公國的國界吧，不然等一下又要出事了。」

□

就在他們幾乎騎到投散特的邊界，已經可以看見光禿山勾爾勾那峰的地方時，一名公國信使追了上來，身後還拖著上了鞍、載著亞斯克爾的魯特琴、披風與戒指的飛馬。有關一百四十塔拉又八十赫勒的問題，信使直接當耳邊風，而詩人要他代送親吻給公爵夫人的請求，他則是端著一張石臉聽完。

之後，他們騎馬往三斯雷托爾河的上游去，那裡河貌呈現的，是條涓細而活潑的溪流。

他們繞過貝爾哈文，在奈維谷裡，一處獵魔士與詩人都記得的地方紮營。

亞斯克爾一路憋著，沒有提出任何問題。不過，他們最終還是把這段時間所發生過的一切都說給他聽。等他們說完之後，就只剩長了膿包的傷口般，糟糕、沉重的寂靜，而他們就在片寂靜中，默默地陪著他。

□

隔日中午，他們已到了列得布魯內附近的斯托基。這一帶氣氛很祥和，治安良好，人們過著踏實的生活，也很樂於助人。這裡讓人覺得很有安全感。

到處都是掛滿屍首的絞刑架。

他們繞過城市，往安葛拉之谷去。

「亞斯克爾！」傑洛特直到現在，才注意到一件他早該注意到的事。「你那根寶貝管子！你那些幾個世紀的詩！那個信使沒有帶到！都留在投散特了！」

「對，都留在那裡了。」詩人無所謂地附和。「全留在小伶鼬的衣櫥裡，壓在一堆禮服、底褲與馬甲下。就讓它們永遠擱在那邊吧。」

「你要不要把話講清楚？」

「有什麼好講的？我在投散特裡有很多時間，把我寫的東西都仔細讀過了。」

「然後呢？」

「我會再寫一次，重新寫。」

「我懂了。」傑洛特點了點頭。「簡單說，就是你當情人的功力和你寫作的功力一樣，都不怎樣。說得更白一點，什麼事被你碰到，都會搞砸。你的《半世紀》還能再改、再重寫，就表示你和安娜莉夜塔公爵夫人也一樣，都沒搞頭了。被人掃地出門的大情聖，我呸。對，就是這樣，不用裝出那種表情！你命中註定，當不了投散特的公爵，亞斯克爾。」

「我們走著瞧。」

「不用算我一份，我連瞧都不想瞧。」

「也沒人要你瞧。不過我告訴你，小伶鼬有一副善解人意的好心腸。對，她是有些激動了，因爲她抓到我和尼庫男爵家的年輕小姐……不過她現在一定已經冷靜下來了！明白男人天生就不是專一的生物。現在，她一定已經原諒我了，在等我……」

「你眞是蠢得無可救藥。」傑洛特說，而奇莉則大力點頭，表示自己也注意到這一點。

「我不要和你們討論這些。」亞斯克爾宣示性地說。「再說，這種事是很私密的。我要再跟你們說一次——小伶鼬會原諒我。我會爲她寫一首歌謠或十四行詩，然後寄給她，而她會……」

「亞斯克爾，拜託你行行好吧。」

「噢，和你們眞的沒什麼好說的。來吧，我們上路了！飛馬，衝啊！飛躍的白蹄，衝啊！」

就這樣，他們上路了。

那是五月的事。

□

「因爲你，」獵魔士怪罪道。「因爲你這個被人掃地出門的大情聖，我也得像個強盜、像個被驅逐出境的人，從投散特逃出來。我甚至來不及去見……」

「見芙琳吉拉・薇果？反正你橫豎也見不到。她在你們出發沒多久，一月的時候，就已經走了。就這麼消失了。」

「我不是在講她。」傑洛特看見奇莉好奇地拉長了耳朵，清了清嗓子。「我想見的是列那。我想把奇莉介紹給他認識……」

亞斯克爾將目光釘在了飛馬的鬃毛上。

「列那・德布瓦—弗倫，」他喃喃道。「在差不多二月底的時候，到韋得塔崗樓附近的切爾彎特薩隘口，和游擊兵作戰，喪了命。安娜莉夜塔在他死後，頒了一個勳章給他……」

「閉嘴，亞斯克爾。」

亞斯克爾非常乖順地閉上了嘴。

□

時間依舊是五月天，屬於五月的氣息也愈發濃烈。

草原上，蒲公英的鮮黃花朵已不見蹤跡，取而代之的，是一團團蓬鬆的毛球，顏色是不乾淨的白，而且轉瞬即逝。

到處都是綠油油的景象，氣候十分暖和。空氣凝滯而悶熱，黏膩得像一碗菜肉羹【註】。

□

五月二十六日，他們過橋跨越亞魯加河。那座橋又新又白，散發著樹脂氣味。水裡和岸邊可見一根根舊橋殘留下來，已焦黑成炭的木樁。

奇莉開始顯得不安。

對於她的轉變，傑洛特心裡有數。他知道她的打算，知道她的計畫，知道她與葉妮芙的約定。他已經準備好了。即便如此，一想到分離在即，依舊刺痛了他的心，就好像原本在他的胸口中、在他的身體裡、在他的肋骨底下，睡了一隻凶惡的小蠍子，現在突然醒了過來。

□

在科普橘夫尼查村外的岔路口，一間被火燒燬的酒館遺址後頭——話說回來，那場火起碼是一百年前的事——有一棵枝椏茂盛的夏櫟，在春天時分的現在，掛滿了細小的花苞。這棵樹的枝幹十分巨大，而且垂得頗低，附近一帶、甚至是遠從斯帕拉來的人們，都會在上頭掛上木片或告示牌，內容五花八門。由於這棵樹肩負人與人之間的聯繫大任，因此得了「好壞消息樹」的稱號。

「奇莉，從那一邊開始。」傑洛特一邊下馬，一邊分派工作。「亞斯克爾，你從這邊開始看。」

一陣風吹來，掛在粗枝上的木片紛紛晃動，碰撞出聲。

通常在戰爭過後，樹上的訊息主要都是尋找失散的家人。有不少是「回來吧，我們原諒你」這類的訊息，也有不少是關於附近城鎮的色情按摩與類似服務的訊息，還有不少是貿易相關的訊息與廣告。有以愛爲名的通訊聯繫，有熱心人士的舉發函與匿名信。還有一些木片上，記載了寫作者的哲學觀，內容不知所謂與下流齷齪的程度，簡直教人瞠目結舌。

「哈！」亞斯克爾叫道。「拉斯布爾堡急徵獵魔士，這裡寫著，保證酬金高，提供奢華住宿、美味佳餚。傑洛特，你要接嗎？」

「當然不要。」

【註】：菜肉羹（Krupnik），一種料多於湯的波蘭家常羹品。以紅蘿蔔、芹菜根、香菜根及馬鈴薯切丁爲基底，加上煙燻肉品或新鮮排骨，與大麥米一起燉煮而成的濃稠湯羹，常加入乾香菇、洋蔥與大蒜增添香氣。

他們在找的訊息，讓奇莉給找著了。

而就在那時候，她向他坦白了他等待已久的事。

□

「傑洛特，我要去凡格爾堡。」她又說了一次。「不要擺出這種表情。你明知道，我沒得選。葉妮芙叫我去的，她在那裡等我。」

「我知道。」

「你要去利維亞，去和人碰面，那個你到現在還是當成祕密……」

「驚喜。」他打斷她。「是驚喜，不是祕密。」

「好吧，驚喜。而我在凡格爾堡，會把該做的事都做好。六天之後，我會帶著葉妮芙，兩個人一起去利維亞。跟你說了，不要擺出這種表情。還有，我們也不要好像幾世紀都見不到了那樣道別。只有六天！再見了。」

「再見，奇莉。」

「利維亞，六天之後。」她一邊轉向凱爾佩，一邊再說了一次。

她一出發，就是策馬狂奔，很快便消失，而傑洛特覺得好像有一隻可怕、冰冷、尖銳的爪子，掐緊了他的胃。

「六天。」陷入沉思的亞斯克爾重複道。「從這裡到凡格爾堡，再回頭去利里亞……加起來將近兩百五十哩……這不可能啊，傑洛特。當然，那女孩騎她那匹鬼魅般的母馬，可以像信使那樣快速來去，比我們要快上三倍，理論上來說，非常理論上來說，那匹魔鬼馬是可以在六天內跑這樣的距離。不過，就算是魔鬼馬，也得休息，而奇莉要辦的那件神祕事，也會花上一些時間。也就是說，不可能……」

「對奇莉來說，」獵魔士緊抿雙唇。「沒有辦不到的事。」

「難道……」

「她已經不是你知道的那個女孩了。」他厲聲打斷他。「不是那女孩了。」

亞斯克爾沉默了良久。

「我有一種奇怪的感覺……」

「閉嘴，什麼都別說。拜託你了。」

□

五月來到尾聲。朔月漸近，月輪縮得又窄又細。他們騎著馬，朝地平線上看見的山群前進。

□

一路上的風景是標準的戰後模樣。一片片田野間，都莫名長出墳塚與墓碑。鬱鬱蔥蔥的春草間，被頭顱與骷髏點綴得東一塊白、西一塊白。一具具屍首吊在路旁的樹上，一個個的悽苦人坐在路邊等著餓死。一隻隻的野狼坐在森林邊，等著悽苦人不支倒地。

火舌肆虐過的焦黑之地，寸草不生。

只剩焦黑煙囪的鄉村與田屯紛紛重建，鐵鎚敲打聲與木鋸推拉聲不絕於耳。廢墟的不遠處，村姑們用鋤頭在焦黑的土地上挖出坑洞。她們當中，有些拖著耙與犁，而權當橫木的織帶，深深嵌在她們枯瘦的臂膀中。孩子們在挖過的土壤裡，捕捉金龜子幼蟲與蚯蚓。

「我有一種模糊的感覺，」亞斯克爾說。「這裡好像不太對勁。少了什麼……你沒有一樣的感覺嗎？傑洛特。」

「啥？」

「這裡有個地方不正常。」

「這裡沒有一個地方是正常的，亞斯克爾。沒有。」

□

這夜很暖、很黑，感受不到絲毫氣流。遠處落下的道道閃電轉瞬即逝，爲夜色點上短暫的亮光；一聲聲低語般的悶雷，讓這夜顯得不甚平靜。露宿野外的傑洛特與亞斯克爾，看見西邊地平線上開出一朵泛著紅光的焰花，那地點離他們不是很遠。一陣風颳起，將焦臭吹了過來。不單如此，那陣風還帶來了一道道聲音，不管他們想或不想，被殺害者的慘叫聲、女性的哀號聲，還有盜匪放肆而勝利的吼叫聲，全都傳進了耳朵裡。

亞斯克爾一句話也沒說，但動不動便一臉驚恐地瞧向獵魔士。獵魔士連動也沒動，甚至沒有轉頭，而他的臉看起來，像是鐵青的。早上，他們繼續上路，甚至沒去看森林上方升起的那縷細煙。之後，他們碰上了一行村民。

□

那群村民排成一條長長的隊伍走著，速度很慢，每個人都帶著一個小小的包袱。他們在絕對的無聲中走著，人群裡有男人、青年、女人與小孩。他們就這麼走著，沒有不滿，沒有哭泣，沒有半點抱怨，沒有叫吼，沒有沮喪失望。

所有的叫吼與失望都寫在了他們眼中，寫在這些被傷害的人們，這些被搶、被打、被驅逐的人們，那一雙雙空洞的眼中。

「這些是什麼人？」監督這行徒步民眾的軍官有雙凶惡的眼睛，但亞斯克爾卻毫不在意地問：

「你這麼死命趕的這群人，都是些什麼人啊？」

「他們是尼夫加爾德人。」從鞍上俯瞰他的總督代理沉聲回應。這白裡透紅的小伙子，最多見過十八年春景。「這些是尼夫加爾德的屯民。他們像一群蟑螂一樣跑到我們的土地上！所以我們也把他們當作蟑螂給掃出去。他們在琴特拉作了這樣的決定，也寫在了和平條約裡。」

他壓下身，啐了一口，挑釁地看著亞斯克爾與獵魔士說：

「而我，要是讓我來決定，就不會讓他們活著離開這裡。一群寄生蟲。」

「而我，要是讓我來決定，就會放他們一馬，讓他們安安靜靜在農場生活。我不會把好農民趕出國，反倒會高興自己的國家農業發達，讓我有東西吃。」一名士兵看向自己的領袖說。奇怪的是，他的眼裡看不見半分敬重。

「中士，您眞是蠢得像豬一樣。」總督代理低吼道。「他們可是尼夫加爾德人啊！語言和我們不一樣，文化和我們不一樣，血緣也和我們不一樣！我們在這邊高興農業發達，他們心裡可正養著毒蛇。這些人都是胳臂往外彎，隨時都會從背後捅我們一刀。難道您以爲我們跟黑衣軍之間，已經可以世世代代都相安無事？不，就讓他們走，去他們來的地方……喂！大兵！那邊有一個有推車！把它拿走，快！」

士兵執行這道指令的方式顯然過於嚴苛，不只用上棍子與拳頭，還加上鞋跟。

亞斯克爾清了清嗓子。

「您怎樣？看不順眼是吧？」毛還沒長齊的總督代理，把他從頭到腳打量了番。「莫非您有戀尼夫加爾德癖？」

「眾神啊，請眷顧他們吧。」亞斯克爾嚥了口唾沫。

從他們旁邊經過的女人和小孩，個個眼神空洞，有如行屍走肉，衣著破損，臉龐青腫，大腿和小腿的血管清楚可見。他們當中，有許多人都必須扶扶撐撐，才能繼續行走。亞斯克爾看了下傑洛特的表情，一陣寒意馬上刷過他的背脊。

「我們該上路了，再會。」他含糊說道。「再會了，各位軍人先生。」

「再會，兩位旅人先生。」那士官向他們道別。總督代理連頭都沒回，一心盯著有沒有哪個屯民的行李，超過琴特拉和平協議所允許的範圍。

那行屯民繼續走著。

一名女子充滿痛楚的絕望尖叫，一聲又一聲地傳來。

「傑洛特，不要。」亞斯克爾哀叫道。「求求你，什麼都別做……不要去蹚這渾水……」

獵魔士把臉轉向他，但這卻是亞斯克爾所不認識的一張臉。

「不要去蹚渾水？」他重複道。「去干涉？去救人？為某些高貴的原則或理念賭上腦袋？喔，不，亞斯克爾，我已經不再這麼做了。」

□

某個不甚平靜，遠處閃著電光的夜裡，獵魔士又一次從夢裡醒來。這一回，他同樣不確定自己是不是從一個惡夢，直接進到了另一個惡夢。火堆餘燼中，再度燃起忽明忽暗的亮光，驚動了馬匹，而那片亮光之中，有座城堡、黑色的廳柱、一張桌子。桌前坐著一群女子。

有兩名女子不是坐著，而是站著。一個黑白，一個黑灰。

那是葉妮芙與奇莉。

獵魔士在睡夢中發出了呻吟。

□

先前葉妮芙極力反對她著男裝是對的。要是奇莉穿得像個男孩，現在在這裡，在這間大廳裡的她，面對那票有備而來、全身首飾叮噹響的女人，肯定會覺得自己很愚蠢。她很高興自己接受葉妮芙的建議，穿上黑灰搭配的服裝，而當她感覺到一雙雙全然贊同的目光，落在她的開口蓬袖、高腰設計，還有鑲著一小朵玫瑰鑽飾的絲絨帶上時，一股喜悅油然而生。

「請靠近一點。」

奇莉微微顫了一下，而這不單單只是因爲那聲音。看來，還有一件事，葉妮芙也是對的——她建議她不要穿低胸的衣服，然而奇莉還是固執己見。現在的她，只覺得胸前涼颼颼的，整個胸脯爬滿了雞皮疙瘩，幾乎連肚臍都有。

「再靠近一點。」那名黑髮、黑眼的女子又說了一次。奇莉知道她，記得自己在塔奈島上見過她。雖然葉妮芙和她說過在孟特卡佛會見到誰，也把她們都描述給她聽，教會她所有人的名字，不過奇莉馬上就在腦中為這名女子取了「貓頭鷹女士」這個綽號。

「歡迎來到孟特卡佛的女巫會，奇莉小姐。」貓頭鷹女士說。

奇莉行了個禮，就像葉妮芙建議的那樣，很有教養，但比較偏向男性的方式，沒有女性特有的點蹲，也沒有謙卑地斂下眼神。面對特瑞絲．梅莉戈德真誠、溫暖的笑容，她也報以微笑。對於馬格麗塔．老克斯安提列友善的眼神，她用稍微加重的頷首回應。至於其他八對銳利的目光，即使有如不斷朝她鑽旋而來的螺旋鑽，有如不斷朝她扎刺的尖矛，她還是全都承受了下來。

「請坐。」貓頭鷹女士擺出王者風範的手勢。「不，不是指妳，葉妮芙！只有她。妳，葉妮芙，並不是受邀而來的客人，而是被召來面對審判，為妳的罪過接受懲罰。在女巫會還沒對妳的命運做出決定前，妳都得站著。」

從那一瞬間起，對奇莉來說，已經沒有以禮相待的必要。

「這樣的話，我也站著。」她用著不小的音量說。「我在這裡的身分，也不是什麼客人。我也是被召來這裡，聆聽我的命運，這是第一點。而第二點，葉妮芙的命運，就是我的命運。請容我說一句，她怎樣，我就怎樣，不可能分開處理。」

馬格麗塔．老克斯安提列看著她的眼睛，露出微笑。低調、高雅、鼻尖微勾，擺明就是尼夫加爾德人，不會是其他民族的那名女子——阿西蕾．法．阿娜西得，以手指規律地敲著桌面，點了點頭。

「菲莉帕，」脖子上纏著銀狐圍巾的女子出了聲。「我想，我們不須如此謹守原則。至少不須是在今天，在這個時刻。這是女巫會的圓桌會議。在這張桌前，我們都是平起平坐。就算今天我們其中一個人要接受審判，我想我們所有人都可以同意……」

她沒把話說完，只用眼神掃過其他的女巫，而那些女巫——馬格麗塔、阿西蕾、特瑞絲、莎賓娜・葛雷維席格、凱拉・梅茲，以及兩位精靈——都接連點頭表示同意，只有第二名尼夫加爾德女巫，也就是擁有一頭烏髮的芙琳吉拉・薇果，不動如山地坐著，臉色非常蒼白，目光則是一直放在葉妮芙身上。

「那就這樣吧。」菲莉帕・愛哈特揮了下戴著戒指的手。「所以，妳們兩個都坐下吧。雖然我反對，不過女巫會的團結勝過一切，女巫會的利益大過一切、凌駕一切。只有女巫會才是全部，其他的都沒有意義。我希望，妳明白這一點，奇莉。」

「非常明白。」奇莉一點也不打算斂下目光。「尤其是，我就是那沒有意義的人。」

「恭喜妳，葉妮芙。」她用好像具有催眠魔力、音韻十足的聲調說。「我認得這傑出的特質，美得不可方物的精靈女子法蘭西絲・芬妲芭兒，發出銀鈴般的清脆笑聲。我認得這塊金字招牌，我認得這是誰一手調教出來的。」

「要想認得，一點都不難。」葉妮芙炯炯有神的目光，掃過了在場的人。「因為，這是緹莎亞・德芙利斯教的。」

「緹莎亞．德芙利斯已經不在了。」貓頭鷹女士平靜地說。「這桌前坐的，沒有她。緹莎亞．德芙利斯已經死了，該難過的都已經難過過了，該哭的也都已經哭過了，而這件事同時也成了一個審查的契機、一個轉捩點。因爲新的時代已經出現，新的世代已經降臨，該是做出重大轉變的時候了。而妳，奇莉，曾是琴特拉奇莉拉的妳，命運在這些轉變中，爲妳安排了一個重要的角色。妳一定已經知道，那是怎樣的角色。」

「我知道。」奇莉怒吼道，不理會葉妮芙制止的嘶聲。「維列佛茲已經向我解釋清楚了！而且是一邊準備把一根玻璃注射器插進我的兩腿間，一邊解釋的。如果我的命運該是這個模樣，那我只能敬謝不敏了。」

菲莉帕的一雙暗瞳中簇起冷焰，不過出聲回應奇莉的，卻是夕樂．德唐卡維勒。

「孩子，妳還有很多事要學。」她一邊說道，一邊將頸上的銀狐圍巾纏好。「就我所見所聞，妳也得拋開許多事情，這得妳自己來，又或是藉由旁人的幫助。看得出來，最近這段時間，妳學到許多不好的知識，也肯定認知和體悟到什麼是惡。現在，妳在妳那股孩子氣的憤怒中，拒絕去認識善，而且否定善意與本身。妳像隻刺蝟，豎起全身的刺，不懂得去分辨爲妳好的人是誰。妳口出惡言，像隻小野貓一樣伸出爪子，讓我們沒得選擇，只能拎起妳的背頸。而我們會這麼做的，孩子，不會有半點遲疑。因爲我們比妳年長，比妳聰明，知道以前和現在發生的事，也知道許多將來會發生的事。我們會拎起妳的背頸，小貓兒，好讓妳在不久之後，以一個有經驗、有智慧的母貓之姿，坐到這裡，坐到這張桌前，和我們在一起，成爲我們的一分子。不！一個字都別說！夕樂．德唐卡維勒在說話的時候，連想都不要想打岔！」

科維爾女巫的聲音突然凝聚在桌子上方，宛如一把在鐵上磨割的刀子，十分銳利，十分具穿透性。不單是奇莉縮起了身子，甚至連女巫會的其他女巫也微微震了一下，縮起脖子，嗯，菲莉帕、法蘭西絲與阿西蕾例外。還有葉妮芙也是。

「妳認爲自己之所以會被叫來孟特卡佛，是要宣判妳的命運，這樣想的確沒錯。」夕樂一邊說道，一邊調整圍巾。「但妳認爲自己無足輕重，卻是錯了。因爲，妳就是一切，是世界的未來。當然，在這個當下，妳還不知道這一點，也不明白這一點。在這個當下，妳是隻受了驚而哼哼叫的貓兒，一個歷經創傷的孩子，在每個人身上都看見恩菲爾·法·恩瑞斯，或手裡拿著受精器的維列佛茲。而現在，在這個當下，跟妳解釋妳想錯了，說我們是爲妳好、爲這個世界好，也沒有意義。適合這種解釋的時機將會到來，總有一天會到來。現在，氣呼呼的小姑娘，反正妳也不想聽理智的聲音，不管我們現在說什麼，妳都會用妳那孩子氣的固執，以及動不動就大小聲的不講理而馬上反駁。所以，現在妳會讓人就這麼拎著背頸。我說完了。菲莉帕，把這女孩的命運告訴她吧。」

奇莉坐得直挺挺的，撫摸著椅子扶手末端的斯芬克斯頭部。

「妳，」貓頭鷹女士打破凝重而死寂的沉默。「會與我和來自科維爾的夕樂，一起去科維爾王國的夏都朋凡尼斯。由於妳已經不是什麼來自琴特拉的奇莉拉，晉見國王的時候，妳的身分會是由我們照顧的魔法學徒。妳會在晉見典禮上認識一位非常有智慧的國王、眞正的王室血脈——艾斯特拉德·迪森。妳會認識他的妻子祖蕾卡王后——一個擁有異常高貴與和善之心的人。妳也會認識這對王家眷侶的兒子——譚克雷德王子。」

開始明白這一切的奇莉，大大張開了自己的雙眼，而這一點，貓頭鷹女士注意到了。

「對。」她說。「妳的首要任務，就是讓王子留下深刻印像，因爲妳會成爲他的情婦，爲他生下一個孩子。」

「如果妳依舊是琴特拉的奇莉拉，」菲莉帕在隔了一段時間後說。「如果妳依舊是芭維塔的女兒和卡蘭特的孫女，我們就會把妳變成譚克雷德明媒正娶的妻子，他的王妃，然後是科維爾與波維斯的王后。但不幸的是，命運要妳一無所有，就算是未來也一樣，而我是眞心爲妳感到遺憾。妳只會是他的情人、他的侍妾。」

「只有稱謂與頭銜是這樣。」夕樂插嘴道。「因爲在實質上，我們會盡量讓妳待在譚克雷德身邊，擁有王妃的地位，之後甚至可以媲美王后。當然，在這件事上，少不了妳的幫助。譚克雷德必須要渴望妳待在他的身旁，不管白天或夜晚。我們會教妳如何喚起這樣的渴望，不過這一切會不會全是枉然，取決於妳。」

「基本上，這些都是小細節。」貓頭鷹女士說。「重點是，妳要盡快懷上譚克雷德的孩子。」

「哼，當然。」奇莉不滿地說。

「妳和譚克雷德的孩子，」菲莉帕那雙幽暗雙眸依舊直盯著她。「會由女巫會保證他的將來與地位。妳有權知道，我們所指的，是眞正的大事。話說回來，妳將會參與其中，因爲一旦誕下子嗣，妳將會開始參與我們的集會。妳會開始學習。今天的妳可能還無法明白，但妳是我們的一分子。」

「在塔奈島上，」奇莉克服緊鎖的喉頭。「您稱我爲怪物，貓頭鷹女士，而今天您卻對我說，我是妳們的一分子。」

「這兩者並不衝突。」艾妮得安葛雷娜——來自山谷的雛菊那淙淙流水般，富有音韻的聲音響起。「我們，梅盧內得，都是怪物。每個人都以自己的方式，作爲一個怪物而存在。我說的沒錯吧，貓頭鷹女士？」

菲莉帕聳了聳肩。

「妳臉上那道難看的疤，我們會用幻術遮掉。」夕樂再度出聲，而且作勢不在意地，好像只專心在自己的圍巾上。「而我向妳保證，譚克雷德．迪森一見到妳，就會對妳瘋狂著迷。得幫妳編一個基本背景。奇莉拉是個好聽，而且也不算少見的名字，沒必要爲了隱藏身分而捨棄，但是得給妳一個姓氏。要是妳打算用我的，我也不會反對。」

「又或者是我的。」貓頭鷹女士勾起嘴角說。「奇莉拉．愛哈特聽起來也很好。」

「這個名字，」大廳裡再度響起精靈女子那銀鈴般的聲音。「不管配什麼姓氏，都很好聽。而妳，奇來亞，有著一對鷹眼的小燕子，有著拉拉．多倫嫡親骨血的妳，我們坐在這裡的每一個人，都渴望能有這樣的女兒。我們每一個人，都會放棄一切，甚至是這個女巫會，甚至是各王國與全世界的命運，只要能擁有像妳這樣的女兒。不過，這是不可能的。我們知道這不可能，所以才會這麼嫉妒葉妮芙。」

奇莉在過了一會，才緊捏著手掌下的斯芬克斯頭說：「謝謝妳，菲莉帕小姐。對於能使用德唐卡維勒這個姓氏，我也同樣感到榮幸。然而，因爲目前看來，在這整個計畫裡，只有姓氏這件事是由我決定、由我抉擇，這是唯一不是強加在我身上的東西，我必須謝絕兩位女士的提議，做出自己的決定。我想叫作來自凡格爾堡的奇莉、葉妮芙之女。」

「哈！」黑髮女巫咧嘴一笑。正如奇莉所猜想，這是喀艾德的女巫莎賓娜·葛雷維席格。「譚克雷德·迪森要是不願與她貴賤通婚，那就表示他是個廢物。要是他讓人把某個肥皂泡泡般的公主硬塞給他當作妻子，那就表示他是個廢物和瞎子，不懂得找出玻璃堆裡的那一顆眞鑽。恭喜啊，葉娜，我嫉妒妳。而我在嫉妒的時候，說出的話有多眞，妳是知道的。」

葉妮芙以頷首致謝，但臉上卻連一絲笑容也沒有。

「那麼，」菲莉帕說。「一切都已經安排妥當了。」

「不。」奇莉說。

法蘭西絲·芬妲芭兒靜靜哼了一聲。夕樂·德唐卡維勒抬起頭，臉上的線條變得僵硬，不甚好看。

「我得想一下。」奇莉說。「我得好好思考一下，把所有事情都理清楚。安安靜靜的。等我想好了，會再回到這裡，回到孟特卡佛。我會站到妳們面前，告訴妳們我的決定。」

夕樂動了下嘴唇，好似在嘴裡發現什麼，得立刻吐掉一樣。不過，她沒有出聲。

「我，」奇莉揚起下巴。「和獵魔士傑洛特約好了在利維亞碰面。我向他發過誓，會在那邊與他碰面，會帶上葉妮芙一起去那裡。不管妳們同意或不同意，我都會遵守這個承諾。在座的麗塔知道，如果是要去找傑洛特，不管是怎樣的銅牆鐵壁，我都會找出縫隙。」

馬格麗塔．老克斯安提列微笑著點了點頭。

「我必須和傑洛特談一談，與他話別，還有承認他是對的。因爲，有件事各位女士應該要知道——當我們離開斯地加堡，在身後留下遍地橫屍時，我問過傑洛特，這是不是已經結束了，我們是不是贏了，邪惡是不是已經被打敗、良善獲得了勝利，而他只是露出奇怪又哀傷的笑容。我以爲那是因爲他累了，因爲他的所有朋友都讓我們埋在了斯地加堡下；不過，今天我終於知道，那個笑容是什麼意思。那是對天眞小孩展現的寵愛笑容，這孩子以爲維列佛茲與邦哈特被劃破脖子，就代表良善戰勝邪惡。我必須告訴他，我太自以爲是了，現在我懂了。我一定要告訴他。」

「我也必須試著說服他，各位女士想對我做的事，和維列佛茲想用玻璃注射器做的，是兩件完全不一樣的事。我必須試著說服他，雖然維列佛茲是爲了世界的利益，而各位女士也是爲了世界的利益，但孟特卡佛堡和斯地加堡，其實是不一樣的。」

「我知道要說服像傑洛特這樣一匹老狼，不會那麼容易。傑洛特會說我是個黃毛丫頭，很容易就會被以高貴情操包裝的外表騙過，所謂的命運與世界利益，都只是愚蠢的詞彙。不過，我必須試試看。他的理解與同意，對我來說很重要，非常重要，對各位女士來說也一樣。」

「妳一點都沒搞清楚。」夕樂．德唐卡維勒厲聲說道。「妳依舊是個孩子，而且正從老是大聲哭得滿臉鼻涕、生氣就會跺腳的階段，進入到不知天高地厚的自大時期。我們之所以認爲妳還有希望，就是因爲妳活躍的思考能力。妳會學得很快，不久之後，相信我，當妳想起說過的蠢話時，自己都會覺得好笑。至於妳出發去利維亞這件事，來吧，讓女巫會來決定。我個人堅決反對。這是原則問題。妳要知道，我，夕樂．德唐卡維勒，從來不會空口說白話，也有辦法讓妳彎下那硬頸子。爲了妳自己好，得教會妳規矩才行。」

「那麼，就讓我們來解決這個問題吧。」菲莉帕．愛哈特將雙掌擱到桌上。「請各位女士表達自己的意見。我們要允許堅忍的奇莉小姐去利維亞嗎？去見某個不久之後，將從她生命中消失的獵魔士？我們要讓她心裡，生出不久之後也是得徹底拋開的感傷？夕樂反對，那其他的女士呢？」

「我也反對。」莎賓娜．葛雷維席格說。「也是基於原則問題。我喜歡這個女孩，而她的魯莽與愚勇，不消說，我也喜歡。和優柔寡斷的儒弱性格相比，我比較喜歡這樣。我對她的請求沒有任何反對，尤其是她說自己一諾千金，就一定會回來這裡。不過，這小姑娘膽敢威脅我們，就讓她知道，我們對這種威脅向來不屑一顧！」

「我反對。」凱拉．梅茲說。「理由很實際。我也喜歡這個女孩，以及傑洛特在塔奈島上親手抱著我走的感覺。我這個人完全不懂什麼叫感傷，不過當時我的感覺非常好，這會是報答他的方式。可是，不！因爲妳錯了，莎賓娜。這女孩是個獵魔士，而且正試著用獵魔士的方式在矇騙我們。簡單來說，就是打算逃跑。」

「莫非這裡有人敢質疑我女兒所說的話？」葉妮芙用不善的口氣，拖長了聲調問道。

「妳，葉妮芙，閉嘴。」菲莉帕嘶聲說。「別出聲，教我失了耐性。我們已經有兩票反對，接著聽下去吧。」

「那麼，我投贊成票，允許她去。」特瑞絲．梅莉戈德說。「我知道她的爲人，可以爲她擔保。如果她同意，我想陪她一起踏上這段旅程。如果她同意，我想幫她一起考慮和思索。還有，如果她同意，我也想在她和傑洛特說話的時候幫點忙。」

「我也投同意票。」馬格麗塔．老克斯安提列露出一抹微笑。「我接下來要說的話，會讓各位女士吃驚，不過我這麼做，是爲了緹莎亞．德芙利斯。爲了維持女巫會的團結，竟然要使出強制手段，限制一個人的人身自由；要是緹莎亞在場，一定不會認同這種做法。」

「我投同意票。」法蘭西絲．芬妲芭兒一邊說道，一邊調整領口的蕾絲。「理由有很多，但我不會、也不需要加以說明。」

「我投同意票。」依達．艾曼．阿波．希芙內也簡潔道出自己的立場。「因爲我的心告訴我要這麼做。」

「而我反對。」阿西蕾．法．阿娜西得無情地說。「不管是同情、反感，還是原則問題，都沒辦法左右我的意見。我擔心的是奇莉的性命。有女巫會的看照，她的安全無虞，但在往利維亞的各大商道上，她會是很容易得手的目標。而我怕有些人在奪走她的姓名與身分後，依舊不滿足。」

「那麼現在就剩下芙琳吉拉．薇果的意見了。」莎賓娜．葛雷維席格的口氣頗爲惡毒。「雖然答案很明顯，不過我還是要斗膽提醒一下所有的女士，關於萊斯盧恩堡的事。」

「謝謝妳的提醒。」芙琳吉拉．薇果驕傲地抬起頭。「我要把票投給奇莉，聊表我對這女孩的尊敬與同情，而更主要的，是爲了來自利維亞的獵魔士傑洛特。沒有他，今天這女孩就不會站在這裡。爲了拯救奇莉，他跑到世界盡頭，力抗路上所有阻撓，甚至戰勝了自己。要是現在拒絕讓他和奇莉碰面，那會是很卑劣的決定。」

「然而，這卑劣顯然還不夠多，」莎賓娜輕佻地說。「而天眞的感傷，那我們打算從這小姑娘身上連根拔除的感傷，則是太多了。呵，這裡甚至還有人提到心的聲音。不過，結果就是天秤的兩端不高也不低，五票贊成，包括菲莉帕在內有五票反對，陷入僵局了。我們什麼也沒決定出來，得再投一次票。我建議，用不公開投票。」

「何必呢？」

所有人都看向發言的女子——葉妮芙。

「我依舊是女巫會的成員，」葉妮芙說。「沒有人奪去我的會員身分，沒有人替代我的位子。形式上，我有權投票。而我會投下什麼票，大概也不用多加說明，所以票數過半，事情解決了。」

「妳的無恥，已經瀕臨令人作嘔的界線了，葉妮芙。」莎賓娜一邊說道，一邊折著帶有縞瑪瑙戒指的指頭。

「我要是您，想到接下來的投票項目會是您自己本身，就會謙遜地保持沉默。」夕樂認眞地補充道。

「我支持奇莉，」法蘭西絲說。「但對於妳，葉妮芙，我必須撥亂反正。妳離開了女巫會，和她一同逃跑，並且拒絕合作。妳沒有任何權利。妳有的是責任，是要償還的債務，是要聆聽對妳的審判。如果不是這樣，妳根本就沒辦法踏進孟特卡佛堡一步。」

奇莉當下便要起身大叫，但葉妮芙按住了她。奇莉沒有反抗，靜靜坐回扶手雕了斯芬克斯椅子上，因爲她看見貓頭鷹女士——菲莉帕．愛哈特站了起來，昂然挺立桌前。

「葉妮芙沒有投票的權利，」她用響亮的聲音說。「不過我有。我已經聽完在座各位女士的意見，我想，我總算可以投下自己的一票了？」

「妳想說什麼？菲莉帕。妳說還沒投票是什麼意思？我很確定妳……」莎賓娜蹙起雙眉。

菲莉帕．愛哈特的視線穿過圓桌，對上奇莉的眼睛，並直直看進其中。

□

水池底部有著五顏六色的馬賽克，這些拼貼磁磚不斷轉換色彩，好像會動似地。整座池水都在顫抖，光影明暗更迭交替。在一片片巨大如盤的睡蓮葉下、綠油油的水藻間，時不時都可以看見悠游的鯽魚與金雅羅魚。水面上映出小女孩那兩顆又大又黑的眼珠，以及垂至水面並漂浮其上的髮絲。

小女孩掛在噴泉的水池邊，雙手在水芹花的枝梗間擺動，將全世界都抛到腦後。無論如何，她都想碰碰那些金色與紅色的小魚兒。魚兒們游到女孩的小手邊，好奇地游來游去，卻不讓她逮住，像影子般、像那池水本身一般，無法捕捉。黑眼珠的小女孩收緊十指，握著空無一物的掌心。

「菲莉帕！」

這是小女孩最愛的聲音，即便如此，她還是沒有馬上回應，依舊看著水、看著魚、看著睡蓮、看著自己的倒影。

「菲莉帕！」

□

「菲莉帕。」夕樂．德唐卡維勒的凌厲聲音將她從沉思中拉了出來。「我們在等妳。」

料峭春風自開敞的那扇窗子吹入，菲莉帕．愛哈特顫了顫。死亡，她想著。死亡來到了我的身旁。

「這個女巫會將決定世界的命運。」終於，她堅定、響亮而有力地說。「所以這個女巫會就如同這個世界，是這個世界的對照。因此，在這裡齊頭並立的，是理性與感性，而理性並非永遠代表冰冷、卑劣與自私，感性也並非永遠天眞。在這裡並立的是責任，是鐵錚錚、就算是強加而成也一樣的紀律，還有對暴力的不情願、慈愛與信任。是全能的客觀冷情……與心。」

「我，」她在孟特卡佛堡列柱大廳裡籠罩的寂靜中說。「在投下自己這最後一票的同時，考量的還有一樣。這無可比擬的一樣，能與所有的一切分庭抗禮。」

所有人順著她的目光，都看向了牆上以彩色細磚拼貼而成，以牙齒銜住自己尾巴的銜尾蛇。

「這一樣，」她將兩潭黑目釘在了奇莉身上。「是我，菲莉帕·愛哈特不久前才開始明白的宿命。宿命不是天意宣告的判決，不是造物主用手寫下的卷軸，不是災難，不是宿命論。宿命是希望。而我在投下這一票的同時，懷著滿心的希望，相信該來的總會來。這一票，我投給奇莉，投給命運之子，投給希望之子。」

寂靜久久籠罩孟特卡佛堡裡，昏暗不明的列柱大廳。盤旋湖上的魚鷹叫聲，自窗外傳來。

「葉妮芙小姐，」奇莉悄聲說。「這是不是表示……」

「我們走吧，女兒。」葉妮芙小聲道。「傑洛特在等我們，而前頭還有好長一段路要走呢。」

□

傑洛特醒過來，跳起身，耳中有著夜行鳥兒的尖叫。

然後，女巫與獵魔士結爲連理，舉辦了一場盛大而熱鬧的婚宴。我當時也在場，喝了蜂蜜與葡萄酒。之後，他們就過著幸福的生活，但是時間很短。他死得很平凡，是心肌梗塞。她在他之後不久，也死了，至於死因，故事裡並沒有提到。人們說，她是死於傷心與思念，不過故事書裡寫的事，又有誰會相信呢。

《童話與民間故事》

——佛羅倫斯・德蘭諾以

# 第十二章

他們抵達利維亞的那天，是六月的朔月過後第六天。

他們騎出森林，來到山坡邊，突然間，下方一座原本清明如鏡的湖泊，無預警地發出亮光。這座填滿整個山谷的湖泊叫洛克艾斯克洛特，因形似盧恩字母而得名。長滿冷杉與落葉松、延伸自馬哈喀姆山群的克勒洛斯山對著這面湖鏡顧盼形影，而同樣對著湖鏡照映的，還有利維亞堡的塔樓紅頂。座落在湖岬之上、外型厚實的利維亞堡，是利里亞諸王的冬宮，而利維亞城則是建在洛克艾斯克洛特湖南際的水灣邊。城郭外，有著乾草搭成的市集；城郭內，深色房舍延湖岸築成，有如棲木野菇。兩者一明一暗，形成了對比。

「嗯，我們好像到了。」亞斯克爾將一手遮在眉上，道出眼前事實。「我們繞了一圈，現在兜回利維亞了。奇了，呵，命運的交織可眞奇了……城堡裡的那些塔頂上，沒有看見半張藍白幡幟，所以蜜薇女王並沒有在堡內作客。話說回來，我不認爲會有人記得我們那次逃兵……」

「亞斯克爾，相信我，」傑洛特打斷他，同時驅著馬沿山坡往下去。「不管是誰、記得什麼事，我根本一點都不在乎。」

距城外關卡不遠處，有座色彩鮮艷、好似海綿蛋糕的王帳，而帳前桿子上，掛了面有著金紅箭頭的白色盾牌。一名騎士全副武裝，站在帳幕捲起的入口處。他的身上罩著與盾牌相同徽紋的外衣，以銳利且頗具攻擊性的目光，看著從旁陸續經過的潤滑油販子、包著頭巾的村婦、帶了大罐、小罐貨物的焦油販子、牧羊人和行討的乞丐。一見緩步騎馬而來的傑洛特和亞斯克爾，眼裡頓時亮起希望。

「不論您心中的主人是何方大人，」傑洛特冷聲戳破他的希望。「都是從亞魯加河到布宜那之間，最為美麗與最為純潔的處子。」

「我以名譽起誓，先生，您說的確實沒錯。」騎士用有力的聲音回應。

□

一名淺髮女孩，穿著鉚釘密密麻麻的皮外套，抓著蕎麥色母馬的馬鐙，彎下半個身子在街道正中央吐了起來。女孩有兩個男性同伴，穿著一模一樣的制服，背上揹著劍，額上綁著頭帶，有些口齒不清地對路人罵著難聽字眼。那兩個人，比喝醉更不清醒，左搖右晃，在馬匹間撞來撞去，還撞到酒館前的拴馬樁。

「我們真的要進去嗎？」亞斯克爾問道。「這店裡可能有更多這種可愛的小伙子。」

「我跟人約在這裡，你忘了？這間酒館就是掛在橡樹的那張牌子寫的，『公雞和母雞下』。」

淺髮小姑娘再度彎下身，連連作嘔，吐得一塌糊塗。母馬噴著鼻息，大力甩動身子，女孩被牠撞倒，拖過一地的穢物。

「喂，你這飯桶看什麼看啊？」其中一個男孩粗聲道。「白頭髮老頭子！」

「傑洛特，拜託你別做蠢事。」亞斯克爾一邊下馬，一邊喃喃道。

「不用怕，我不會。」

他們把馬綁到階梯另一邊的拴馬樁。兩名年輕人不再理會他們，把注意力轉到帶了個小孩從巷子走過的女人身上，朝她又罵又吐口水。亞斯克爾瞥了獵魔士的臉一眼，卻不喜歡自己所見到的景象。

進到酒館後，第一個吸引他們注意的是「廚師招聘」字樣。第二個是一幅巨大的畫作，釘在用幾塊木片做成的招牌上，畫作內容是一臉落腮鬍的噁心生物，拿著還在滴血的斧頭。底下還寫了一行字：矮人——又噁又髒、吃裡扒外的侏儒。

亞斯克爾的擔心確實沒錯。酒館裡除了幾個喝得爛醉如泥的酒鬼，以及兩名眼袋很深、身材乾瘦的勾欄女子外，所有客人都是背上揹著劍、身上穿著皮衣的「小伙子」，皮衣上的鉚釘還不時碰撞出聲。他們總共八個人，有男有女，但製造出來的嘈雜足足有十八人份，而且還不時穿插對彼此的叫囂與謾罵。

「兩位先生，我認得你們，也知道你們是誰。」酒館的主人一見他們，便語出驚人。「而且我有口訊要給你們，你們得去榆樹區的威爾辛格酒館。」

「喔——」亞斯克爾高興了起來。「那好……」

「你說好就好。」酒館主人再度拿起圍裙擦酒杯。「你們瞧不起我這地方，隨便你們。不過我要告訴你們，榆樹區可是矮人的地盤，那裡都是些非人類。」

「那又怎樣？」傑洛特瞇起了雙眼。

「喔，對啊，你們一定不覺得怎麼樣。」酒館主人聳聳肩。「再說，留話給你們的，就是矮人。既然你們要和這種傢伙來往……那是你們的事。你們喜歡和誰來往，是你們的事。」

「在交朋友這件事上，我們並沒有特別挑剔。」亞斯克爾說道，然後把頭偏向桌前那群穿著黑外套，額上綁了頭帶遮面皰，不斷又吼又叫、又推又扯的毛孩子。「不過像那邊那群的，我們沒有興趣。」

酒館主人放下手中擦好的啤酒杯，不屑地打量了他們一番，然後加重力道說：

「大家應該要諒解這些年輕人。年輕人總是比較吵鬧些，有句話是這麼說的：『人不輕狂枉少年。』他們都是戰爭的受害者，死了父親……」

「跑了母親。」傑洛特接著他的話說，聲音卻像山湖般冰冷。「我明白，也完全諒解，至少，是盡量試著去諒解。亞斯克爾，我們走吧。」

「你們走啊，了不起。」酒館主人這聲「了不起」說得沒有半點誠意。「不過，你們之後可別怪我沒警告你們喔。現在這個世道，在矮人的地盤上，可是很容易惹得一身腥。只要……」

「只要什麼？」

「沒事，反正不干我的事。」

亞斯克爾眼角瞄到那群戰爭的受害者，還沒真的喝醉的年輕人，張著一雙雙因飛天粉而發亮的眼睛打量他們，便催促道：「我們走吧，傑洛特。」

「再會，老闆。天曉得，等門口寫的那些字沒了，說不定我們以後會再來光顧。」

「是哪些字礙著了兩位大人的眼啊？」酒館主人皺起眉頭，挑釁地雙手扠腰。「嗯？是不是在講矮人的那些？」

「不，是關於廚子的。」

三個年輕人從桌前起身，腳步微晃，擺明了想擋他們的路。那是一名女孩，以及兩名穿著黑外套的男孩，背上還揹了劍。

傑洛特逕自走著，沒有緩下腳步，表情與眼神都很冷，完全不爲所動。

那群年輕人幾乎是在最後一刻才把路讓開，退到一旁。亞斯克爾聞到他們身上的啤酒味與汗味。還有恐懼的味道。

等到兩人走出門，獵魔士才說：「我們得習慣這種情況，得適應這種情況。」

「這有時很難做到。」

「這不是藉口。這不是藉口，亞斯克爾。」

空氣悶熱、凝滯又黏膩，像濃湯一樣。

□

酒館外頭，那兩名穿黑外套的男孩，正在水溝邊幫淺髮女孩清理身子。女孩嗤了一聲，口齒不清地說她已經好多了，然後又說她得先灌一杯。她說她當然會去市集找樂子，把攤販鬧個天翻地覆，不過在這之前，她得先灌一杯。

這女孩名叫娜蒂亞．艾斯波希投，而這名字將會在編年史上留下紀錄，在歷史的篇章上占有一隅。

不過這一點傑洛特與亞斯克爾還無從得知。

那女孩也一樣。

□

利維亞城的巷弄裡人聲鼎沸、交易熱絡，絡繹不絕的居民與過客想必是因此被吸引而來。看起來，這裡所有人都在買賣，商品包羅萬象，而且個個都想以小博大。到處都是嘈雜的喊叫聲，有人抱怨買的商品品質不好，有人殺價殺得不留餘地，人們相互哄騙，彼此控訴對方欺詐、拐竊、設局坑人，或其他和買賣根本沾不上邊的罪行。

傑洛特與亞斯克爾還沒抵達榆樹區，就已被人推銷了許多有趣的東西，其中不乏星盤、喇叭、飾有佛蘭吉帕尼家族徽章的成套餐具、銅礦股票、一大罐的水蛭、一本叫作《是虛幻的奇蹟，還是梅杜莎的首級？》的殘破書籍、一小對臭鼬與雪貂混生的動物等。還有能增強能力的鍊金藥，而且可以連同一名年紀不大輕、身材不大窈窕、氣色不大好的女子一起買。

一名黑鬍子矮人不斷向他們推銷一面黃銅鑲框、看起來就像廉價品的小鏡子，不過矮人聲稱那是韃靼汗王的魔鏡，但一顆石子突然飛來，打掉他手中的貨物。

「噁心巴拉的地精！」一名骯髒、光腳的流浪漢一邊嚷著，一邊逃走。「不是人的東西！一臉大鬍子的老山羊！」

「老天保佑你腸子爛光，人渣！保佑你腸子爛光，從屁眼裡閃出來！」矮人吼道。

一旁的人都在凝重的氣氛中，無聲地看著這場鬧劇。

□

榆樹區就座落在湖邊的灣岸裡，四周環繞著赤楊與垂柳，當然也有榆樹。這裡相對平靜許多，沒有半個人採買，也沒有半個人叫賣。微風從湖面輕輕拂來，對剛從充滿臭味的悶擠城市過來的人而言，格外舒適。

他們向頭一個碰到的路人問路，對方不假思索便指了路，因此他們沒花多少時間便找到了威爾辛格酒館。

酒館門廊爬滿了豌豆藤與野玫瑰，屋簷下滿是嫩綠青苔與燕巢。兩名大鬍子矮人坐在門廊上，肚子上各抱了一個啤酒杯，大口、大口地灌著。

「傑洛特和亞斯克爾。」其中一名矮人出聲道，然後大大打了個酒嗝，接著說：「你們這兩個輕浮的傢伙，也教人等太久了吧。」

傑洛特下了馬，說：「你好，亞爾潘・齊格林。佐丹・奇瓦，很高興我們又見面了。」

□

酒館中瀰漫著濃濃的烤肉香、蒜香、藥草香，還有一種說不出名、但很好聞的香氣。裡頭的客人就只有坐在厚重桌前、面向湖泊的他們。透過鉛框窗子那染了淡淡色彩的玻璃看出去，那座湖顯得神祕、美麗又浪漫。

「奇莉呢？」亞爾潘・齊格林劈頭便問，沒兜圈子。「她應該不是……」

「不是。」傑洛特快速截斷他的話。「她會來，很快就來了。怎樣？大鬍子，說說你們這裡的近況吧。」

「我就說吧！」亞爾潘的口氣頗酸。「我就說吧，佐丹！這個人從世界的盡頭回來，要是謠言沒說錯的話，他可是在那裡染了一身的血，又是殺龍，又是推翻帝國的，卻問我們最近怎麼樣？眞是好一個獵魔士。」

「爲什麼這裡聞起來這麼香？」亞斯克爾一邊嗅著鼻子，一邊插嘴道。

「午餐。」亞爾潘・齊格林說。「是肉的味道。亞斯克爾，問問看我們的肉是哪來的。」

「我不要，因為我知道這個笑話。」

「別這麼豬頭嘛。」

「你們的肉是哪來的？」

「自己找上門的。」

「好啦，現在說正經的。」亞爾潘．齊格林擦了擦眼角。老實說，那笑話已經挺舊了，但他還是笑到流眼淚。「現在吃的問題挺嚴重的，打仗完都是這樣。找不到肉，就算是鳥禽也一樣，魚也很難抓……很難拿到麵粉、馬鈴薯、豆類……牧場給燒光了，工廠被偷光了，魚池也流乾了，田地都荒廢了……」

「生意是一潭死水。」佐丹補充。「沒有活水，只剩高利貸和以物易物。你們有看到市集嗎？窮人把僅剩的財產都變賣精光，而旁邊的投機商人卻是口袋滿滿……」

「要是再碰上荒年，冬天一到，人類就會開始餓死。」

「眞的有這麼糟嗎？」

「你是從南方來的，沿途一定有經過村莊與屯田。你自己回想看看，有聽過幾次狗叫？」

「靠！」亞斯克爾一掌拍在額頭上。「我就知道……我就說嘛，傑洛特，事情不太對勁！我就說少了什麼！哈！現在我明白了！就是少了狗叫聲！沒有一個地方有……」

他突然打住，看向飄著蒜香與藥草香的廚房，眼底現出驚恐。

「不用怕。」亞爾潘哼了一聲。「我們的肉不是會汪汪叫、喵喵叫，或是一直叫『饒命』的那種。我們的肉完全不一樣，拿來請國王吃都行！」

「那你就快說是什麼啊，矮人！」

「我們收到你們的信後，就知道我們會在利維亞碰面，所以我和佐丹就在想，這裡要拿什麼來招待你們。我們想啊想地且到處亂逛，最後想到我們都想撒尿了，就去了河邊的赤楊林。到了那裡，我們定眼一看，滿地都是大蝸牛，所以我們就拿了袋子去裝，裝到滿出來……」

「有很多都跑掉了。」佐丹．奇瓦點了點頭。「因爲當時我們兩個醉得一塌糊塗，而那些傢伙跑得像飛的一樣。」

兩人因爲這件趣事，再度笑到掉眼淚。

「威爾辛格呢，」亞爾潘指了指在灶前忙和的酒館主人。「懂得怎麼煮蝸牛，而你們可要知道，這裡頭的訣竅不少呢。不過，他可是個廚藝大師。他老婆還在的時候，他們一起在馬利堡開了間小餐館，東西好吃到連國王都親自上門。等等你們就知道了！」

佐丹點了點頭，說：「而在那之前呢，我們先嚐嚐從這裡那座深不見底的湖泊抓上來、剛燻好的白鮭，還有從這裡深不見底的地窖取出來的伏特加。」

「還有你們的故事啊，先生們。」亞爾潘一邊倒酒，一邊提醒道。「還有你們的故事！」

□

白鮭還是熱的，油膩膩，散發著屬於赤楊木屑的燻香。伏特加很冰，喝了教人牙都要掉了。

頭一個開始述說的是亞斯克爾。他口若懸河，說得天花亂墜，精彩絕倫，活靈活現，在故事裡加入豐富的奇幻色彩，讓人都要將那些杜撰與虛構的部分當眞了。接著輪到獵魔士述說，而他只說事實，枯燥、呆板、乏味到讓亞斯克爾按捺不住，每隔一會兒便要插話，但也屢屢遭到矮人斥責。

在那之後，故事結束，取而代之，是長長的靜默。

「敬弓箭手米爾娃！」佐丹．奇瓦清清嗓子，舉起酒杯致意。「敬尼夫加爾德小子。敬雷吉思這個在自家小屋裡，拿自釀曼德拉草酒請旅行過客喝的草藥師。也敬那個我不認識的安古蘭。願他們所有人都在地下安息。願他們在這世上缺的，在那邊的世界能要多少、有多少。也願他們的名字能世世代代流傳下去，繼續活在所有人心中與故事中。大家乾杯吧。」

「乾杯。」亞斯克爾與亞爾潘．齊格林沉聲附和。

乾杯，獵魔士在心裡說道。

□

威爾辛格是個身材細長的傢伙，膚色蒼白、像根瘦竹竿，完全不像是酒館主人和手藝高超的廚子。他先把一小籃白嫩嫩、香噴噴的麵包擺上桌，然後又端來一個木製大盤子，裡頭的辣根葉襯底上，擺著一隻隻蝸牛，而抹在其上的香蒜奶油還滋滋作響、不斷噴濺。亞斯克爾、傑洛特與兩名矮人，小心翼翼地將食物送入口中。這道佳餚十分美味，而且也十分有趣，因爲得靠奇怪的鉗子與叉子來變戲法，才有辦法吃。

他們吃得津津有味，嘖嘖出聲，並以麵包接住從蝸牛上流下的奶油，在蝸牛接連從鉗子裡滑飛出去時，他們嘴裡的笑罵也跟著竄出。而酒館裡的兩隻小貓兒則是樂翻天，不斷滾動空殼，在地板上追逐。

廚房裡再度傳出香味，顯然威爾辛格正在烤第二份蝸牛大餐。

□

亞爾潘．齊格林不情願地揮了下手，但心裡其實也明白，獵魔士是不會放棄的。

「我呢，」他一邊吸著蝸牛殼，一邊說道。「基本上沒什麼變，打了點仗……管了點事，因爲我被選出來當副隊長。我會開始從政。其他生意都很競爭，不過在政治圈裡，有錢能使鬼推磨，即使是個廢物，也能輕易出線。」

「我嘛，」佐丹．奇瓦揮了揮夾著蝸牛的鉗子。「對政治沒興趣。我要和菲吉斯．默盧卓，還有蒙羅．布魯斯，一起合資開一家蒸氣冶金廠。你記得他們嗎？獵魔士。」

「我記得的不只他們。」

「亞宗．華爾達在亞魯加河邊陣亡了。」佐丹用平板的聲音告知。「那是最後的幾次交戰之一，他根本死得莫名其妙。」

「可惜了一條漢子。那培齊瓦．舒登巴呢？」

「地精？喔，那傢伙過得可好了。說到加入軍隊，那滑頭的傢伙就閃了，拿什麼地精的規定來當擋箭牌，說是信仰不允許他打仗。雖然大家都知道，他會爲了一條醃鯡魚，就把天上的神拿去換，結果還眞給他躲掉了。他現在在拿威格拉德開了間珠寶舖。你知道嗎？他從我這裡買走了那隻鸚鵡飛得元帥．嘟答，而且還把那鳥仔變成了活廣告，讓牠一直『鑽——石、鑽——石』地叫。想不到這招竟然有效，那地精的客人多到他媽的忙不完，工作滿檔，口袋都要裝不下了。對、對，拿威格拉德就是這樣！那裡滿街都是錢，所以我們打算把冶金廠也開在拿威格拉德。」

「人類會把屎抹到你門上。」亞爾潘說。「他們會拿石頭丟你的窗子，會叫你是『又噁又髒的侏儒』。就算你是從戰場上退下來的老兵，就算你爲他們打過仗，通通沒用。你在你的拿威格拉德裡，就只會是下等賤民。」

「總會有辦法的。」佐丹開朗地說。「馬哈喀姆的競爭太大，而且政客太多。兄弟們，我們喝吧。敬卡列伯．斯特拉通。敬亞宗．華爾達。」

「敬雷剛．大伯格。」亞爾潘幽幽補充道。傑洛特轉過頭，說：「雷剛也……」

「對，在馬耶那城外。大伯格老婆子現在是孤零零一個人了。唉，眞是的，說夠了，這種事說夠了，我們喝吧！還有趕快吃這些蝸牛，因爲威爾辛格已經端第二盆過來了！」

矮人們鬆開腰帶，聽著傑洛特和他們說亞斯克爾的公爵羅曼史最後是如何以斷頭台收場。詩人擺出一副受傷的模樣，沒有發表評論，亞爾潘與齊格林則是哄堂大笑。最後，亞爾潘咧嘴笑道：

「對、對，就像那首老歌說的一樣：『就算是能一隻手就把門閂折斷的漢子，也敵不過一個娘兒們的意志。』而這句話的最佳應證，今天全都聚到了這張桌前。遠的不談，就說佐丹．奇瓦好了。他在講自己近況的時候，忘記說他要結婚了。就快了，因爲是訂在九月。那個幸運的小心肝叫艾伍朵拉．布雷克克斯。」

「布雷肯黎格斯！」佐丹皺著眉頭，鄭重提出糾正。「齊格林，我已經開始受夠老是得糾正你了。給我小心點，因爲要是讓我受夠了，可是會動手揍人喔！」

「婚禮要辦在哪裡？還有是哪一天？」亞斯克爾出口緩和氣氛。「我之所以會問，是因爲我們說不定會過去瞧瞧，當然，要是你有請我們的話。」

「我們還沒決定好要在哪裡、怎麼辦、到底是不是有這回事。」佐丹悶聲道，顯然對這件事還很迷惘。「亞爾潘他話說得太早了。我和艾伍朵拉兩個人雖然有大概說了一下，不過未來會怎樣有誰知道呢？在現在他媽的這個世道？」

「第二個娘兒們無所不能的例子，」亞爾潘．齊格林繼續先前的話題。「就是來自利維亞的傑洛特——獵魔士。」

傑洛特假裝忙著吃蝸牛，亞爾潘見了，哼聲一笑，說：

「他奇蹟般地找回他的奇莉後，又允許她離開，同意和她再一次分開。就算現在這個世道——要是他媽的有誰注意到的話——可不是天下最為太平的時候，他還是又留她一個人。而某個獵魔士之所以會做出這一切，都只是因為這是某個女人想要的。只要是那個女人，那個通常大家叫作來自凡格爾堡的葉妮芙想要的，獵魔士全都會照辦，永遠都會照辦。要是那獵魔士可以因此獲得什麼，那還好，不過他沒有。這正像特馬利亞的戴茲莫德國王，在解完手後，探頭看夜壺裡的時候說的：『這讓人想破頭也想不明白啊。』」

「我提議，」傑洛特端出一張親切得不能再親切的笑臉，舉起酒杯。「我們來乾杯吧，然後換個話題。」

「喔，對、對。」亞斯克爾與佐丹也跟著唱雙簧。

□

威爾辛格將第三盆蝸牛送上桌，然後又端來了第四盆。當然，他也沒忘了添上麵包與烈酒。大啖美食的四人已幾近饜飽，無怪乎手中的酒杯也更常舉起互敬，至於談話內容更常涉及哲學，層面愈發深入，也同樣沒什麼好奇怪了。

□

「我所對抗的『邪惡』，」獵魔士重申道。「是『混沌』運作的表現，那是爲了要打亂『秩序』而特別計算過的運作。因爲『邪惡』拓展的地方，是『秩序』無法掌控的；不論『秩序』築起什麼，都會崩毀、站不住腳。智慧之光、希望之火、溫暖之焰不會綻放，而是熄滅。一切將會轉爲黑暗。在那片黑暗之中，將會出現獠牙、利爪與鮮血。」

亞爾潘．齊格林撫了撫他的大鬍子，那上頭沾了從蝸牛滴落的香蒜藥草奶油，顯得油膩膩的。

「獵魔士，你這番話說得很好。」他贊同道。「不過呢，就像年輕的卡蘿，在第一次和維利丹克國王幽會的時候對他所說的話一樣，『東西是不難看，可是有任何實際的用處嗎？』」

「獵魔士存在、獵魔士生存的理由，已不再是那麼理所當然，因爲『良善』與『邪惡』的戰鬥，已經轉向別的戰場，而且是以全然不同的方式進行。『邪惡』不再是一團混亂，不再是獵魔士這種，本身也像『邪惡』一樣一團混亂的變種人、殺人凶手，所必須挺身對抗的原始盲目力量。現今的『邪惡』是以律法行事，因爲律法是站在『邪惡』那邊。看看和平協議，就可以知道它無所不在，因爲人們在簽署那些協議時，心中所想的正是它……」

「他看到被趕去南方的屯民了。」佐丹．奇瓦明白了他所謂何事。

「而且不只這樣。」亞斯克爾嚴肅地說。「不只這樣。」

「那又怎樣？」亞爾潘．齊格林調整姿勢，讓自己坐得更舒服些，然後兩手交合，擱到肚子上。「只要活在這世上，就會看見一些事，就會有被惹惱的時候，遲早都會有吃不下飯的時候，不然就是睡不著覺。以前是這樣，現在是這樣，未來也還是會這樣。再多的哲理就像這堆殼一樣，變不出花樣，因爲也沒有花樣好變。獵魔士，你是哪件事看不順眼？哪件事沒順你的心？這個世界正在進行的改變？發展？進步？」

「或許吧。」

亞爾潘皺著兩條大濃眉，一言不發地看了獵魔士許久。最後，他終於開口：

「所謂進步，就像是一群豬，就該用這種角度來看、來評價。把它當作是一群聚在穀倉前或院子裡的豬。就因爲有這群豬存在的這個事實，才有各種好處可以拿——蹄膀、香腸、豬油、豬腳凍，一句話，好處多多！所以當牠們拉屎拉滿地的時候，也就沒什麼好抱怨的了。」

在場的人都沉默了一段時間，在靈魂與良心中，考量著各種重要的東西與事情。最後，亞斯克爾開了口：

「該好好喝他一喝。」

而這提議，沒人反對。

□

「進步，」亞爾潘打破沉默。「就長遠看，終會照亮黑暗。黑暗會在光明的面前退下。不過，這不會馬上發生，也一定不可能順順利利。」

傑洛特凝視窗外，對著自己的思緒與夢想微笑，說：

「你所謂的黑暗，是一種心靈狀態，而不是物質的。要和這種東西對抗，得訓練出另一種獵魔士。現在就是開始訓練的最好時機。」

「你會開始重新培訓嗎？你指的是這個意思？」

「完全不是。獵魔士生涯對我來說已經結束，我收山了。」

「最好是！」

「這話我說得是再認眞不過了，我的獵魔士生涯已經結束了。」

一陣長長的沉默降了下來，直到此起彼落的瘋狂貓叫聲響起才打破。桌下的貓兒們，照慣例對著彼此又抓又咬，因爲對牠們貓兒一族來說，少了小傷小痛，遊戲就一點也不有趣了。最後，亞爾潘開了口，重複傑洛特說的話：

「他的獵魔士生涯已經結束了。哈！就像戴茲莫德國王告訴我的，他在牌桌上出老千被人抓到的時候，自己都不知道該說什麼。不過，凡事要有最壞的打算。亞斯克爾，你和他一起旅行，兩個人常常在一起，他有表現出其他的偏執狂症狀嗎？」

「好了、好了。」傑洛特板起臉。「就像宴席上客人開始臉色發青、斷氣的時候，戴茲莫德國王說的那樣，玩笑話先放一邊。我想說的話都已經說完，現在該辦正事了。」

他從椅背上把劍拿起。

「佐丹・奇瓦，這是你的夕希爾。我要把它還給你，謝謝你，同時也表達我的敬意。這的確是支好劍，幫了不少忙，救了很多性命，也奪走了很多性命。」

「獵魔士……」矮人舉起雙手阻止。「劍是你的。當初我不是借給你，而是送給你。這是禮物……」

「閉嘴，奇瓦。我要把劍還你，我已經用不到了。」

「最好是。」亞爾潘說。「亞斯克爾，給他倒酒。他現在講的話，就和老史拉得在礦井裡被十字鎬砸到腦袋的時候一樣。傑洛特，我知道你是個生性眞誠、心靈高尙的人，可是我拜託你行行好，不要講這麼低級的笑話，因爲你的葉妮芙沒有坐在這間大講堂裡，你的那些女巫同居人也沒有任何一個坐在這裡，只有我們，一群老狼。犯不著對我們這票老狼扯什麼不需要劍、不需要獵魔士，什麼這個世界很壞，什麼這個那個的。你是獵魔士，永遠都會是獵魔士……」

「不，我不會。」傑洛特平心靜氣地反對。「這一定讓你們這群老狼感到意外，不過我已經得出結論，知道逆風撒尿很蠢，知道爲別人賭上腦袋很蠢，就算這個人會付我錢也一樣。而且，這當中沒有任何存在主義哲學的成分。你們不會相信，不過我突然寶貝起身上的這副皮囊了。我得出結論，爲了保護別人而傷了這副皮囊，很蠢。」

「我注意到了。」亞斯克爾點點頭。「一方面，這樣想很聰明；另一方面……」

「沒有另一方面。」

「你的決定，跟葉妮芙和奇莉有任何關係嗎？」亞爾潘問。

「很大的關係。」

「那一切就清楚了。」佐丹嘆氣道。「雖然講實話，我不是很明白，你，一個以劍維生的人，接下來打算怎麼過活，怎麼過完這輩子。至少隨便做點什麼，至少去給人拔牙；當個種捲心菜的農夫，我看你不大適合這種角色。不過呢，別人的決定還是得尊重。老闆，麻煩一下！這把劍呢，是馬哈喀姆的夕希爾，直接從魯達林打鐵鋪出來的正貨。這本來是個禮物，不過收到的人不想要，而送出去的人又不能收回去，所以你就把掛到壁爐上，把酒館的名字改成『獵魔士的劍下』。就讓這裡在冬天的夜裡，流傳關於寶藏和怪物的故事，關於血戰和激戰的故事，關於死亡的故事，關於偉大愛情、堅定友誼的故事，關於勇氣、榮譽的故事。就讓這把劍，給聽故事的人帶來滿足，給說故事的人帶來靈感。至於現在呢，各位先生，爲我倒酒吧，就倒在這個伏特加酒杯裡，不然我可是會繼續說下去，會發表各種眞得不能再眞的事實和各種哲學，當然也包括存在主義哲學。」

在一片愼重而靜謐的氣氛下，酒杯紛紛斟滿。他們眞誠地看著彼此眼睛，將杯中物一飲而盡，態度之愼重，不下先前。亞爾潘·齊格林清了清嗓子，環視眼前的聽眾，確定他們是否夠專心、夠愼重。

「進步，」他一本正經地說。「會照亮黑暗，因爲這就是進步之所以存在的理由，就像屁股是拿來拉屎的理由一樣。進步會將黑暗越照越亮，而我們也會越來越不怕黑暗，不怕躲在裡頭伺機而動的邪惡。或許會有那麼一天，我們不再相信在那黑暗之中，能有什麼東西埋伏。我們會對這樣的恐懼一笑置之，說那樣的想法太孩子氣，讓人覺得可恥！不過，黑暗永遠、永遠都會存在，邪惡也永遠會存在於黑暗之中，尖牙、利爪、殺戮與鮮血，也永遠會存在於黑暗之中，而也永遠都會有人需要獵魔士。」

□

他們沉默地坐著，深陷思緒之中，以致沒注意到城市裡突然升起的吵鬧與喧譁。那是有如一群盛怒胡蜂的嗡嗚般，充滿怒氣與敵意的喧鬧。

他們幾乎沒有察覺到一道、兩道、三道身影，沿著安靜無人的湖畔樹道快速閃過。

就在城市裡爆發吼叫的同時，威爾辛格酒館的門也「砰」地一聲開了。一名年輕的矮人闖了進來。他的臉因爲花費太多氣力而漲紅，整個人幾乎喘不過氣。

「怎麼了？」亞爾潘．齊格林問。

不過那矮人還喘不過氣，只用手指向市中心，眼神激動萬分。

「先做個深呼吸，」佐丹．奇瓦建議道。「再好好講講發生了什麼事。」

□

後來，大家都說利維亞發生的那些悲慘事件，根本就是意外。人類、矮人與精靈，對彼此間一直是充滿敵意與厭惡，心中會怒氣橫生也屬合理。而那一次爆發，完全是臨時起意，突如其來，毫無預警。大家都說，那次率先發動攻擊的不是人類，而是矮人。說那侵犯的舉動是出自矮人那邊，是一個矮人販子冒犯了年輕的貴族、戰事的遺孤娜蒂亞．艾斯波希投，並對她使用暴力。而當貴族小姐的一群友人爲她挺身而出時，那矮人也喚來自己的族人。事情演變成打群架，然後轉眼間，整個區域都開始打鬥，進而發展成殺戮。矮人在其掌控的部分城外市集與榆樹區裡，對人類展開了大規模的屠殺。不到一個鐘頭，從市集的意外爆發，到魔法師介入，總共有一百八十四人被殺，而這些犧牲者當中，有近半數是女人和小孩。

而這個版本的意外過程，也被奧克森福特的艾梅里赫．勾特斯哈克教授寫進了自己的研究中。不過也有些人有不同的說法。他們問道，要是在市集出事的幾分鐘內，大街小巷裡就出現車輛，而且人類從那上頭拿出武器分派，那麼，這是哪來的臨時起意？哪來的無預警爆發衝突？要是群眾當中那些帶頭的，那些在屠殺期間最顯眼、也最活躍的是人類——沒有人認識，也不知打哪來，而且是在事件發生的幾天前才進入利維亞的人類，那麼，這是哪來的突然但合理的怒氣？而且在事件過後，還沒有人知道他們消失到哪裡去了？爲什麼軍隊那麼晚才介入？而且一開始還那麼不甘不願？

還有其他學者在利維亞事件中，找到尼夫加爾德挑撥的證據。不過也有些人認爲，這一切都是矮人自己，夥同精靈一起謀劃的；認爲他們是自己殺了自己人，好抹黑人類。

一名古怪年輕的碩士——在被人要求噤聲前，不斷重複這個論述——提出極度大膽的理論，但這理論卻被淹沒在嚴肅科學家之間的討論中。他認爲利維亞的事件並沒有什麼陰謀或密謀主導，僅是因爲當地人那平常而普遍的性格——無知、排外、野蠻無理和極度墮落。

後來，大家對這件事都乏味了，也不再提起。

□

「進地窖！」獵魔士重複道。耳中傳來人群快速逼近的吶喊與吼叫。「矮人，你們快進地窖！不要逞什麼蠢英雄！」

「獵魔士，」佐丹握緊斧柄，困難地說。「我不能……我的兄弟們都在那裡送命……」

「進地窖。想想艾伍朵拉·布雷克克斯吧！你想她在婚禮前就守寡嗎？」

這個論點發揮了作用，矮人們進到那座空間不大的地窖裡。傑洛特與亞斯克爾用一小塊乾草墊蓋住入口。平常臉色蒼白的威爾辛格，這下更是完全刷白，像塊奶渣一樣。

「我在馬利堡見過大屠殺。」他一邊看著地窖入口，一邊斷斷續續地說。「要是他們被找到了……」

「進廚房去。」

亞斯克爾也同樣臉色蒼白。傑洛特對他的反應並不特別訝異。不久前還是單調、讓人不會有所聯想的吼叫，現在聽來就像一個個清楚的音符，讓人聽了會頭皮發毛的聲音。

「傑洛特，」詩人哀聲道。「我長得和精靈有點像……」

「別說蠢話了。」

一張張屋頂上紛紛升起煙團，逃難民眾從一條巷子倉皇跑出，都是矮人，男女皆有。其中兩人不假思索便跳進湖中，濺起大片水花，筆直往水深處游去。餘下的矮人四處散逃，有部分轉往酒館。

一小群人從一條巷子裡衝了出來，速度快過矮人。這場競賽，勝出的是屠殺的慾望。被屠殺者的慘叫聲不斷鑽入耳中，酒館窗戶的彩繪玻璃也紛紛發出聲響，傑洛特感覺到自己的雙手是如何開始顫抖。

一名矮人被五馬分屍，就像字面上的意思一樣，被分拆成塊。另一個跌倒在地，沒兩下便成了一團不成形的血糊。一名女子遭到尖叉與利槍刺穿，而她拚死保護至生命最後一刻的那名孩童，也遭到無情踐踏，被鞋跟踩成肉泥。

有三人——一名矮人與兩名女人——直接逃向酒館，後頭追著一票高聲咆哮的群眾。

傑洛特深深吸了一口氣，站起身，從壁爐的架上取下那把在馬哈喀姆打造、直接從魯達林打鐵鋪出來的寶劍夕希爾，同時也注意到亞斯克爾與威爾辛格投在自己身上的恐懼視線。

「傑洛特……」詩人痛苦萬分地哀聲道。

「好吧。」獵魔士一邊往門口走，一邊說：「這是最後一次了！真是該死啊我，這真的是最後一次了！」

他走出酒館，來到門廊，然後從門廊往下跳，快速揮出一劍，將一名穿著水泥匠外袍，拿起鏝刀就要往其中一名女子揮去的惡徒，砍成兩半。另一人揪住第二名女子的頭髮，他便把那隻手給剁下。至於對著跌倒的矮人又踢又踹的那些，則被他左右開弓，兩劍快速解決。

然後，他走進那群人當中。他的動作很快，以半迴旋的方式不斷閃身。他故意加大砍殺的範圍，雖然動作看來雜亂無章，但他知道，這種砍法比較戲劇性，但不血腥。他並不想殺了他們，只想讓他們片體鱗傷。

「精靈！精靈！」人群中的某人來勢洶洶地高吼。「殺精靈！」

太誇張了，他心想。亞斯克爾還說得過去，不過我不管從哪角度看，一點也不像精靈。

他瞧見了放聲高喊的那人穿著布面甲與高筒靴，大概是名軍人。只見那人往人群裡鑽，好似鰻魚，最後雙手握矛，擋在身前。傑洛特順著矛桿一劍砍下，斬斷了他的手指，然後一個旋身，又是大動作一劍，痛苦的哀嚎與鮮紅的血泉便連番爆發。

「饒命啊！」一名滿頭雜草、眼神狂亂的小伙子，在他面前下跪。「放過我吧！」

傑洛特放過了他，停住打算出招的劍與手，並將那股攻擊的勁道以旋身化解，但眼角卻瞄到那滿頭雜草的傢伙快速起身，且瞧見他手裡的東西。他打住旋身的動作，想逆向閃避，卻撞進人群中，並在轉瞬間陷了進去。

他只來得及看見朝他飛來的銳利三牙叉。

□

巨大壁爐裡的火滅了，廳裡也變得漆黑一片。從山上吹來的強風在城牆縫隙間呼嘯、號叫，不斷灌進卡爾默罕——獵魔士的根據地——一扇扇的漏洞窗扉。

「他媽的！」艾斯科再也忍不住，站起來，打開櫥櫃。「『海鷗』，還是伏特加？」

「伏特加。」可恩與傑洛特同聲答道。

「對。」藏在黑暗中的維瑟米爾答腔道：「對，當然！你們就把你們的豬腦袋都浸到伏特加裡吧。一群該死的蠢材！」

「這只是意外……」蘭伯特嘟囔著。「她本來已經會走木樁了……」

「閉上你的鳥嘴，白痴！我不想聽到你的聲音！我告訴你，要是那女孩出了什麼事……」

「她已經沒事了。」可恩緩聲打斷道。「現在睡得很安穩、很沉，也很香。醒來之後會有點痛，就這樣而已。至於進入恍惚狀態，還有發生了什麼事，她一點也不會記得。」

「這次的事，你們最好給我銘記在心。」維瑟米爾說得咬牙切齒。「一群智障！艾斯科，給我倒酒。」

他們沉默了許久，失神聽著風的呼嘯。終於，艾斯科開了口：

「我們得找個人來，得找個女的魔法師來。現在那女孩身上發生的事，並不尋常。」

「她陷入這樣的恍惚，已經是第三次了。」

「不過這是她第一次發出有意義的聲音……」

「你們再和我說一次她講了什麼。」維瑟米爾一口乾光杯中物，下令道：「一個字、一個字給我說清楚。」

「沒辦法一個字、一個字說。」傑洛特凝視著壁爐裡的餘燼說。「至於意思嘛，如果要在她的話裡找意思的話，就是我和可恩會死。尖牙會是我們的剋星，我們會被尖牙殺死。他的是兩根牙，我的是三根。」

「我們被咬死的可能性很大呀。」蘭伯特輕蔑地說。「我們當中的每個人，在任何時候都有可能被尖牙所殺。不過你們兩個呢，要是那預言是眞的的話，就會被某種牙齒特別銳利的怪物所殺。」

「不然就是死於壞牙化膿發疽。」艾斯科一臉認眞地點了點頭。「只是，我們的牙不會壞。」

「而我呢，可不會拿這種事來開玩笑。」維瑟米爾說。

在場的獵魔士聞言皆沉默下來。

強風呼嘯，在卡爾默罕的城牆間發出尖哨。

□

滿頭雜草的小伙子好像被自己所做的事嚇到，放掉了叉柄。獵魔士儘管不願意，仍是痛得大叫，蜷起身子。插進體內的三牙叉，讓他跪跌地面，接著慢慢滑出他的身體，掉在石磚路上。鮮血漱漱傾瀉，濺出水聲，然後成了一道瀑布。

傑洛特原想站起身，卻往一旁倒下。

周遭的聲音成了反饋與迴響，好似整個頭都浸在水裡時會聽到的樣子。他的視線也變得模糊，大小失眞，遠近難辨。

不過，他看見群眾在見到他的援軍——拿著斧頭的佐丹與亞爾潘、拿著肉槌的威爾辛格，以及拿掃帚當武器的亞斯克爾時，紛紛嚷著「逃命」跑開。

你們要去哪裡？給我站住。他想這麼大喊。逆風撒尿這種事，我一個人來就好了。

不過，他喊不出來。他的聲音被血浪給蓋住了。

□

女巫們抵達利維亞時，已近正午。下方，與商道隔了一段距離的洛克艾斯克洛特湖、城堡紅頂及城市屋頂，都閃閃發亮。

「好了，我們到了。」葉妮芙道出眼前的事實。「利維亞！哈，命運還眞是詭異糾葛。」

已經有好一段時間都興奮不已的奇莉，迫使凱爾佩原地踏動，改採細碎步伐。特瑞絲．梅莉戈德趁兩人不注意，暗暗嘆了口氣。應該說，她以爲兩人沒注意到。

「哎呀呀。」葉妮芙用眼神掃過她。「特瑞絲，妳那純潔的胸脯裡發出的聲音還眞是怪呀。奇莉，妳往前走一點，看看那邊有什麼。」

特瑞絲決定不接受她的挑釁，把頭轉開，不給她藉口。不過，她也不認爲這樣會有用。葉妮芙對她充滿敵意與憤怒的這件事，她已經注意到好一段時間了，而且越靠近利維亞，葉妮芙的態度就更明顯。

「妳，特瑞絲，」葉妮芙惡狠狠地說。「不用臉紅，不用嘆氣，不用流口水，臀部也不用在那馬鞍上扭啊扭的。妳以爲我爲什麼要順應妳的請求，讓妳和我們一起上路？是爲了要讓妳去見會讓妳開心到腿軟的舊情人？奇莉，我不是請妳往前騎一點了嗎？給我們一點說話的空間！」

「妳是在演獨角戲，不是在和人家說話。」奇莉頂嘴道，不過在那雙危險的紫眸注視下，馬上棄械投降，朝凱爾佩吹聲口哨，沿著商道快步而去。

「特瑞絲，妳現在不是要去見情人。」葉妮芙說：「我既沒有那麼崇高，也沒有那麼愚蠢，會給妳機會，或給他誘惑。就只有今天這麼一次，之後我會好好看著，不會讓你們再有任何機會或誘因。不過，今天，我不會拒絕這甜美而變態的歡愉。他知道妳所扮演的角色，而且會用他那著名的眼神來答謝妳。我呢，則會看著妳那抖動的雙唇與發顫的雙掌，聽著妳那蹩腳的道歉與開脫之詞。而妳知道嗎，特瑞絲，我會開心到腿軟。」

「我就知道，」特瑞絲咕噥道。「妳不會原諒我。妳會報復我。這我認了，因爲我確實活該。可是，葉妮芙，我只有一點要和妳說——別太指望腿軟這件事，因爲他懂得原諒。」

「原諒別人對他所做的事？當然。」葉妮芙瞇起雙眼。「不過發生在奇莉身上的事，還有我的事，他永遠不會原諒妳。」

「也許，」特瑞絲嚥下唾沫。「也許他不會原諒我，尤其是有妳確保他會有如此反應的話，不過他一定不會惡語傷人。他不會讓自己降格做這種事。」

葉妮芙一鞭甩向身下的坐騎，馬兒發出嘶鳴，激烈跳動起來，讓鞍上的女巫失去平衡。

「話說夠了吧！」她吼道：「妳這自大的潑婦，做人要謙虛點！這是我的男人，我一個人的！妳明白嗎？妳不要再給我講他的事，不要再給我想他，不要再一副欣賞他高貴性情的樣子……妳馬上就給我改，現在就給我改！啊，我眞想扯住妳那頭亂七八糟的紅髮……」

「妳試試看啊！」特瑞絲大叫。「妳這瘋婆子，有種就試試看，我會把妳的眼睛挖出來！我……」

她們突然停了下來，看見奇莉不要命地往她們奔來，還在身後捲起一團煙塵。兩人當下便知道有事發生，也在奇莉還沒騎到前，便瞧見是怎麼回事。

紅色火舌突然竄上前方，離城外市集已經很近的茅草屋頂，竄上了城裡的屋頂與煙囪，一團團煙霧也跟著噴發。叫聲傳進了女巫們的耳朵裡，聽來很遙遠，好像一群惱人蒼蠅所發出的聲音，好像一群被激怒的大黃蜂發出的聲音。叫聲越來越大，越來越厚實，配上一聲聲拔高的尖叫，譜成一首對位旋律。

「那邊該死的是發生了什麼事？」葉妮芙站到了馬鐙上，說：「有人入侵？火災？」

「傑洛特……」奇莉突然哀聲道，臉色白得像羊皮紙。「傑洛特！」

「奇莉？妳怎麼了？」

奇莉舉起一隻手，而女巫們看見鮮血沿著她的手掌，沿著她的生命線流下。

「循環關閉了。」女孩閉上眼睛說。「雪拉微得的玫瑰刺傷了我，而銜尾蛇把牙齒咬進了自己的尾巴裡。我來了，傑洛特！我來找你了！我不會放你一個人！」

女孩掉轉凱爾佩，轉眼間便急騁而去。兩個女巫，沒有一人來得及提出異議。

她們快速反應，立即迫使自己的坐騎也拔腿快奔，但她們的馬根本比不上凱爾佩。

「怎麼了？」葉妮芙一邊吞下快速流動的空氣，一邊大喊道：「發生什麼事了？」

「妳明明就很清楚！」特瑞絲泣聲道，與她並駕狂奔。「葉妮芙，快！」

她們還沒衝進外郭城的城門，還沒經過首批從城裡逃出的民眾，葉妮芙便已勾勒出事件的輪廓，知道當下在利維亞所發生的事，不是火災，也不是敵方軍隊入侵，而是一場大屠殺。同時，她也已經知道奇莉的預感是什麼，知道她是要衝去哪裡、衝去找誰。她也很清楚自己趕不上她，一點機會都沒有。前方的恐慌人群擠成一團，而她與特瑞絲必須緊急勒住坐騎，兩人也因此差點沒從馬的頭上飛出去。而凱爾佩直接跳了過去，碰掉幾頂帽子，有的有寬邊，有的只有帽沿。

「奇莉！停下來！」

不知何時，她們已經處在人滿爲患的巷弄間，那些人個個一邊尖叫、一邊逃命。葉妮芙從空隙中看見躺在水溝的軀體，看見倒吊在木樁與橫梁的死屍。她看見一個矮人躺在地上，被人又踹又踢，拿棍子打；另一個矮人慘遭瓶子碎片割斷喉嚨。她聽見加害者的嘶吼與受害者的哀號。她看見一個女人被丟出窗子後，身旁馬上圍了一堆人，接著便是不斷舉起、落下的棍棒光影。

人群越聚越多，叫吼的聲音也越來越大。女巫們覺得自己與奇莉之間的距離似乎縮短了些。凱爾佩所遇到的下一個障礙，是幾名拿著斧槍、搞不清楚狀況的傢伙，但牠把他們當作柵欄跳了過去，還碰掉其中一人的扁盤頭盔，其他人則嚇得跌坐在地。

兩人快馬來到一座廣場。那裡萬頭鑽動，黑鴉鴉一片。此時，葉妮芙了解到奇莉必是看見了事情的預像，打算朝向事情的核心、事件的中心去，打算直接撲向水深火熱的瘋狂屠殺現場。

因為，她轉過去的那條街道上，正傳出打鬥的嘶吼聲。矮人與精靈奮力保衛七拼八湊的路障，保衛逐漸失守的據點，在叫囂群眾的攻擊進犯下，一個個倒地喪命。奇莉大吼一聲，貼在馬頸上。凱爾佩縱身起跳，以巨大的黑鳥而非馬匹之姿，飛過了路障。

葉妮芙衝進人群，煞住坐騎，撞倒了幾個人。她還來不及大叫，就已被人拉下馬鞍，不知被什麼打中後背、骶骨和後腦。她跪了下來，看見一個穿著鞋匠圍裙、高頭大馬的傢伙，正打算要提腳踹她。

葉妮芙受夠了那些踹人的傢伙。

她張開指頭，從指尖射出滋滋作響的青紫火焰，像條鞭子般切過周遭人群的臉孔、軀幹與手部。焦肉的臭味頓時傳出，痛苦的哀號與尖叫壓過了周遭的騷動與喧囂。

「巫婆！精靈的巫婆！女巫！」

另一個傢伙高舉斧頭跳向她。葉妮芙將火焰直接射到他臉上。只見那傢伙的兩顆眼球破裂，讓火煮開，冒出來流到雙頰上。

人群退了開來。有一個人抓住她的手臂，她大力掙脫，而那卻是特瑞絲。

「我們快逃吧……葉娜……我們……快逃……」

我聽過她用這種聲音說話，思緒閃過葉妮芙腦中。聽過她用那僵硬如木，就算以唾沫滋潤也無濟於事的嘴唇說話；聽過她用那因恐懼而發僵、因恐慌而發顫的嘴唇說話。

我聽過她用這種聲音說話，在索登城外的那座山丘上。

在她被懼意嚇得魂飛魄散的時候。

她現在也被嚇得三魂沒了七魄。她這輩子都會因恐懼而魂飛魄散。因爲，一個人要是沒在第一次受驚的時候，就想辦法克服膽怯，那她這輩子，都會活在恐懼的陰影之下。

特瑞絲嵌進她袖子裡的指頭，好似鋼鐵一般。葉妮芙用盡氣力，才從那些指頭的禁錮中脫離。

「要就妳自己逃！」她叫道。「躲到妳女巫會的裙襬後頭！我有東西要保護！我不會放奇莉自己一個！還有傑洛特也是！滾開，鄉巴佬！要是不想受皮肉痛，就別擋我的路！」

她的眼睛與雙手皆冒出電光，圍在她坐騎四周的人們紛紛退了開來。葉妮芙把頭一甩，讓黑色鬈髮更加蓬滿，看起來就像憤怒女神的化身，像個毀滅天使，一個拿著火焰之劍降世懲罰的毀滅天使。

「滾！滾回你們的家裡去，鄉巴佬！」她甩著火鞭大叫道：「滾！不然我把你們當作牛一樣，給你們烙印子！」

「大家，這不就是個女巫罷了！」一道響亮、如金屬般的聲音自人群中傳出。「這不過就是個該死的妖女罷了！」

「她只有一個人！另一個跑了！喂，孩子們，快去撿石頭！」

「殺死非人類！女巫該死！」

「讓她死！」

第一顆石頭嗖地一聲，從她耳畔飛過。第二顆石頭砸到她的肩頭，讓她晃了一下。第三顆直接擊中她的臉，那痛楚先是火辣辣地在她眼裡散開，然後便是一片黑絲絨罩了下來。

□

她醒過來，痛得發出呻吟。兩隻前臂與手腕都傳來撕扯的痛楚。她下意識地伸出手，摸摸包了好幾層的繃帶，然後再度發出無聲而絕望的呻吟。她很失望這不是夢，也很失望自己失敗了。

「妳失敗了。」坐在床邊的緹莎亞・德芙利斯說。

葉妮芙覺得口很乾，很渴望能有人至少點幾滴水，在她黏了一層東西的嘴唇上，不過她沒有開口。她的驕傲不允許。

「妳失敗了。」緹莎亞・德芙利斯重複道。「不過，這並不是因爲妳沒有盡力。妳切割得很好、很深，所以我現在才會在妳身邊。要是那只是場戲，一場愚蠢、隨便的展演，那麼我只會蔑視妳。不過，妳切割得很深，很認眞。」

葉妮芙呆滯地看著天花板。

「女孩，我會照顧妳的。因爲這大概是値得的。不過得好好把妳治一治，喔，得好好治一治。不只得幫妳把脊椎與肩胛拉直，也得把妳的兩隻手都醫好。妳在切割血管的時候，把手筋也割斷了，而手對女巫來說，可是很重要的部分啊，葉妮芙。」

她感覺到唇上傳來濕意。是水。

「妳會活下來。」緹莎亞的聲音聽來扼要、嚴肅，甚至嚴厲。「妳的時間還沒到。等到了的時候，妳會想起這一天。」

湊到嘴邊的棒子纏著濕繃帶，葉妮芙貪婪地吸吮著上頭的水分。

「我會照顧妳的。」緹莎亞．德芙利斯一邊輕觸她的髮絲，一邊又說了一次。「至於現在……這裡就只有我們兩個，沒有其他人在場。沒有人會看見，而我也不會和任何人說。哭吧，小姑娘，都哭出來。最後一次，全都哭出來吧，之後就不准妳再哭了。哭泣的女巫，比什麼都難看。」

□

她恢復意識，咳了一下，吐出一口血。有人拖著她在地上走。靠著香水的味道，她認出了那是特瑞絲．梅莉戈德。離她們不遠的石磚路上，傳出了馬蹄鐵敲擊聲，以及吶喊的震動。葉妮芙看見一名全副武裝、外罩紅箭白衫的騎士，正從高橋馬鞍上傾身，以鞭子甩打人群。人群朝騎士丟石頭，但那些石頭打到他的鎧甲和頭盔，全無力地反彈開來。馬兒不斷嘶鳴，左甩右晃，頻頻揚蹄。

葉妮芙感覺自己的上唇好像變成一顆巨大的馬鈴薯，前牙至少有一顆斷了或掉了，而且還狠狠傷到舌頭。

「特瑞絲……」她吃力地說。「用瞬間移動把我們從這裡移走。」

「不，葉妮芙。」特瑞絲的聲音很是平靜，而且非常的冷酷。

「他們會殺了我們……」

「不，葉妮芙。我不會逃。我不會躲到女巫會的裙襬後頭。妳也不用怕，我不會像在索登的時候那樣，怕到昏過去。我要克服心裡的這一關，我已經克服了！」

巷口附近，長滿苔蘚的牆面有處凹陷空間，疊了一座巨大的堆肥、糞屎與垃圾。那是很可觀的一堆，足以稱作一座小丘。

此時，人群擠得水泄不通，令那名騎士和他的馬匹動彈不得。騎士被打落地面，引起龐然聲響，然後人群像跳蚤一樣，全爬到他身上，成了一層會動的平面。

特瑞絲把葉妮芙拉開後，便站到那堆垃圾上，高舉雙手，大聲吼出咒語。她聲音裡的憤怒，令群眾安靜了片刻。

「他們會殺了我們。」葉妮芙吐掉一口血。「讓我們死得徹徹底底……」

「幫我。」正在唸咒的特瑞絲停了一會兒，說：「幫我，葉妮芙。我們對他們施放阿勒祖閃電……」

然後我們可以殺掉大概五個人，葉妮芙在心裡想著。但之後，剩下的人會把我們生呑活剝。不過，好吧，特瑞絲，就按妳的意思吧。如果妳不逃，那麼妳也不會看見我逃。

她加入了唸咒的行列。這會兒，兩個人都一起大吼。

人群盯著她們看了一會兒，但很快便回過神。兩個女巫的周遭，再度出現石塊飛掠的聲音。一支尖矛幾乎擦過特瑞絲的鬢角，但她卻連動也沒動。

這根本一點用都沒有，葉妮芙想道。我們的魔法根本就沒效，不可能召喚出像阿勒祖閃電那樣複雜的法術。傳說阿勒祖的聲音像鐘聲，口條有如演說家，而我們在這裡卻是口齒不清地亂叫，文字和聲調都七零八落……

她準備好隨時中斷唱誦，將剩餘的力氣集中在別種咒語上，好將她們瞬間移動，或是好好款待已經失心瘋的那群人，就算只讓他們難過一下也好。結果，她的打算原來是不必要的。

天色突然變暗，城市的上方聚集了層層雲朵。四周變得十分漆黑，還颳起了一陣寒風。

「天啊，我們好像把場面鬧得太大了。」葉妮芙說。

□

「梅莉戈德雹滅術。」妮穆耶重複道。「基本上，用這個名字不合法。這個魔法從來沒有正式登記在案，因爲在特瑞絲・梅莉戈德之後，還沒有人成功施展過。原因很簡單，當時特瑞絲嘴巴受了傷，所以說話不清楚。有些不懷好意的人甚至認爲還有另一個主因，就是當時她已嚇到舌頭打結。」

康薇拉慕絲撇著嘴說：「這一點，剛好讓人很難相信。可敬的特瑞絲有數不盡的英勇事蹟，有些編年史甚至稱她爲『大無畏的特瑞絲』。不過，我想問的是別的事。有一版傳說提到，特瑞絲不是自己一個人在利維亞山上；說當時和她在一起的，還有葉妮芙。」

妮穆耶看向一幅水彩畫，上頭有團黑色風暴，一座陡峭的小山，背景則是透著亮光的深藍雲層。在那座小山上，可以看見一道纖細的女性身影，雙手筆直高舉，髮絲狂野飄散。

湖面上籠罩著一片霧氣，漁人王規律的划槳聲傳到了岸邊。

「如果當時有任何人和特瑞絲在一起，那麼這個人並沒有在畫家的筆下存活下來。」湖之主說。

□

「天啊，開始了。」葉妮芙重複道。「特瑞絲，小心！」

從聚在利維亞上方的雲團裡，冰雹瞬間落下，每顆冰球，大小都相當於一顆雞蛋。冰球擊落的力道之大，打破了屋頂，發出極大聲響。這冰雹下得極密，轉眼間，小廣場上便積了厚厚一層冰。人群亂成一團，有的掩頭趴地，有的相互踩踏，有的踉蹌奔逃。拱門與拱廊下全都擠滿了人，圍牆邊也蹲滿了人。然而，不是所有人都及時躲過，有些人留了下來，像魚一般躺在冰上，全身染上濃烈的血色。

葉妮芙趕在最後一刻，在她們頭上變出一張魔法盾，但冰雹降下的勁道太強，防護盾不斷晃動，隨時有破裂的危機。她甚至沒有試著使出別的法術，因爲她們弄出來的這個場面，已經無法停止了。這股她們意外召喚出來的自然之力，必須好好釋放，到達高峰，然後不久便會停歇。

至少，她是這麼希望的。

一道電光閃過，轟然雷鳴，巨響不斷迴盪，連地面也震動起來。冰雹打在屋頂與路磚上，裂成碎冰飛濺。

天色稍微轉亮，陽光穿過雲層，好像一條九尾鞭般甩在城上。特瑞絲的喉頭裡發出一個聲音，不是呻吟，也不是嗚咽。

冰雹依舊下個不停，一顆顆打在地上，在廣場上鋪了一層厚實的冰球，閃閃發亮，宛如鑽石，但冰粒已經沒下那麼多，也沒那麼猛烈了。然後，冰雹不再落下，而且是忽然停止，像被人一刀切斷一樣。一支武裝部隊在這時闖進廣場，打上鐵片的馬蹄踏在冰粒上，發出清脆的聲響。人群在馬鞭的揮打下、矛桿的戳擊下、劍面的拍撞下，紛紛哀號竄逃。

「很好，特瑞絲。」葉妮芙啞著嗓子說。「我不知道剛才那是什麼……不過做得很成功。」

「因爲我有東西要保護。」山丘上的英雄特瑞絲．梅莉戈德也啞著嗓子說。

「都是這樣的。我們快走吧，特瑞絲，因爲事情還沒結束呢。」

□

事情已經結束了。女巫們降在城裡的冰塊，讓一個個發熱的腦袋都降了溫，軍隊也才敢踏進來恢復秩序。在這之前，士兵們心裡是害怕的，知道攻擊一群發了狂的群眾有多麼危險。酣飲鮮血與殺戮的人群，什麼都不怕，不管碰到什麼，都不會退縮。然而，自然之力的爆發，讓這殘忍的多頭野獸溫順了下來，而剩下的一切，則由軍隊的進攻行動來收拾。

冰雹讓城裡變得面目全非。方才用馬車前的繫繩橫木，將矮人女子活活打死，並抓她的孩子直接撞牆撞死的那人，現在卻是哽咽、哭泣，吞著淚水與鼻涕，看著自家屋頂殘存的東西。

利維亞裡一片寧靜，要不是那將近兩百具屍體和十幾間燒燬的屋舍，或許會有人覺得，這裡其實什麼事也沒發生。太陽在榆樹區的洛克艾斯克洛特湖水邊，照出了一彎美麗無比的彩虹。垂柳倒映在光滑如鏡的湖面上，鳥群再度高歌，空氣中飄散著綠葉香。一切看起來是這麼詩情畫意。

甚至是躺在血泊中的獵魔士，以及蹲在他身旁的奇莉。

□

傑洛特呈現昏迷狀態，白得像石灰一樣。他一動也不動地躺著，不過等她們來到他身旁，他開始嗆咳、喘息、吐血。他開始發抖，抖到連奇莉都抓不住他。葉妮芙跪在一旁。特瑞絲看見她的雙手在顫抖，自己也突然覺得像孩子一樣虛弱，兩眼開始發黑。有人扶住了她，在她倒下前，救了她。她認出那是亞斯克爾。

「這根本一點用都沒有。」她聽見奇莉充滿絕望的聲音。「葉妮芙，妳的魔法根本治不了他。」

「我們來得……」葉妮芙艱難地蠕動嘴唇。「我們來得太晚了。」

「妳的魔法根本一點用都沒有。」奇莉重複道，好似沒聽見她說的話。「所以這東西到底有什麼用？妳們這個所謂的魔法，到底有什麼用？」

妳說得沒錯，奇莉。特瑞絲在心裡想著，覺得有某個東西鎖住了她的喉頭。我們可以召喚冰雹，卻無法驅趕死神，雖然後者看似比較容易，但我們卻做不到。

「我們叫人去找醫生了。」站在亞斯克爾身旁的矮人，用粗嘎的聲音說：「不過不知道怎麼搞的，還沒看到人……」

「現在找醫生太慢了。」特瑞絲說，而且聲音之平靜，連她自己都感到訝異。「他不行了。」

傑洛特再度發抖，吐出鮮血，然後兩腿一伸，就再也不動了。扶著特瑞絲的亞斯克爾絕望地嘆了口氣。矮人咒罵一聲。葉妮芙發出哀號，臉龐也突然變了，縮成一團，看起來很醜。

「沒有什麼比哭泣的女巫，看起來還要更可悲的了。」奇莉尖銳地說。「這一點是妳自己教我的，而現在的妳很可悲，眞的很可悲啊，葉妮芙。妳和妳那個一點用處都沒有的魔法都是。」

葉妮芙沒有回應。她扶著傑洛特的雙手已經沒有力氣，腦袋不斷往下墜，但仍以令人心碎的聲音，重複唸著咒語。青色的細碎火星在她的雙掌上，在獵魔士的臉頰與額頭上跳動。特瑞絲知道這個咒語有多耗費心神，也知道這個咒語已於事無補。就算是治癒師的特殊咒語，也挽回不了頹勢，她心裡是清楚得不能再清楚了。一切都已經太遲了，葉妮芙的咒語只是徒然將她榨乾。特瑞絲甚至覺得訝異，葉妮芙竟能支持這麼久。

不過，她的訝異也到此爲止，因爲葉妮芙在接下來的唸咒途中停了下來，慢慢倒在獵魔士身旁的石磚上。

矮人中的一人再度咒罵，另一人則低頭站著。依舊扶著特瑞絲的亞斯克爾吸了吸鼻子。

空氣突然變得非常冷。湖面開始冒煙，噴出蒸汽，有如女巫的大鍋。霧氣快速升起，在水面上方旋繞，然後如浪潮般登上陸地，讓濃密的白乳覆蓋了所有的一切，讓所有的聲音都安靜消逝，讓所有的物體都模糊消隱。

「而我，」奇莉依舊跪在血泊中。「曾經放棄自己的能力。要是我沒放棄，現在就能救得了他，就可以把他治好。我知道，可是一切都已經太遲了。我放棄了能力，現在已經什麼都做不了了。這就好像殺了他的人，是我。」

這片寂靜先是讓凱爾佩的嘶鳴打破，然後是亞斯克爾的驚呼。

接著，所有人都傻了。

□

一頭潔白的獨角獸從霧中出現，輕盈、敏捷、無聲地跑著，優雅地昂著美麗的馬首。這一幕沒什麼異常之處。大家都知道傳說的內容，知道獨角獸跑起來輕盈、敏捷、無聲，知道牠們總是優雅地揚著馬首。真要說奇怪的地方，就是獨角獸在湖面跑的時候，竟然沒有掀起一點水波。

亞斯克爾發出一聲驚嘆，當中也包含了畏懼。特瑞絲覺得一股感動籠罩了全身，那是一種欣快。

獨角獸的腳蹄敲在林蔭大道的石子上，牠甩動鬃毛，發出一聲音韻十足的長鳴。

「伊華拉夸克斯，我就希望你會來。」奇莉說。

獨角獸走近了些，再度發出嘶鳴，舉起單蹄耙了一下，然後大力踏在石磚上。牠低下頭，立在美麗額頭上的角突然發出強光，霧氣也因那亮度而退開片刻。

奇莉碰了下那根角。

看見她的雙眼突然亮起乳白光芒，看見她全身籠罩在光暈之中，特瑞絲悶聲大叫。奇莉並沒有聽見她的聲音，也沒有聽見任何人的聲音。她的一隻手依舊抓著獨角獸的角，另一隻手則指向動也不動的獵魔士。從她的指頭裡，流出岩漿般閃閃發亮的光帶。

沒人有辦法估計過了多久，因爲這很不眞實。像一場夢。

□

在逐漸轉濃的霧氣中，獨角獸的身影變得有些模糊，牠嘶鳴一聲，用單蹄踏了一下，頂著角的頭甩動幾下，好像在指什麼似地。特瑞絲看了一下，看見在垂掛湖面的柳枝圍幕下，有個黑色物體浮在水面上。那是艘船。

獨角獸用角又指了一次，然後快速消失在霧中。

「凱爾佩，隨牠去。」奇莉說。

凱爾佩噴出一口氣，大力甩動腦袋後，便聽話地跟著獨角獸去。牠的蹄聲在石磚上響了一陣，然後便突然打住，好像這母馬突然飛走、消失了，形體幻化無蹤。

那船就停在岸邊。有那麼一會兒，霧氣散了開來，讓特瑞絲可以仔細地看清楚那艘船。那是一艘簡單拼湊而成的駁船，看起來很笨重、方方的，好像一個大型的豬飼料槽。

「你們幫我一下。」奇莉自信而篤定地說。

一開始，沒人知道這女孩說的話是什麼意思，需要的是什麼幫助。頭一個弄明白的是亞斯克爾，或許是因爲他曾經讀過那個傳說的其中一個詩化版，所以知道傳說的內容。他將依舊不省人事的葉妮芙抱起來，而她的纖細與輕盈卻讓他感到訝異。他敢發誓，有人幫他把她抱起來。他敢發誓，他感覺到卡希的肩膀就在他的手臂旁，他的眼角瞄到米爾娃的黃褐髮辮甩過。當他將女巫放進船裡時，他敢發誓，他看見了安古蘭的雙手扶住船舷。

矮人們將獵魔士抬起，特瑞絲也跟著幫忙扶住他的頭。亞爾潘・齊格林甚至瞇起了眼睛，因爲有那麼一瞬間，他看見了大伯格家的兩兄弟。佐丹・奇瓦也敢發誓，在把獵魔士放進船裡時，卡列伯・斯特拉通幫了他一把。特瑞絲・梅莉戈德敢拿項上人頭擔保，自己聞到了人稱珊瑚的莉塔・奈德的香水味。而有那麼一會兒，她在水氣中看見卡爾默罕的可恩，他那雙淺色的黃綠眼眸。

這就是那霧氣，那洛克艾斯克洛特湖上的濃濃霧氣，所變出來作弄人的戲法。

「都準備好了，奇莉。」女巫悶聲說。「妳的船在等了。」

奇莉撥開額前的髮絲，吸了吸鼻子。

「特瑞絲，幫我向孟特卡佛的女士們道歉。」她說。「不過我只能這麼做。我不能在傑洛特和葉妮芙要離開的時候，還留下來。我辦不到，她們應該能理解。」

「她們會的。」

「那麼，再見了，特瑞絲・梅莉戈德。再會了，亞斯克爾。再會了，大家。」

「奇莉，」特瑞絲低聲說。「我的小妹妹……讓我隨你們一起去吧……」

「特瑞絲，妳不知道自己在請求什麼。」

「我還會有機會見到妳嗎……」

「當然。」她斬釘截鐵地打斷她。

她踏進船中，船身晃了一下後，便立刻駛離，消失在霧氣之中。

站在岸邊的那群人，連一點水聲都沒聽見，也沒見到一絲水浪或波紋，好像那不是一艘船，而是鬼魅。

他們看見奇莉纖細飄渺的身影，看見她用長篙撐船，看見她讓原本已經很快的船，駛得更加快速。但那也只有很短、很短的片刻。

之後，他們的眼前就只剩白霧一片。

她騙了我，特瑞絲想道。我再也看不到她了。我看不到她了，因為……法也謝代以拉得阿波耶干。有些事情結束了……

「有些事情已經結束了。」亞斯克爾說道，聲音已然轉變。

「有些事情正要開始。」亞爾潘·齊格林附和道。

世界某個角落，有隻公雞放聲高啼。

霧氣開始快速昇華。

□

光影交錯嬉戲，惱得原是閉眼的傑洛特睜開了眼睛。他看見頭上的葉子，在陽光下如萬花筒般閃爍的葉子。他看見結滿蘋果的沉重枝枒。

他覺得有人用指頭輕輕觸碰他兩邊的太陽穴及臉頰。那些指頭他很熟悉，而且愛到發疼。讓他感到疼痛的，還有他的肚子、胸膛、肋骨，而緊緊勒住他的繃帶馬甲，也清清楚楚地說服他，那利維亞城與三牙叉，並不是一場惡夢。

「我的愛，靜靜地躺著吧。」葉妮芙溫和地說。「靜靜地躺著，不要動。」

「葉，我們在哪裡？」

「這重要嗎？我們在一起啊，你和我。」

鳥群在唱歌，那是金雀或畫眉。空氣中散發著青草、藥草與花朵的香氣，還有蘋果。

「奇莉呢？」

「她走了。」

她換了個姿勢，小心翼翼地將手臂從他頭下抽出，在他旁邊的草地躺下，好看著他的眼睛。她貪婪地看著他，好像想一次看個夠，好像想把以後的份，永永遠遠的份，都一次留下。他也看著她，回憶的思緒鎖住了他的喉頭。

「我們本來和奇莉一起在船上。」他回想道。「在湖上，然後到了一條河，一條水流很強的河。在霧裡……」

她的指頭找到了他的手，緊緊扣住。

「靜靜地躺著，我的愛。靜靜地躺著，我在你身邊。之前發生什麼事，不重要。只要我們在一起，那些都不重要。現在我就在你身邊，永遠不會再放開你了。永遠不會。」

「我愛妳，葉。」

「我知道。」

「不過，」他嘆了口氣。「我還是想知道，我們在哪裡。」

「我也是。」葉妮芙在過了一會兒，才小聲地說。

□

「所以，這就是故事的結局？」加拉哈德在過了一會兒後問道。

「當然不是。」奇莉否定道。跑進鞋裡、卡在腳趾縫間的沙粒已經乾了，她用一隻腳掌搓著另一隻，想把沙粒給搓掉。「你想要故事就這樣結束嗎？最好是！我就不想！」

「那所以接下來呢？」

「就很平常啊。」她不屑地說。「他們結婚了。」

「說給我聽。」

「哎呦，這有什麼好說的？就一場很熱鬧的婚禮啊。所有的人都來了，亞斯克爾、南娜卡媽媽、優拉和艾伍兒奈德、亞爾潘・齊格林、維瑟米爾、艾斯科……可恩、米爾娃、安古蘭……還有我的米絲特……還有我也在那裡，我喝了蜂蜜和葡萄酒。而他們，我是說傑洛特跟葉妮芙，後來有了一間自己的屋子，很幸福，非常、非常幸福。就像童話裡的故事一樣，你懂嗎？」

「湖之主，噢，妳爲什麼要哭？」

「我根本就沒哭，這淚水是被風吹的。就這樣！」

他們沉默了許久，看著燃燒得火紅的日輪，碰上一道道的山峰。最後，加拉哈德打破沉默，說：

「說實話，這個故事實在是太奇怪了，嗯，眞的太奇怪了。奇莉小姐，妳來的地方，眞的是一個很奇特的世界。」

奇莉大聲吸了下鼻子。加拉哈德清了幾下喉嚨，對於她的沉默感到有些喪氣。

「對——可是我們這裡，也會發生一些奇怪的冒險。就拿高文大人和綠騎士的事來說好了……又或是我叔叔鮑斯大人與崔斯坦大人的事……妳聽好了，奇莉小姐。有一次，鮑斯大人和崔斯坦大人一起往西方，要去廷塔結。他們一路穿過原始而危險的森林。他們騎啊騎，定眼一看，有一頭白色母鹿站在那裡，而母鹿身旁，是名女子。她穿著黑色的衣服，眞的，比黑色還要黑，就連靈柩也沒那麼黑。但那女子很美，世界上比她還要美的女子，妳絕對找不到，呃，除非是關妮薇王后……那名站在鹿旁的女子看著兩名騎士，伸手揮了一下，然後對他們說……」

「加拉哈德。」

「什麼？」

「閉嘴。」

他咳了一聲，又清清嗓子，閉上了嘴。兩人都不發一語地看著太陽，沉默了非常久。

「湖之主？」

「我已經說過，請你別這樣叫我。」

「奇莉小姐？」

「怎麼了？」

「和我一起去卡美洛吧，拜託，奇莉小姐。妳等著看吧，亞瑟王會給妳榮耀與尊敬……而我……我會永遠愛妳和敬重妳……」

「給我起來，馬上起來！還是不要好了。既然你都已經跪下了，就幫我把腳掌搓一搓吧。我的腳好冷，謝謝，你真是個好人。我是說『腳掌』！腳掌只到腳踝而已！」

「奇莉小姐？」

「我一直都在這裡。」

「太陽要往西走了……」

「的確。」奇莉將鞋釦扣好，站了起來。「加拉哈德，我們把馬上鞍吧。這附近有地方能過夜嗎？哈，看你的表情就知道，這一帶，你和我一樣熟。不過，沒關係，我們上路吧。就算要露宿在星空下，那也是要去前面一點的地方，到樹林裡。這座湖……你在看什麼？」

看他紅了臉，她已心中有數，說：「喔。你笑了，是因爲想到要在森林裡的樹叢下過夜，躺在苔蘚毯上？在仙女的懷抱裡？你給我聽清楚了，年輕人，我可是一丁點的興趣都沒有……」

看見他滿臉通紅，雙眼發亮，她突然打住。其實這張臉也不算醜。有個東西掐住了她的胃部與下腹，但那不是飢餓。

我是怎麼了，她想。我是怎麼了？

「不要拖拖拉拉！」她幾乎是用吼的。「快把你的公馬上鞍！」

等他們上了馬，她看了看他，放聲大笑。他看著她，眼神中有著驚訝與疑惑。

「沒什麼、沒什麼。」她一派輕鬆地說。「我只不過是想到了一件事。上路吧，加拉哈德。」

「奇莉小姐？」

苔蘚毯。她憋著笑，在心裡這麼想著。森林裡的樹叢下，而我要扮演的角色是仙女。呵、呵。

「嗯？」

「妳會和我一起去卡美洛嗎？」

她伸出一隻手，而他也伸出一隻手。兩隻手握在了一起，並駕而行。

見鬼了，她心想。有何不可呢？我敢拿我全部身家去賭，這個世界也會有事給獵魔士做。

因爲，不可能會有一個世界，是不需要獵魔士的。

「奇莉小姐……」

「我們現在不要講這個，走吧。」

他們往夕陽直行而去，將逐漸轉暗的山谷留在身後。他們身後，有一座湖，一座魔法湖，一座如拋光過的藍寶石般，平滑、蔚藍的湖水。他們身後，有湖畔的巨石與坡邊的松樹。

那些都已經在他們的身後。

而所有一切，都在他們的前方。

《獵魔士長篇5　湖之主》完

《獵魔士長篇》系列完

# 獵魔士 系列作品

短篇集
最後的願望
命運之劍

長篇系列
1 精靈血
2 蔑視時代
3 火之洗禮
4 燕之塔
5 湖之主（長篇完）

前傳
*Season of Storms*
（陸續出版）

國家圖書館出版品預行編目資料

獵魔士長篇 5 / 安傑．薩普科夫斯基（Andrzej Sapkowski）；
葉祉君譯——初版．——台北市：蓋亞文化，2018.2
冊；公分.——（Fever；FR062）
譯自：Pani Jeziora
ISBN 978-986-319-316-6（下冊：平裝）

882.157 106024293

Fever FR062

獵魔士 長篇 Vol. 5 湖之主 下（完結篇）

作者／安傑．薩普科夫斯基（Andrzej Sapkowski）
波蘭文譯者／葉祉君 審訂／陳音卉
封面插畫／Alejandro Colucci 地圖插畫／爆野家
封面設計／克里斯
出版／蓋亞文化有限公司
地址◎台北市103承德路二段75巷35號1樓
電話◎（02）25585438 傳眞◎（02）25585439
網址◎http://gaeabooks.pixnet.net/blog
電子信箱◎gaea@gaeabooks.com.tw
投稿信箱◎editor@gaeabooks.com.tw
郵撥帳號◎19769541 戶名：蓋亞文化有限公司
法律顧問／宇達經貿法律事務所
總經銷／聯合發行股份有限公司
地址◎新北市新店區寶橋路二三五巷六弄六號二樓
電話◎（02）29178022 傳眞◎（02）29156275
港澳地區／一代匯集
電話◎（852）27838102 傳眞◎（852）23960050
地址◎九龍旺角塘尾道64號龍駒企業大廈10樓B&D室
初版五刷／2021年11月
定價／新台幣 680 元（上下冊不分售）
Printed in Taiwan

GAEA ISBN／978-986-319-316-6